光文社文庫

白霧学舎　探偵小説倶楽部

岡田秀文

光　文　社

目次

白霧学舎《しろぎりがくしゃ》　探偵小説倶楽部《たんていしょうせつくらぶ》

第一章　寄宿舎と仲間たち

一

長く続いた山間《やまあい》の勾配《こうばい》をようやく抜けると、汽車は汽笛を鳴らしながら徐々に速度を落としはじめた。それまで深い山々の暗がりに狭く閉ざされていた車窓の景色が、真綿のように純白の雲と、ぬけるような青空と、それらを映す水をたたえた水田の広がりに変わり、ぼくの目を眩《まぶ》しく打った。

窓枠に肘をつき、春風を浴びながら、田園と民家、それを囲む深緑の山肌、さらにその奥に白雪を頂いた山脈の遠景へと視線を移していくうちに、ぼくは新たに踏み出す生活への、いわく言いがたい思いが胸にこみ上げてくるのを感じずにはおれなかった。

なだらかな弧《こ》を描いて延びる線路の先にある駅舎を見つめながら、ぼくは自分の心の正体を見きわめようとした。

期待と不安、生家を遠く離れ、はじまろうとする新生活。ぼくの中に躊躇《ちゅうちょ》とも怖れともつかない、なにか宙ぶらりんな感情が輪のように広がって存在している。

そんなぼくの心と身体を揺らしながら、汽車はさらに減速し、小さな駅舎を間近に引き寄せてきた。

汽車が完全に止まると、着替えと学業用具のほか、わずかな日用品が詰まった鞄《かばん》を手にして、ぼくは席を立った。


改札口を抜けると、駅前は小さな広場になっていた。駅はこの地方の中核ではないものの、それなりの人口をかかえた集落の移動の拠点となっている。少なくともぼくはそう思っていたが、目の前に広がる光景から察するところ、その認識には大幅な修正が必要のようだ。

広場に人の姿は見えなかった。それ以前に建物がほとんどなかった。駅舎に隣接する売店らしき小屋が唯一の建造物だが、ガラス戸の奥に人影はない。錆《さ》びて剝《は》げかかったソーダ水の看板が掲げられた小屋の前には、バス停の標識が立っているが、いつバスが来るのかわからない。

まばらな松木立と桑畑に囲まれた埃《ほこり》っぽい広場を前に立ちすくんでいると、遠く道の彼方に人の姿が見えた。自転車を押しながらこちらへ近づいてくるようだ。

自転車の男は、そのまま真っ直ぐ広場に入ってきた。自転車の後ろに付いた荷車を引いている。男は痩身《そうしん》、丸刈りで白いシャツにズボンという出で立ちだ。意外に若く、年はぼくと同じくらいか。もしかして同級生かもしれない。

自転車の男は笑顔を向けて近づき、尋ねてきた。

「白学《しろがく》に入る人だろ」

「ええ、美作宗八郎《みまさかそうはちろう》です。あなたも白霧学舎《しろぎりがくしゃ》の生徒ですか」

ぼくの問いに、男はしばらく腑《ふ》に落ちない表情をしたあと、あわてたように首をふった。

「いや、ちがうよ、ちがうよ。ぼくはいろいろと手伝いをしているんだ」

男は自分の仕事の内容を語りだした。要領を得ない説明で、よく分からないところもあるが、どうも学校の用務の助手のようなことをしているらしい。名前を聞くと、林屋健太《はやしやけんた》と言い、

「寄宿舎に連れて行くよ。乗って」

と自転車の後ろに付いた荷車を指した。

木製の荷台にふたつの車輪を付けただけの荷車だ。寄宿舎までどれほどの距離か知らないが、こんなものに乗って引かれていくのはごめん蒙《こうむ》りたい。それに林屋健太はその名前とは裏腹に、白いシャツにあばら骨を浮かせている、ひどく不健康そうな痩《や》せっぽちである。

ぼくが乗った荷車を引けるとは思えなかった。

「せっかくだけど、バスを待つよ」

いつ来るとも知れないが、さして急ぐ理由もない。そう思って告げたが、健太は首を横にふった。

「バス、もう走ってないんだ」

昨年、村に二台あった車両のうち、一台は軍に供出され、もう一台は発動機の不良で再起の見込みが立たないらしい。

「そりゃあ大変だ、村のみんなはどうしているんだい」

「仕方ないから、歩いたり、自転車乗ったり、トラックの荷台に乗せてもらったりしている」

ならば、ぼくもそのトラックの方に乗せてもらいたいが、それがあらわれる気配はなかった。

仕方なく、健太に道案内をたのみ、徒歩で寄宿舎へ向かうことにした。

自転車を押して歩く健太と並んで、ぼくは桑畑から田んぼと続く道を進んだ。東京では散歩さえめったにしない。先行きが少し不安だったけど、この道を二キロほど行くと、仲通《なかどおり》と呼ばれる集落の中心地があり、そこからさらに三キロほど離れたところに校舎と寄宿舎があるらしい。道もしっかりついているという。だったらなんとかたどり着けるだろう。

「ほんとに乗らなくていいのかい」

健太は道々、何度か尋ねてきた。ぼくはそのたび断りを入れ、その代わりとして鞄だけ荷車に置かせてもらった。

途中、何人かの村人とすれ違った。そのたび健太は挨拶の声をかけ、ぼくを村人たちに紹介した。

村人たちは、どこか軽くあしらうような対応だったが、ぼくが白霧学舎の編入生と知ると、とたんに探るような顔を向けて、

「まじめそうな顔しとるが、どうせすぐ白学の悪たれどもに染まるんじゃろな」

などという意味のことを、多少言い回しは違えながらも、一様に繰り返すので面食らってしまった。

ぼくは東京で、白霧学舎は良家の子息が通う全寮制の名門中等学校だと聞いていた。だから当然、そこの生徒はみな品行方正で優秀だと思い込んでいた。それがぼくの心に巣くう憂鬱の一因でもあったのだけど、村民の口ぶりからすると、どうも様子がおかしい。

「白霧学舎って、あんまり評判良くないのかい、このあたりで」

ぼくが問うと、健太は、

「そんなことないと思うよ、なんで」

と尋ね返してきた。

「だって、さっき白学の悪たれとか言っていただろ」

「みんな、いいやつばかりさ。きっと、おまえも好きになるよ」

どっちを信じたらいいのだろう。よけい混乱した。まあ、すぐに分かることだろうが。


小さな木立を抜けると、田んぼの向こうにちょっとした集落が見えた。通りを挟んで二階建ての建物が並んでいるのが分かる。あれが村の中心地にあたる仲通なのだろう。その仲通を前方にとらえながら、学校らしき建物にさしかかった。授業中なのか、校庭に生徒の姿はなかった。

「この学校で、おれのかあちゃん、先生をしているんだぜ。ほんものの先生だ」

健太が自慢した。ほんものの先生というのは代用教員じゃないという意味だろう。

「じゃあ、ちゃんと師範学校を出ているんだね」

「うん、うん」

「健太もここの卒業生なのかい」

ぼくたちは早くも互いを呼び捨てにするほど親しく言葉を交わしていた。

「いや、おれは通っていたけど、卒業してない」

「そうなんだ」

悪いことを訊《き》いてしまったか。しかし、母親が教師なら、経済的な理由で学校に通えなかったわけではないだろう。大病をしたのかもしれない。とすれば、ぼくとも通じるところがある。

「ぼくも病気で二年遅れた。いま中学四年だけど、もう十八さ」

「へえ、遅れてもちゃんと学校、続けるなんてえらいな」

健太は感心したような声をあげたが、えらくもなんともない。じっさい病気がすっかりよくなったあとも、ぼくはまともに登校していなかったのだ。

「そうでもないさ」

さすがに初対面の相手に、くわしい事情まで話す気はない。


ぼくたちは仲通にさしかかった。このあたりの集落の中心地だけあって、大型の自動車が楽にすれ違えるほどの通りが真っ直ぐに延びている。その両脇には役場や郵便局、雑貨屋、床屋、八百屋、豆腐屋などが建ち並んでいた。映画館らしき看板も見えた。どこか野暮ったい、田舎の繁華街らしい空気が濃厚にただよっている。

しかし、ともかく、この土地に東京並みとはいかずとも、ふつうの文化的生活があることが分かって、ちょっとほっとした。いや、空襲で焼け野原になった東京よりも、ここの方がずっと人間らしい暮らしが期待できるかもしれない。

「結構いいところだね」

ぼくはお世辞を言いながら、同時になにか違和感のようなものも感じて、あらためて通りを見わたした。

まだ昼過ぎだというのに、通りには人影がほとんどない。集落の真ん中が、いつもこれほど閑散としているのだろうか。田舎ではこれがふつうなのか。

それを健太に質《ただ》そうとした時、

「こんなところでなにしているの、健太」

背後から、つよく咎《とが》めるような声がかかり、ぼくたちは振り向いた。

紺のセーラー服の上着にモンペをはいた、少し長めのおかっぱ頭の少女が仁王立《におうだ》ちしている。ぼくとほとんど変わりないくらい背が高い。年はぼくより二つ、三つ下だろう。整った顔立ちだが、やけに気が強そうにも見える。

少女は、狼狽《ろうばい》気味の健太をひと睨《にら》みして、

「今日がなんの日だったか忘れたの」

とさらに詰問《きつもん》口調で浴びせてきた。

「な、なんだっけ」

「隆一郎《りゅういちろう》さんのお通夜よ。町の人たちといっしょにあなたもお手伝い、頼まれていたじゃない。山岸《やまぎし》に行ってなきゃ駄目でしょ」

「あっ……」

と言ったきり、健太は絶句した。

あきれたような顔をしたあと、少女はぼくの方に顔を向けた。

「あなた、どなた」

ぼくは自分の名前と、健太に道案内を頼んでいることを告げた。

「まあ、あなたが白学の編入生……」

少女が眉をひそめた。ぼく自身のせいか、白霧学舎のせいか、いずれにせよ、かんばしい印象を持っていないのは明白だ。

「いま言ったように、健太は大事な用事がありますんで、ここからは、あなたひとりで行ってくださいな」

そう言うと、少女は学舎までの道順を教えてくれた。仲通の道をこのままずっとまっすぐ進み、女学校の手前で右に折れて、山へ向かって道なりに行けば二階建ての校舎が見えてくるはずだという。少女が指差すだいたいの方角に目を向けて確認した。思っていたより、道は分かりやすそうだ。

「じゃあ」

と振り返って、ここまでのお礼と別れを告げようとしたが、健太は少女に促され、すでに通りを逆方向へと歩を進めていた。

少女から聞いたとおりに道を進むと、遠方に高い塔らしき建物が見えた。あれが目印の女学校かと思ったが、すぐにもっと手前に広い校庭をもつ建物が見えたので、違うことが分かった。

のちに聞くと、遠くに見えた高い塔は鐘撞塔《かねつきとう》で、明治のころに英国人建築家の設計で建てられたとのことだった。後日この鐘撞塔で起きた事件で、ぼくは忘れられない体験をするのだが、この時はまだそんなことは知る由《よし》もなかった。ただこんな田舎にしては立派な塔があるものだなと思っただけだった。

ぼくは女学校の手前の道を折れて、林の中の道に分け入った。林を抜けると前方に校舎の屋根らしきものが見えてきた。

さらに先へ進むと、校舎と校庭を挟んで山側にもう一棟、二階建ての木造建築もあらわれた。おそらくあちらは寄宿舎だ。林の中に分岐があったが、そこを折れていれば、おそらくむこうの建物の前に出たのだろう。

ぼくは学校の事務室におもむき、編入の手続きを申し込んだ。先に東京から父が事前連絡を入れていたためか、手続きは滞《とどこお》りなく終わった。

このあとは寄宿舎へ行き、入寮の手続きをする。分からないことがあれば、寄宿舎の用務員の二瓶《にへい》という男に聞くように言われた。

寄宿舎は校庭と植木を間に挟んで、直線距離で二百メートルほどか。これなら遅刻の心配はせずにすみそうだ。

学生たちはみな寄宿舎にいるのだろうか。ぼくは少し緊張しながら建物へ近づいていった。寄宿舎は楢《なら》の立木に囲まれた、大きな建造物だ。校舎よりも立派かもしれない。ぼくが見たこの時は、下見板《したみいた》の外壁に塗料の剝がれや傷《いた》みがあったが、それでも名門中学校の名に恥じない風格が感じられた。

〈止まれ〉

すぐそばで低くくぐもった声がした。

周囲を見まわすが、寄宿舎の玄関口へと続く道とそれを囲む植え込みがあるだけで、人の姿も気配もない。空耳だったかと思いかけたところで、ふたたび声が響いた。

〈左を見たまえ〉

声に従って左下に目を落とすと、草がはびこる地面を這《は》って金属製のパイプが、ぼくのすぐ足もとまで伸びていた。パイプは最後に上向きに方角を変え、地面から八十センチくらいの高さの植え込みの枝葉の中からラッパのように開いた口が出ていた。これが伝声管となって声を伝えているらしい。管の元は寄宿舎にあるようだ。

〈君は何者だ〉

寄宿舎の方を見やると、二階の一角の窓にこちらを見下ろす笑い顔がふたつ並んでいる。どうやらあそこから問いかけているらしい。こっちが当惑する様子を観察して面白がっているようだ。

ぼくは馬鹿らしい気持ちになりながらも、少し腰をかがめてパイプのラッパに口を近づけて、

「美作宗八郎、四年生に編入してきた者です」

と答えた。

〈では、そのまま玄関に進みたまえ〉

言われたとおり、まっすぐ進んで寄宿舎の玄関に足を踏み入れようとすると、玄関そばの階段をふたりの学生が駆け下りてくるところに出くわした。

ふたりともに坊主頭で白いシャツにカーキ色のズボンという出で立ちは共通していたが、一方は身長ゆうに六尺（約百八十センチ）を超えようかというノッポ、一方は五尺（約百五十センチ）にも満たないちんちくりんだ。窓からこちらをうかがっていたのは、このふたりに違いない。

「ちょっと待った」

タタキに立ちはだかり、ちびの方が掌《てのひら》を広げて突き出して、ぼくの進入を押しとどめると、ノッポの方を見上げて質した。

「今、何時だ」

「一六〇二です」

ノッポの学生が懐中時計を確認して答えると、ちびがにんまりと笑った。

「ぼくの勝ちだ。これで三連勝、通算では三十四勝二十一敗。差が広がったな」

「滝《たき》さん、ついてますね」

ノッポの悔しそうな声を、ちびが聞きとがめた。

「待て、君はこの勝敗、運で決まったと思っているのか」

「まあ、おおむね、そうじゃありません？」

「ちっ、ちっ」ちびはノッポの鼻先に突きつけた人差し指を左右にふって、「推理だよ、推理。論理的思考と当てずっぽうの差で、はなから決着はついていたのさ。いいかい、さいしょから説明しよう。かれが乗るであろう汽車の到着予定時刻は、一三三〇。だけどこのご時世、時刻どおり運行されることはまれだ。東京発の汽車なら一時間は遅れる、とぼくは読んだ。——美作、君だったね、駅には何時に着いた？」

互いの挨拶も自己紹介もなく、いきなり問われて、ぼくは戸惑いながらも、

「とくに気にしてはいませんでしたが、たぶん、二時半ごろだったと思います」

と答えた。ちびはうん、うんとうなずいて、

「一四三〇だな。そして、君を迎えに行ったのが、あのずぼらな健太だったから、駅から寄宿舎までの五キロの道を一時間半で踏破するのは無理だと予想できた。したがって、君の到着時刻が一六〇〇を超えるのは必然だったわけだ」

と言うと、得意顔をぼくとノッポに向けた。

どうやら、ぼくの到着時刻をふたりで賭けのネタにしていたようだ。

「でも、滝さんが伝声管を使って呼び止めていなければ、もっときわどい勝負になったはずですよ」

ノッポが不服を申し立てるが、

「だめ、だめ、あの足止めはせいぜい十数秒だ。到着は二分過ぎだからね。ぼくの勝ちはゆずれないよ」

ちびはそう結論づけると、ようやくぼくをまじまじと見直して、

「まっ、君もともかく、ぶじ到着してなによりだ。これからよろしく。ぼくはここの寮長をしている五年の滝幸治《こうじ》。こっちのノッポは君と同室になる四年の斎藤順平《さいとうじゅんぺい》だ。いちおう言っておくと、ぼくも斎藤も二度ドッペっているから、学年こそいっこ上と同級だけど、君よりずっと年長だからね。その点はよくわきまえてくれたまえ」

と告げたので、ぼくはすっかりうれしくなってしまった。

二

「そうか、君も二度ドッペってたか。じゃあ、ぼくら、まったく同級同年だな」

寄宿舎内の部屋に入って、ぼくの話を聞いた斎藤順平は言った。玄関で滝幸治と別れたあ

と、斎藤はぼくの鞄を持って部屋に案内してくれたのだ。

斎藤はかなり親切で、人の好《よ》い男とみえる。人見知りのぼくもすぐに打ち解け、あっさり秘密を打ち明けていた。

「だからさっき、滝さんの話を聞いて、ほっとしたんだよ」

ぼくは小学校の時と中学校に上がったすぐあと、計二年間、腎炎《じんえん》で休学していた。病気が癒《い》えて学校に戻ったあと、二歳上のぼくは同級の中で浮いた存在となった。仲の良い友達もいなくなり、すっかり浦島太郎の心境だった。その居心地の悪さで登校するのが嫌になって、学校をさぼるようになった。同級生たちと顔を合わすのが嫌で、授業を途中で抜け出して町中で時間をつぶして帰る日が続いた。

そんな日々を送っているうちに時世が変わり、学校での授業はなくなり、勤労動員で近所の軍需工場へ行かされることになった。そのため最近ではネジ締めばかりしていた。工場で機械を相手にしていれば、人と接することもないので、これはぼくにとって都合の良い変化といえた。

ところが、このままでは学問をしないうちに戦争に取られると心配した父が、高等学校時代の友人が理事を務めるこの白霧学舎へ強引に編入させたのだった。時節がら、これは簡単なことではない。父がどんな手を使ったのか詳しくは知らない。

父の心配は心配として、ぼくは転校にまったく乗り気じゃなかった。だけど、東京は大空襲で焼け野原になって、さいわい家は奇跡的に焼け残ったものの、母と妹は母の実家へ疎開することになり、父は勤め先である内務省の独身者用の官舎に入ることを決めてしまった。かくして否応《いやおう》なく、ぼくも家を出ざるを得なくなったのだ。

しかし、生まれ故郷の東京の学校にさえまともに通えなかった人間が、まったく見知らぬ土地で、見知らぬ人たちに囲まれて、学生生活を送っていけるのだろうか。ぼくの心に巣くう影の大半はこの懸念だった。

「心配することないよ」斎藤は言った。「ここでは年を食っている者が大きな顔をする。ぼくらはこの寄宿舎の無敵艦隊だ」

「ぼくらと滝さん以外、落第生はいないのかい」

「二年っていうのはね。あっ、いや、ひとりいた。これは別格だから……、教授にはいずれ紹介する」

教授？　あだ名だろうか。問い返そうと思ったところで、部屋の入口から滝幸治が顔をのぞかせた。

「君の歓迎会は二〇〇〇からだ。その前一九〇〇に物資の調達をおこなう。美作、君も参加したまえ。ところで、君を迎えに行った健太はどこへ行った。とんと姿が見えんが」

「途中で、知り合いらしい女生徒に連れて行かれました。なんでも今日は誰かの通夜だとかいって」

ぼくがそう答えると、滝は、「ああそうか」とうなずき、斎藤の方に向かって、

「隆一郎さんのお通夜、今夜だったな」

「ええ、うちからも二瓶さんのほか十人ばかり、手伝いに行ってます」

斎藤はそう答えたあと、ぼくに補足説明をした。

田中《たなか》隆一郎なる人物は、白霧学舎の出身者で、四修《よんしゅう》で第一高等学校に合格し、東京帝国大学へ進んだが学業なかばの昨年、南方で戦死した。遺体は帰って来なかったが、先日、遺品が故郷に戻ったのだという。

隆一郎が学舎の先輩というだけでなく、田中家は古くからこの集落随一の名家で、父親の巌吉《げんきち》は今も村長を務める有力者であったため、寄宿舎の用務員の二瓶が一年生と二年生を連れて通夜の手伝いに行っていた。今日、仲通にひと気がなかったのも、大勢が隆一郎の弔いに行っていたためらしい。明日の葬儀には滝も斎藤も参列するという。

「きっとその隆一郎さんの壮行会にぼくも出席している」

一昨年の十月、明治神宮外苑競技場でおこなわれた出陣学徒壮行会は、ぼくも観客席から見学した。あの二万五千人の学徒出陣者の中に、田中隆一郎という東大生もいたのだろう。

ぼくがそう言うと、斎藤は首をふった。

「いや、隆一郎さんは医学部だったから、徴兵は免除されていた。なのに昨年突然、みずから海軍に志願したんだ」

大学生ということで、海軍将校として駆逐艦《くちくかん》に乗船したが、米軍の潜水艦から魚雷攻撃を受けて戦死した。斎藤はそう説明したあと、

「村長はいずれ自分の後継者にするつもりでいただろうから、そうとう気落ちしているはずだよ」

と言って嘆息した。


午後七時になって、ぼくは斎藤と滝に連れられて寄宿舎を出た。三人のほかに五、六人、下級生たちがついてきている。

日はすっかり暮れて、月は出ているはずだが曇っているためか、あたりは真っ暗だ。斎藤が手に提げているランタンの明かりが道案内の唯一の頼りである。

寄宿舎の敷地を離れると、ぼくにはどこをどう歩いているのか、さっぱり分からなくなったが、滝たちはランタンの照らすわずかな明かりで充分のようで、少しの迷いもためらいもなく進んでいく。

林の中を抜けて開けた場所に出たようだ。土の香りと足に伝わる感触から、畑の中に入り込んでいると思われた。

「ここ何畑です？」

ぼくは滝に尋ねた。

「大根畑だ。大きな声を出さないようにな」そう言ったあと、滝は先頭を進む斎藤に声をかけた。「もう、このあたりでいいだろう」

滝の言葉に、斎藤と下級生たちは歩みを止めると、一列に並んで身体をかがめた。

なにがはじまるのか、怪訝《けげん》な思いで眺めていると、

「美作、突っ立ってないで、君もいっしょに抜くんだよ。働かざる者、食うべからずだ」

滝に肩を叩かれた。

どうやら、この畑の大根が今夜の宴の肴《さかな》らしい。当然、この畑の持ち主には断っている、はずもない。

いささか気が引けるものがあったが、ここで協調行動を拒むのも勇気がいる。きっとこの田舎では食糧不足もさほど深刻でなく、大根泥棒は大した罪ではないのだろう。そう自分に言い聞かせながら、斎藤の横に屈み、大根の葉をつかんだ。

その時、ちょうどぼくの手元にわずかな光がよぎると、すぐに前方から大声がとどろいた。

「こらーっ。おまえら、白学の悪餓鬼《わるがき》どもだな。今度こそ捕まえてやる」

畑の持ち主に見つかったようだ。怒号《どごう》とともにランプの光が近づいてくる。

「逃げろ」

滝のかけ声に、斎藤たちは身をひるがえして走り出した。ぼくも大根から手を離してすぐにあとを追った。

斎藤が逃走のためランタンを消してしまったので、あまり引き離されると逃げ道が分からなくなる。ぼくは必死で走った。途中で小さな黒い影を追い越した。滝であろう。

何度かつまずきながら、前方の斎藤たちの足音と影を頼りに走り続けた。時間にすれば、わずかなものだったかもしれない。しかし、寄宿舎近くの林に駆け込んで足を止めた斎藤たちに追いついた時、ぼくの心臓は口から飛び出しそうになっていた。

斎藤がランタンを点《とも》し、人数を確認した。

「ひとり足りないな」

滝の姿がなかった。

「捕まったかな」

ぼくは言った。追い抜いたのはだいぶ手前だ。あの走りっぷりでは、逃げ切れなかったとしても不思議はない。

もういちど畑の方へ引き返そうかと相談していると、暗闇の向こうから小さな影が近づいてきた。

「滝さん、心配しましたよ」

斎藤が声をかけると、

「ぼくは君たちよりずっとコンパスが短いんだ。同じようには走れんさ」

滝は荒い息で答えた。

三

東京では灯火管制がきびしく言われていたが、こっちではさほどでもないのか、ぼくたちが集まった一階ホールの食堂には窓になんの覆《おお》いもなく、天井には無造作に裸電球が点っていた。

ホールというわりに、あまり広くもない食堂内は、足の踏み場もなく、人でぎっしり埋まっている。みな、椀と箸を手にしている。

田中隆一郎のお通夜の手伝いに行っている二瓶という用務員とその助手の健太と十名ほどの生徒をのぞくと、寮にいる全員が集合したようだ。ぼくの歓迎会にこれほど人が集まってきたと思うと、ちょっと緊張した。

「おい、そこ、空けてくれ」

斎藤が部屋の真ん中に集まっていた者たちに声をかけた。空いた場所に下級生たちが運んできた鍋が置かれた。

ぼくと滝は素手で逃げ出したが、斎藤たちは、しっかり大根を持ち帰ってきたのだ。ぶつ切りにされ茹でられた大根は、鍋の中からじつにうまそうな匂いを立ちのぼらせていた。

集まった者たちは喚声をあげて、鍋の中に手を伸ばし、湯気を上げる大根を次々に自分たちの椀に取った。

　寄宿舎では三度の食事が用意されると聞いていたが、先ほどの夕食は雑炊《ぞうすい》一杯だけだった。東京ほどではないにしても、ここでもやはり食料があり余っているわけではないらしい。とすれば、先ほどの大根泥棒はかなり罪深いのではないか。滝たちの物馴れた様子や相手の反応からして、一度や二度ではなく、常習的な犯行のようにも見えた。駅からの道々、村人たちが白霧学舎にいい顔をしなかった事情が見えた気がした。

　集まった者たちは、目当ての大根を椀に取って自分の腹に納めると、しばらく食堂で雑談をしたあと、自分たちの部屋へ引きあげようと腰を上げる。

「おい、おまえたち、美作に挨拶していかんか」

　と滝が言ったので、一人ひとり名乗ったが、これほど大勢の名前と顔が一度で頭に入るはずもない。結局、誰が誰だかほとんど覚えられなかった。

　鍋の大根が片づいてほどなくして、食堂から人の姿が消えた。残ったのはぼくと斎藤と滝の落第生三人組だ。どうも、下級生や同級生たちには、滝たち年長組を敬して遠ざけるといった気配が感じられる。さびしい無敵艦隊である。

「せっかくの歓迎会なのに、つきあいの悪いやつらだ」

　滝がつまらなそうな声をあげた。

「いや、いなくなってくれて、かえって好都合ですよ。ほら」

と斎藤が部屋の隅に置かれた木箱を開けて、中から一升瓶を取り出した。中味はまだ半分以上入っている。料理用の酒を少しずつ盗んで、ここに溜め込んだのだという。

「でかした、でかした。それ、君も遠慮なく飲め」

相好《そうごう》をくずして滝が自分の椀になみなみと注いだあと、ぼくにも勧めてくれた。ところがあいにく、ぼくはお屠蘇《とそ》の一杯だけで目を回してしまうほどの下戸《げこ》なのだ。そう言って断ると、

「そうか、そりゃ残念だな」

少しも残念そうでなく滝は言い、斎藤とさしで飲みはじめた。

そうなるともう食べものもないぼくは手持ち無沙汰になった。

「吸うかい」

滝がポケットから折れ曲がった煙草を取り出し、差し出した。

「いえ、やりませんので」

ぼくが断ると、滝は大げさにおどろいた顔をした。

「東京の中学生は酒も煙草もやらんのかね」

どうだろう。隠れて飲んだり吸っているやつも少なからずいるのかもしれない。友達がいないと、そういった情報には疎《うと》いのだ。

「東京からの編入生っていうんで、どんなハイカラなやつが来るかと思っていたけど意外だ

ったなあ」

斎藤が笑う。

しかし、それを言うなら、こっちだって地域自慢の名門中学校に入ったつもりが、実態がかけ離れていて面食らった。

父からは、白霧学舎は明治期にイギリス人宣教師が母国の教育制度を範《はん》として開いたミッションスクールと聞いていた。当初は聖書やキリスト教神学を教え、礼拝なども行われていたが、大正の半ばに経営が日本人の手に移ると、宗教色は希薄となった。もとあった礼拝堂も昭和初頭に火事で焼失しているという。

現在の白霧学舎は高等学校に倣《なら》い、全寮制と学生自治、自由闊達な校風を謳《うた》っている。卒業生にはその後、さらに上級学校へ進み、政財界をはじめとして各界で重きをなしている者も多い。そんな名門学校の現役生が集団で大根泥棒を働いているのだから、おどろくなというう方が無理だろう。

ぼくの言葉に、滝と斎藤は苦笑いをした。

「ま、こんなご時世だからね、ぼくらも自存自衛を全うするための戦いを余儀なくされているわけだ。いずれにせよ、今は授業なんかしていないし、昔の栄光と比べられても困るよ」

滝はぼやくように言った。

昨年、日本政府は緊急学徒勤労動員方策要綱を閣議決定し、全国の学徒は軍需工場に動員されることになった。学業は中断され、学徒は労働力として戦時体制に組み込まれた。日本中どこへ転校しようとも、これはついてまわる。内務官僚の父がそれを知らないはずがない。それでも裏から手を回して、強引にぼくをこの田舎の寄宿学校へ転校させたのは、学問のためというのは口実で、今後も空襲被害の恐れのある東京から遠ざけるためだったかもしれない。

ありがたい親心だが、本土決戦が叫ばれている昨今、狭い日本のどこへ行こうと、結局、戦禍を逃れることなどできないだろう。どこか現実感は希薄だけど、こんなぼくにだって聖戦に命をささげる覚悟はあるのだ。

その一方で、怠惰な日々を過ごしてもいる。大根泥棒にはおどろいたけど、どこか面白がる気持ちがあったのもたしかだ。すぐそこに迫っている死を意識しつつ、学生生活を楽しむことの間に矛盾はない。おそらく滝たちもぼくと同じような感覚下にあるんじゃないだろうか。

「ときに美作」アルコールが回ったのか、かなり頬を赤く染めながら斎藤が言った。「君は探偵小説に興味があるか」

「探偵小説？」

ぼくは首をかしげた。探偵小説にかぎらず、どんな小説もほとんど読んだことはない。本は教科書のほかには、自然科学の読み物を数冊持っているだけだ。その数冊も荷物になるので東京に置いてきた。

「つまらん男だな」滝があきれたような声をあげた。「帝都におりながら、少しも文化的な生活を送っていなかったのかね、君は」

探偵小説がどれほど文化的なのか疑問はあったが、ぼくが文化的に胸を張れるような生活をしていなかったことはたしかだ。

「まあ、今、東京はそれどころじゃありませんから……、で、探偵小説がなんだっていうんだい」

ぼくは斎藤に尋ねた。

「ぼくと滝さんは探偵小説倶楽部を主宰しているのさ」

創部は三年前で、以来、滝が部長で斎藤が副部長だという。

「だから君に平部員第一号の栄誉を授けようと、幹部会で決めたんだよ」

滝が恩着せがましく言った。

創部から三年経つのに部員は滝と斎藤のふたりのみか。ほかの学生には相手にされていないのか。

「失礼な」滝が憤慨の声をあげた。「もうひとり、特別名誉部員がちゃんと存在する。だから君は四人目の部員だ」

まったく興味は湧かないが、言下《げんか》に断るのもどうかと思い、

「どんな活動をしているんです？　探偵小説を読む以外に」

と形ばかりに尋ねてみた。

「いや、ほとんど探偵小説は読んでいない」

滝が答え、それに斎藤が補足を加える。

「こんな田舎じゃ、本の入手もなかなか簡単じゃなくてね。ぼくと滝さんの蔵書と学舎の図書館にある探偵小説だけだと五十冊にもならない。とっくに読み尽くしてしまったんだ」

「で、今はもっぱら、じっさいに起こった事件の謎に取り組んでいる。自分の灰色の脳細胞を、世のため人のために使おうという高邁《こうまい》な精神が君にもあるのなら、ぼくたちと行動をともにしたまえ」

滝はもっともらしい顔をして言う。

探偵小説倶楽部とはなんとも冴えず、奇人変人じみて、とてもじゃないが入部意欲をそそられない。しかし、この寄宿舎でさいしょに親しく接してくれたふたりを袖にするのも心苦しい。かといって、うかつに入部し、ふたりと同類と見なされ、ほかの学生からますます敬遠されることになっても困る。

「それでね、今ぼくたちが取り組んでいる謎は、この地方一帯で長年続いている連続殺人なんだ」

滝が語りはじめた。

入部の誘いに迷って黙り込んでいるうちに、ふたりはぼくが同意したものと勘違いしたらしい。誤解を解く暇《いとま》もなく、滝は話を進める。

「一連の事件のはじまりは、おおよそ五年前の昭和十五年、この集落から汽車で一駅離れた村落で起きた殺人だった」

殺されたのはその村で江戸時代から続く造り酒屋を営む河合《かわい》家の二十一歳の次男坊で、当時、父親を手伝い、商いを切り盛りしていた久男《ひさお》だった。

久男はその日の昼過ぎ、人に会いに行くと言い残して店を出たまま姿を消した。夜になっても帰らない久男を心配し、河合家の家族と奉公人たちが手分けして、立ち寄りそうな先を訪ねてみたが、どこにも久男が顔を出した形跡はなかった。店を出たあとの足取りがどうしても知れない。

翌日の夜になっても依然行方不明のまま、駐在所の巡査から警察署へ連絡が行き、正式な失踪事件となった直後、河合久男の死体が発見された。死体は、河合屋の店から徒歩で十五分ほどのところにあるさびれた神社の境内の隅に放置されていた。発見したのは早朝、神社裏の杜《もり》へ山菜摘みに来ていた近所の農夫だった。

久男は頭部を激しく殴打されていた。後頭部の皮膚は裂け、頭蓋骨は陥没《かんぼつ》している。これらの傷が致命傷となったのは疑いない。おびただしい血痕は、死体が発見された境内から十メートルほど離れた木立の地面に見られた。一方で死体発見現場の境内からはほとんど血痕が検出されなかった。代わりに木立の地面には、血痕とものを引きずったような跡が残っていた。久男は木立で何者かに殴打され、死後、境内へ移されたらしい。犯人は比較的人目につきにくい木立から、あえて境内へ死体を移動させる手間をかけていたのだ。また、現場一帯をくまなく捜索したものの、凶器は発見されなかった。

検視の結果、久男が死亡したのは店を出た直後から三時間後までの間で、凶器は金属か石のように硬く重量のあるものとされた。さらにその後の調べで、頭部の傷が均等に二センチほどの幅で細長く付けられていることから、金属の棒状のものが凶器と推定された。

久男は失踪後どこへも寄った形跡がないため、店を出たあとまっすぐ神社へ行き、殺されたものと思われる。着衣に乱れはなく、身体にもあらそった跡がないところから、直前まで久男は自分が襲われるとは思っていなかったらしい。

おそらく久男は何者かと神社で落ち合う約束になっていたのだろう。そしてその人物を久男は信用していた。そのため、不意打ちを食らってなんの抵抗もできぬまま殺されたと考えられた。

以上のことを踏まえて捜査陣は、犯人は久男と親しい人物、少なくとも顔見知り以上の間柄にあると考え、友人知人および商売の関係者に焦点を当てて捜査を進めた。ところが、久男とつながる人物をいくら洗っても、これといった容疑者が浮かんでこない。

河合家は村内でもかなりの富家《ふうか》で、久男も父である当主の義男《よしお》も人に恨まれるような人間ではない。商売上の揉め事もなかった。知人たちとの間に金銭の貸し借りもない。学校時代の友人たちとの関係も良好であった。

唯一、父の義男と久男に恨みを持つ可能性がある人物として捜査陣が把握したのは、河合家の長男の孝男《たかお》である。孝男は本来、河合家の跡取りだったが、父義男と折り合いが悪く三年前に家を出て陸軍に入隊していた。その後、義男は次男の久男を正式に跡取りに定めているから、孝男が久男に遺恨をいだいていても不思議ではない。しかし、さらに捜査を進めると事件当時、孝男は遠く広島の連隊に入営しており、到底犯行を成しえなかったことが判明した。

「こうして有力容疑者をいっこうに絞り込めず、また、死体を目立つ場所へ移動させた理由などもつかめないまま、結局、事件は迷宮入りしてしまった。その後、河合家では長男の孝男が戦死し、当主の義男も気落ちしたのか、すぐ病死してしまい、老舗《しにせ》だった河合屋も今では見る影もなくさびれてしまったらしいよ」

滝が第一の殺人の話を締めくくると、斎藤が話を引き取った。

「第二の殺人が起きたのは、河合久男の死後、一年余りたった時だった」

被害者となった青木有三《あおきゆうぞう》は、仲通で床屋を営む三十二歳の男であった。床屋は夫婦でやっており子供はいない。生まれはこの地だが、十年あまり台湾で過ごしそこで結婚もし、二年前に故郷に戻って床屋をはじめた。

青木有三が奇禍《きか》に遭ったのは床屋の休業日だった。妻には散歩に行くと言って午後三時ごろ店を出て、そのまま帰らなかった。翌日、妻と近所の者が心当たりを探したが見つからず、失踪から三日後、変わり果てた姿となって有三は山林で発見された。

有三は先の河合久男と同様、後頭部を金属棒のような凶器で殴打されていた。また、現場の状況から、空地で襲われ、死後、近くの山林に隠されたことも分かった。現場から凶器が消えていた点も共通している。

検視の担当官がたまたま前の久男の検視者と同一人物で、両者の傷の形状と現場の状況が類似していることにすぐ気づいた。

一方で前の犯行とあきらかに異なる点もあった。今回の被害者の青木有三の局部が切り取られていたのである。鋭い刃物が用いられたように、男根はそこだけきれいに切り落とされていた。殺害後、山林に移されてから、その処置をほどこされたらしい。

数年前、東京で阿部定《あべさだ》事件という猟奇的殺人事件があった。料理屋の酌婦《しやくふ》の阿部定が愛人関係にあった男を殺害のうえ、局部を切り取り逃走したのである。大々的に報道されたこともあり、日本中が大騒ぎになった事件であった。

対照的に今回の事件がほとんど報道されなかったのは、片田舎での出来事というだけでなく、戦時色が強まるにつれ、報道側にある種の自制が働いた影響もあるかもしれない。

ともあれ、捜査陣は当初、阿部定事件のごとき痴情のもつれの可能性も考慮に入れ捜査を進めた。だが、青木有三の周囲に女の影がないこと、つよく的確な後頭部への殴打と死体移動に相当の力を要することに加え、詳しい鑑識の結果、凶器が久男殺害事件と同一である可能性が高まったため、連続殺人事件と断定したのである。

　捜査では河合久男と青木有三の共通の知人に焦点が当てられた。青木有三も殺害前、散歩を口実に人に会いに行くような様子だったと妻が証言していたからである。しかし、河合久男と青木有三の間には、生前なんのつながりもないことが分かった。生活圏も交友関係にも重なる点はなにひとつ見つからない。

「ということで、この事件も迷宮入りし、半年後にまた第三の事件が起こる」

　ふたたび滝が引き取って、つづきを語りはじめた。

　被害者となったのは水貝《みずがい》仙一郎《せんいちろう》。田中家と並ぶこの地方有数の名家の長男であった。三年ほど兵役につき大陸に渡っていた。この時は兵役を解かれ、帰郷して大々的な祝賀会が催されていた。その祝賀会の翌日、仙一郎は失踪し、さらにその翌日に死体となって発見されたものである。

　死体には前のふたりとそっくりの打撲傷があった。加えて青木有三と同様に局部の切断も認められた。

　当然、連続殺人事件として捜査は進められたが、前回ふたつの事件と同様の行き詰まりをみせた。被害者三人の間になんの関係も見つけられなかったうえに、今回の水貝仙一郎は戦地から戻ったばかりとあって、殺人を犯すほどの濃厚な人間関係を有する容疑者が見当たらなかったのである。

捜査陣の見立ては、この一連の殺人を知人による犯行から、異常者による動機なき犯行へと変わっていった。そこでこの地方の前科者、病歴者などをしらみつぶしに調べ回ったが、これといって有力な容疑者が浮かんでこない。

捜査対象者たちの多くはみな、見るからにいかがわしい風体《ふうてい》の者たちだったが、アリバイがあった。被害者たちがひと気のない場所で、たったひとりでこんな人間たちと落ち合ったとは想像しにくい。もしよんどころない事情で、やむを得ず会ったとしても、相当用心したはずだ。三人が三人とも抵抗のあともなく撲殺《ぼくさつ》された現場の状況とはあきらかに矛盾する。

そこで捜査陣はふたたび犯人像を見直し、一度は除外した女性も容疑対象に含めた。おりしも水貝仙一郎の頭部の傷からは微量の絹糸が採取されていた。さらに傷の形状をより詳しく調べたところ、金属棒ではなく、斧《おの》の背で殴打されたことも分かった。つまり犯人は絹布で隠し巻いた斧で被害者を殴打したらしい。少し体格の良い女であれば、犯行もその後の死体移動も可能とされた。

しかし、対象を広げて捜査をし直しても、やはり真犯人には迫れなかった。さいしょの河合久男の事件から含めると、捜査対象となった者はすでに百名を超えていた。そのうち、十名ほどには特にきびしい尋問をおこなったものの、犯人とする決め手をつかめず、全員、釈放するしかなかった。

「で、結局、この事件も迷宮入りとなった」

そう言って滝がひと息をついたところで、ぼくは質問を挟んだ。

「とっても興味深い話でしたけど、どうしてそんなに事件のことに詳しいんです？　報道もほとんどされなかった事件なのに」

滝はよくぞ聞いてくれたと言うように、にんまりと笑みを浮かべ、

「まあね、東京では報じられなかったと思うけど、地元の新聞には多少の記事は出たんだ。だけど、捜査方針や容疑者の取り調べなどの裏事情は当然報じられない。これだけの内部情報を入手できたのは、ぼくたち探偵小説倶楽部の手腕というか、調査力の賜物《たまもの》だろうね」

と自慢した。すると横から斎藤が、

「じつを言うと、事件の担当刑事のひとりが高梨《たかなし》さんといって白学の卒業生なのさ。その人からいろいろ情報を引き出したんだよ」

あっさりネタばらしをした。

ぼくは深入りをためらう気持ちもあったが、多少の興味を惹《ひ》かれたのも事実だった。

「それで、おふたりはこの三件の連続殺人の謎を、どう考えているんですか。犯人の目星は付いているんですか」

性急なぼくの問いに、滝は人差し指を立てて左右にふりながら、「ちっ、ちっ」と言った。

どうやらこれが滝の癖らしい。

「事件はまだ終わっていない。水貝仙一郎殺害から二年後の夏、また殺人事件が起こったんだ」

今度の被害者は中沢周吉《なかざわしゅうきち》、二十四歳の独身、国民学校の教師であった。夏休み中に校内の見回りに訪れた用務員が、校舎裏の用具小屋の中で死体を発見した。後頭部の傷は前三件のものと酷似しており、局部の切断の具合は青木、水貝と同様であった。捜査陣はこれを四件目の連続殺人事件と断定して捜査を開始した。

滝と斎藤が事件に興味を持ち、刑事の高梨からいろいろと情報をもらい独自の推理をおこないはじめたのは、この中沢殺しの直後だという。

「ところがね」と滝は無念そうに顔をしかめた。「このあとしばらくして高梨さんが事件の担当から外れて、捜査情報が入らなくなったんだ。だから、あとは新聞記事と噂話から想像するしかないんだが……」

その噂では、この中沢殺しでも目ぼしい手がかりや容疑者が浮かばず、捜査は暗礁に乗り上げてしまったという。

また、外部状況も変わってきた。すでに対米戦もはじまり、日本軍の快進撃が報じられていたが、長期戦の様相も呈してきた。真珠湾攻撃から二年がたち、事件を知る者たちも出征が相次ぎ、これも捜査に困難をもたらしているようであった。

「で、この中沢周吉殺しがおおよそ二年前。以降、有力な手がかりが見つかったとか、新たな容疑者が取り調べを受けたという話は噂にも出ていない」

と滝は話を締めくくった。

こんな田舎でこれほど奇妙な殺人が立て続けに起きていたとはおどろきだった。四連続殺人など、東京でもなかなか聞かない。しかし、それを自分たちで解決しようとするのはどうなのか。

「さっきも聞きましたけど、おふたりは犯人の目星というか、なにか事件解決の決定的な手がかりでもつかんでいるんですか」

あらためてぼくが問うと、

「君ねえ」滝はちょっと困ったような顔をして、「警察が真剣に取り組んでいまだ未解決の事件の謎が、そう簡単に解けるはずがないだろう。もっとも、ぼくらだって伊達《だて》に探偵小説を読んでいるわけじゃない。いろいろと説は考えているよ」

その説の開陳《かいちん》に先立ち、滝が椀の酒で喉を潤していると、戸外から時ならぬ音が聞こえてきた。その音を聞いたのか、寄宿舎内も騒がしくなった。

四

「半鐘《はんしょう》だ。火事かな、空襲かな」

外の音に耳を澄まし、滝がつぶやいた。

ほかの寄宿生たちも自分たちの部屋から出て、ホールに集まってきた。

「空襲みたいだね」

などと言葉を交わし合っているが、さして切迫した様子もない。どこか面白がっているようにさえ見える。東京で大空襲を経験したばかりのぼくは胃が引きつるような緊張をおぼえたが、ずっとこの寄宿舎で過ごしてきた者たちには実感が湧かないようだ。

それでも滝の指示で電灯が消され、外へ避難することになった。防空壕はすぐ近くにあるらしい。防空頭巾や鉄兜《てつかぶと》を手にしている者もいる。

どこかのんびりとした足取りで、全員がぞろぞろと廊下を玄関へ向かっていると、

「あっ、教授はどうします。姿が見えませんが」

斎藤が滝に尋ねた。

滝はちょっと考えて、

「どうせ出てこないだろうけど、いちおう声だけはかけておいてくれ」

と言った。斎藤は階段を駆け上がった。滝とぼくが玄関口で待っていると、斎藤が階段を下りてきて首をふり、

「やっぱり、ここに残るそうです」

と伝えると、滝は無言でうなずき、行こうと言うように顎《あご》をしゃくった。

寄宿舎を出て二十メートルほど先にあるという防空壕へ向かっていると、林の中の道に小さな光が動いているのが見えた。何本かの光が上下に揺れながら近づいてくる。懐中電灯の明かりのようだ。

滝は学生たちに防空壕に入るように言って、自分は植え込みの前で立ち止まった。ぼくと斎藤も滝の横で足を止めた。

数人の人影が敷地内の植え込みを越えてきた。その中のひとりに知った顔を見つけて、ぼくは声をあげた。

「健太じゃないか」

「あっ、昼間の、誰だっけ」

健太はぼくに懐中電灯の光を向けて首をかしげた。ぼくは名乗ったあと、

「どうしたんだ、空襲かい？」

と尋ねると、健太は懐中電灯の光を左右にふり、うろたえたような声をあげた。

「空襲？　ここに爆弾が落ちたのか」

滝が一歩前に出て、

「さっきから半鐘が鳴っているだろ。――何事です？」

健太以外の男たちに向かって尋ねた。

「隣の県で夜間空襲があった。その爆撃機の一機がわが方の迎撃機の攻撃で被弾し、県境を越えて飛来したのだ。どうやら、こっちの方へ逃れて墜落《ついらく》したようだが、なにかそれらしい物音でも聞いておらんか」

あとで知ったことだが、この時、爆撃機の探索で寄宿舎を訪れたのは、田中隆一郎の通夜に参列していた警防団員たちであった。緊急の報《しら》せを受けて、急きょ捜索に乗り出したのだった。用務員の二瓶は通夜の席に残り、健太が道案内として、一行に加わったようだ。

村民の何人かが、こちらの方角へ高度を下げていく機影を目撃したらしい。

「ぼくたちずっと寄宿舎にいましたけど、なんの物音も聞いていません。この近くに落ちたのなら、気づくと思いますが」

と滝が答えた。

たしかに大型の爆撃機が近くに墜落したのなら、気づかないはずがない。といってこのあたりに爆撃機が不時着できるような場所もない。校庭でも無理だろう。そもそも夜間になんの誘導もなければ、たとえ滑走路があっても着陸するのは難しいはずだ。

もしかすると、爆撃機というのは間違いで、護衛の敵戦闘機が迷い込んだんじゃないのか。いや、それでも近くに墜落したら気づくはずだと、警防団の男たちはその場で議論をはじめた。

「ひょっとして」滝が男たちの議論に割って入った。「裏山の方に落ちたのかもしれません。ひと山隔《へだ》てているので、近くでも墜落音が聞こえないこともあり得ます」

ではそこへ確かめに行こうとの声があがり、滝が警防団の道案内に立った。自然にぼくと斎藤も同行する流れとなった。

校舎の裏手にそびえる山の反対側には、明治の昔に田中家が別邸に使っていた邸《やしき》があったそうだが、今はほとんど取り壊され、小さな倉庫が残っているだけだという。その倉庫もおそらく今は使われていないはずだと、滝に代わって先頭を行く斎藤が警防団員たちに説明している。

たしかに道は付いているものの、両側からせり出した笹にすっかりふさがれている状況からして、ふだん人が頻繁に行き来する道でないのは明らかだった。山へ向かって登り勾配《こうばい》になっているため、なかなか険しい道行だ。

まず、滝が遅れて、健太の息も荒くなってきた。かく言うぼくも顎が上がってきたようで、先を行く警防団員たちと距離が開きはじめた。

「だらしないぞ、いい若いもんが」

警防団の男にどやされた。

警防団は防空、消防などを目的に各地で結成されているが、若者は出征しているため多くは中年以上の男たちだ。今、ぼくたちの前を進んでいる男も、とうに四十は過ぎているだろう。しかし、それにしても、すごい体力だ。苦もなく笹を掻《か》き分け、山道を登って行く。

坂を登りつめると、笹のとばりが途切れ、開けた場所に出たようだ。ただ、暗闇に視界が閉ざされているので、どんな状況かよくは分からない。警防団員たちも左右に懐中電灯の光をめぐらして、周囲の様子を探っている。

いちばん遅れていた滝が息を切らしながら追いつき、

「右手が学校の裏山で、左手の道に沿っていくと、田中邸の跡地に突き当たります」

ふたたび先頭に立つと、解説を加えながら闇の中を進んでいく。

今は使用していない倉庫の近くまで来ると、先頭の滝と警防団員が足を止めた。暗くてよく見えないが、あきらかにただならぬ気配が感じられた。

異様であったのはその臭いだ。燃料の強い臭気があたりに充満している。

「どこだ、この臭いの元は」

警防団員たちは懐中電灯の光を周囲に差し向ける。倉庫のトタンの外壁が光の輪に浮かぶ。よほど古い建物なのだろう、トタンの表面に赤錆《あかさび》が浮いているだけでなく、どこかいびつに見える。

「おかしいな、こんなに傾いていたかな」

滝はそう声をあげ、警防団員から懐中電灯を借り、倉庫をくまなく照らしていく。下から上へ光を上げていくと、屋根が捲《めく》れ剝がれて、一部が横の壁にぶら下がっているのが見て取れた。建物の上部になにか強い力が加わり、屋根を吹き飛ばしたようだ。

声にならない声をもらしながら、一同が無残に落ちかけた屋根を不安そうに見上げていると、ひとりその場から離れて、建物の裏に回って林の方へ向かっていた健太が大声をあげた。

「あっー、こっち、こっちへ来て」

その切迫した声音に、何事かとぼくたちは建物の横をすり抜けて、健太のいる方へ駆け寄った。

ぼくたちを呼ぶ健太の後方には林の暗がりが広がっている。異臭はますます強く鼻腔《びくう》を刺激した。目がひりひりと痛く、息苦しささえ感じられるほどだ。

ぼくたちが近づくと、健太は、

「ほら、ここ」

と言って林の中へ懐中電灯の明かりを差し向けた。

何本もかなりの大木がなぎ倒されている。根元から引き抜かれたように倒れている木も、真ん中くらいから幹がへし折れている木もあった。いずれも林の奥へ向かって一様にひしゃげ倒されている。すさまじいまでの力がこの林の一点に殺到したことが、はっきりと見て取れる。

警防団員のひとりが倒れた幹に足をかけ、おそるおそる身を乗り出すようにして懐中電灯を林の奥へと向けた。

木々の枝の間から、巨大な銀色の機体の一部が鮮《あざ》やかに闇に浮かんだ。


それからが大騒動だった。警防団員たちのひとりが応援を呼びに行き、残りは爆撃機が墜落した林一帯の見張りについた。ぼくたちも加勢を買って出たけど、生き残りの敵兵が反撃をしてくるかもしれないと、寄宿舎に戻るよう命じられた。

それでぼくたちは寄宿舎へ帰り、中にこもって戸締りをしたのだが、その夜は一晩中、外が騒がしかった。警察や軍の車やらがひっきりなしに、寄宿舎の横の道を通って、裏山へと入って行くのだ。寄宿生たちは一階の食堂に集まって、長い時間その様子をうかがっていた。

「敵兵との撃ち合いはいつはじまるんですかね」

下級生が言った。寄宿舎に戻ったあと、滝が今にも敵兵が攻めてくるような大げさな物言いをした。その言葉を真に受けるものは誰ひとりいなかった。だから下級生の言葉は皮肉である。

「まあ、あの墜ち方だと、助かった者がいてもそうとうな傷を負っているだろうし、そうじゃなくても、どこへも逃げようもないから、すぐに投降するだろう。それほどの大捕り物にはならないよ」

斎藤が冷静に分析した。

日付が変わるころ、ようやく、ぼくたちはそれぞれの部屋に引きあげ、床に就いた。

薄くかび臭い布団にくるまって、ぼくは長い一日を振り返った。

はじめて家族のもとを離れ、他人の中での集団生活を送る。寄宿舎に着くまで、ずっとそのことが重く心にのしかかっていた。新しい環境にうまく溶け込めるか、ずっと心配だった。だけど、ここに着いて以降、そんなことはすっかり忘れてしまっていた。滝と斎藤という友人もできた。目まぐるしかった一日を終えて、ぼくは生まれ変わったような安堵と高揚感を覚えていた。

五

翌日の朝になっても、軍の関係者とおぼしき人たちが裏山へ大勢出入りしていた。寄宿舎横の道は在郷軍人や警防団員たちが交代で立哨《りっしょう》に当たり、人の出入りをきびしく制限していた。なにやら物々しい雰囲気だが、様子見に近づこうとすると追い払われてしまうので、昨晩からどんな発見や変化があったのか、なかったのか、かいもく見当がつかなかった。

朝食のあとしばらくして、滝と斎藤が田中隆一郎の葬儀に参列するというので、ぼくも付き合うことにした。

田中邸は山岸と呼ばれる集落の中心から東に外れた山のふもとにあった。寄宿舎からは歩いて小一時間ほどのところである。

この集落随一の名家というだけあり、田中邸は堂々たる邸宅だった。どこまでも続く長い築地塀《ついじべい》をたどって行くと、大きな櫓門《やぐらもん》が見えてくる。そこをくぐると、広い敷地と奥の邸の間に花が飾られていた。

昼からの式にまだ時間があるためか、参列者の姿は多くない。

「あ、宗一郎《そういちろう》、来たんだ」

ぼくたちの姿を目にした林屋健太が走り寄ってきた。何事かと周囲の人が振り返る。

「ぼくは宗八郎だよ」

目の前に来た健太にぼくは小声で言った。

昨晩、ぼくたちが寄宿舎に引きあげたあとのことを尋ねると、健太も役場に知らせに行くため、すぐあの場を離れたのだと言った。

大声で話す健太の背後から、黒い着物に身を包んだ中年の女性が近づいてきた。

「健太さん、あまり大きな声を出してはいけませんよ。今日は隆一郎さんのお弔《とむら》いなのですから」

女性がやさしくたしなめると、健太はうなずいて、

「うん、分かってるって」

と大きな声で答えた。

この人が教師をしている健太の母親なのか。息子よりずいぶん上品に見えるが、たしかに面差《おもざ》しに似ているところがある。

滝と斎藤とは面識があるらしい母親は、亡くなった隆一郎がかつての教え子だったことを話したあと、ぼくの顔を見て健太に尋ねた。

「新しいお友達？」

「そうなんだ、昨日、ぼくが迎えに行ったんだよ。宗一郎だ」

ぼくはあらためて訂正する気にもなれず、健太の母親に、

「美作です」

とだけ自己紹介した。

「健太がいろいろご迷惑をかけるでしょうが、仲良くしてやってくださいな」

健太の母親はそう言って頭を下げた。それから奥で手伝いがあるといって、健太を連れてぼくたちの前から去った。健太はうれしそうに母のあとをついていく。

ぼくは中学に入ったころから、母親といっしょのところを友人たちに見られるのが嫌でたまらなくなっていたので、なんとも仲睦まじい林屋母子の姿を見て、うらやましいような、くすぐったいような、不思議な気持ちにとらわれた。

葬儀はしめやかにも盛大なものだった。十一時過ぎごろから続々と詰めかけてきた参列者は広大な敷地の中に入りきらず、門外にまであふれるほどだった。

邸内の大広間に設けられた祭壇には、多くの花が飾られ、正面には田中隆一郎の詰襟《つめえり》姿の写真が据えられていた。細面《ほそおもて》で涼やかな目元や、うすく引き締まった唇から、知的でやや神経質そうな印象を受けた。

ぼくは遺影に一礼し、滝と斎藤と並んで焼香をした。焼香を終えて祭壇の前からさがる際、あとに続く人の列の中に、セーラー服の集団があった。仲通で会った背の高い女生徒の姿も見える。神妙な面持ちで順番を待っている。こちらに気づくかと思い、じっと見つめたのだが、あっちはまっすぐ前を向いたままで、目が合うこともなくすれ違ってしまった。

焼香をすませてすぐに帰ってもよかったが、滝が出棺を見送ろうと言うので残ることにした。隆一郎の遺体はないはずなので、おそらく遺品を詰めた棺が運ばれるのだろう。

かなりの時間、門外の道で待っていると、野辺送《のべおく》りの行列があらわれた。先火《さきび》の高張提燈《たかはりぢょうちん》に籠《かご》、弔旗《ちょうき》などが出たあとに、位牌《いはい》持ち、飯持ち、水桶持ち、紙花《しか》持ち、天蓋《てんがい》持ちが続き、棺が門をくぐった。晒木綿《さらしもめん》の白衣を身にまとい、位牌を胸の前にかかえているのが隆一郎の父、田中巌吉であるらしい。行列には小さな子供や年寄りもいるが、案外少人数である。この地方の風習として、野辺送りはごく限られた親族のみで行われるのだという。

行列の最後が門をくぐると、見送りに道沿いに並んだ人々に、喪主の巌吉が深々と一礼し、挨拶の言葉を述べた。葬儀参列者へのお礼、幼いころの隆一郎の思い出などを口にしたあと、最後に巌吉は感極まったように声を詰まらせながら、

「隆一郎は学究の徒であり、徴兵も猶予される立場にありました。にもかかわらず、皇国存亡の危機を憂い、自ら志願し、前線へおもむいたのです。このたび英霊となって故郷に帰ってきた息子を、私は心から称《たた》えたいと思うのであります。隆一郎、おまえは私の誇りだ。やすらかに眠りなさい。みなさんも、隆一郎をよく戦ったと褒《ほ》めてやってください。そして隆一郎の報国の志《こころざし》を、勇気をいつまでも忘れないでいてください」

見守る人々の中からもらい泣きの声がもれると、それが輪のように広がった。鬼気迫る巌吉の魂の叫びに、ぼくまでも見も知らぬ青年の死に心をゆすぶられていた。

第二章　事件

一

米軍爆撃機が墜落した一帯は丸十日たって、ようやく封鎖が解かれた。そのあとの残骸撤去には生徒も駆り出された。ぼくと斎藤もその撤去作業組に入れられたが、片道一時間半もかかる軍需工場へ通うより、ずっと楽だとぼくたちは喜び、選からもれた滝は悔しがっていた。

墜落した爆撃機はB24だそうで、発動機や操縦席回り、電探《でんたん》、爆弾、機銃などの重要部品の大半はすでに軍によって運び出されているようだ。また、墜落直後には濃厚に漂っていた異臭もほとんど気にならない程度に薄れていた。

ぼくたちは林の中に散らばった胴体や主翼、尾翼などの破片を集める作業についた。破片といっても巨大な爆撃機なので、数人がかりで運ばねばならない何メートルもの金属板もある。また一方で墜落の衝撃ではじけ飛んだ小さなネジやガラス片のような物も、林の下草や地中に無数に散らばっている。

ぼくたちに課せられた作業はそれらをひとつ残らず集めて、寄宿舎近くの道に停めてあるトラックまで運ぶことだった。作業には監視がついて、ひと時も気が抜けない。ネジやピン一本まですべて機密情報だぞ、と監視役の伍長《ごちょう》は、ぼくたちのそばを練り歩きながら絶えず声を張りあげているのだった。

同じ作業についていた健太は、転んで無線機の部品を落としたり、疲れて休んでいるところを見つかったりして、そのたびに伍長からビンタをもらっていた。

「消耗するなあ。これなら工場に行った方がましだったな」

斎藤がぼやいた。ぼくと斎藤は伍長の目を盗み、草陰でさぼりながら、貴重な煙草を分け合って火をつけた。

作業は三日目に入り、ようやく終わりが見えてきた。この三日間で、ぼくが得たものは底なしの疲労感と喫煙の習慣だけだった。

「ところで、聞いたかい？　極秘の話なんだけど」

斎藤は声を落として、あたりをうかがうような素振りをした。

「聞いてないよ」

ぼくは即答した。寄宿舎に入って以来、ぼくに秘密の話をするような人間は、斎藤と滝しかいない。滝からはなにも聞いていないので、必然的にぼくは知らないことになる。

「なるほどね。滝さん流の論理思考という名の屁理屈がしっかり身についたようだね。――まっ、それはともかく、今回の墜落機の定員は十名なんだ。ところが、軍が回収した死体は九名しかいないらしい」

「じゃあ、ひとりは脱出して、どこかに隠れているのか」

「どうだろう。軍としてはその可能性も考えて、残骸回収はぼくたちにやらせて、ひそかに周辺を捜索しているらしいよ」

そう言いつつ、斎藤は半信半疑といった様子。

じっさいはどうなのだろう。もし、敵兵が動ける状態でいるとしたら、身を隠したりせずに、投降するんじゃないだろうか。島国の日本でどうあがいたところで、自陣まで逃走できるはずはないし、住民に見つかったら、暴行を受ける恐れだってある。投降がいちばん安全な選択のはずだ。

このような考えは、墜落の夜に斎藤も唱えていたはずだ。ぼくがそう言うと、斎藤もうなずいて、

「まあ、きっと誰かが面白おかしく、いい加減な噂を流したんだろう」

このあと、墜落現場から数十メートルも離れた沼地から、尾翼の一部が見つかり、ぼくたちはその引き上げを命じられた。こんな遠くにまで大きな尾翼が飛んだのかと、その衝撃の

大きさにあらためておどろかされた。

さいしょは尾翼に陸からロープを投げて引っかけようとしたが、ロープが水に浮いてしまい、うまくいかなかった。そこでぼくと斎藤が命ぜられて、沼の中から支えることになった。腰のあたりまで水に浸かり、ロープをかけた大きな金属片を持ち上げる。陸から引っ張るロープがずれないように押さえながら押し出すのだ。

しかし、これがなかなか難しい。沼の底がぬるぬるして足元に力が入らないうえに、金属の表面がつるつるして持ちにくいのだ。何度引き上げを試みても失敗してしまう。

「こらーっ、しっかり支えんか」

四回目の失敗で、痺《しび》れを切らした伍長から罵声《ばせい》が飛ぶ。

どうしたらうまく押し出せるのだろう。斎藤と顔を見合わせ、途方に暮れていると、ひとり新たに沼に入ってこっちへ近づいてくる者がいる。健太だった。

「助けに来てやったよ」

どうやらみずから助っ人を買って出たようだ。ありがたくはあったけど、貧弱な体格の健太の助太刀がどこまで役立つか疑問であった。げんに沼の底に足を取られてふらついている。

ところがやってみると、支点が増えて安定したためか、ロープはぴんと張りを保ったまま緩まず、尾翼はあっさり陸に引き上げられた。

「ありがとう、助かったよ」

礼を言うと、健太はへへと照れ笑いをしたあと、

「それより、宗一郎、知ってる？　飛行機の米兵がひとり行方、分からなくなっているらしい」

と目を輝かせて言った。

二

ぼくたちの爆撃機の残骸撤去作業は三日間で終了し、跡地はふたたび立ち入り禁止の処置が取られた。といっても、ただ看板が立っているだけなので、実効性はさほどない。げんに墜落機が接触して破損した倉庫のあと片づけに、田中家から依頼を受けた、寄宿舎用務員の二瓶高志《たかし》とその助手の健太が堂々と出入りしている。

一方、ぼくたちはもとの勤労奉仕に戻った。ぼくたちに課せられた役割は、金属パイプの運搬と切断だ。軍事車両の部品らしいが、詳しくは教えてもらえない。とにかく一ミリの狂いもなく正確に切るよう、うるさく注意された。パイプを五本束にして運搬する際も傷をつけないよう、毛布でくるんでそっと置くよう命じられたが、なかなかの重労働だ。ずっと真面目にやっていると、腰がおかしくなる。監視がいなくなると、ぼくたちは乱暴に床に投げ落とした。

しかし、そんな作業も一日中続くことはめったにない。加工用の金属パイプが不足していて、たびたび中断が入るからだ。時には午後から工場が閉鎖されることもあった。

そうなるとぼくたちは解放されるのかと思いきや、さにあらず、工場の敷地内の草むしりなどをさせられるのだった。

「兵器の製造はお国のためだが、こんな草むしり、本来、ぼくらの役目じゃない。このままじゃいかんな。ぼくらの本分をおろそかにしたまま、日々だけが過ぎていく」

休憩時間に滝は憂《うれ》い顔で、ぼくと斎藤にこうこぼした。ぼくはちびた煙草をくわえたまま、滝を見返した。二度も落第し、日ごろから勉学について口にすることもない滝も、心の中では学生の本分を見失っていなかったのか。

「見直しましたよ、滝さんも今年は進学を真剣に考えているんですね」

とぼくが言うと、滝は不思議な生き物でも見るような目を向けてきた。

「いったいなにを言っているのだ、君は。ぼくらの本分は探偵活動だろ。もっと平部員第一号の自覚を持ちたまえ」

やはり、付き合いもほどほどにした方がいいかもしれないな、との思いが脳裏をかすめた。

「でも滝さん」斎藤が言った「例の連続殺人については、もう警察だって捜査を縮小しているはずですよ。これ以上、ぼくたちになにができるんですかねえ」

口ぶりから察するに、斎藤も少々もてあまし気味だ。しかし、滝は憤然と人差し指を差し

立て、

「ちっ、ちっ、ぼくたちは警察のように地べたを這い回って手がかりや証拠集めをするわけじゃない。純粋な推理で事件の真相に迫るんだ。教授もいつも口癖のようにそう言っているじゃないか」

と斎藤を見上げて言った。

教授を引き合いに出したのは、滝と斎藤ともに教授への畏敬の念が深いためと思われる。ぼくはと言えば、そこまで教授への傾倒はない。いや、むしろ距離を置きたいのが正直な気持ちである。


ぼくが寄宿生活をはじめて数日たったある夜のことだ。ひとり分の食事を持って下級生が食堂を出て行った。直前にその下級生が滝からなにやら命じられているのをぼくは見ていた。

「あの食事、どこへ持って行くんだい」

横にいた斎藤に尋ねた。

「ああ、教授の部屋だろ。もう五日も部屋にこもったままだからね。滝さんが心配して運ばせたんだ」

こともなげに言う斎藤の言葉に、

「じゃあ、その間、なにも食べていないのか」

ぼくはおどろきの声をあげた。

「いや、そういうわけじゃない。教授は独自の栄養論を持っていてね。カブトムシ定食を常食としている」

「カブトムシを食べるのか」

ますますおどろき、声が裏返ってしまった。寄宿舎の食事がいくら貧しくとも、昆虫を常食するほど窮してはいない。教授なる人物は、いったいどんな変人だ。

「ちがうよ」

斎藤は苦笑した。カブトムシ定食とは教授の命名で、カブトムシ飼育で餌とする砂糖水を浸した脱脂綿のことを指すのだという。教授はこれを、カブトムシがそうするように、口に含んでちゅうちゅうと吸うそうだ。

「教授いわく、人間の脳は糖のみを栄養としているので、脳の働きを活性化させるには、カブトムシ定食が最適なんだそうだ」

それで栄養が足りるのなら、世の中に飢餓も栄養失調もないだろう。

「だいたいただの砂糖水なら、飲めばいいじゃないか。なんでわざわざ脱脂綿に含ませて吸うんだ」

「その方が食事っぽくって、満足感が得られるみたいだよ。いっきに血中の糖度が上がらないのもいいらしい。じっさい、教授は二年ばかりこんな食生活を続けているんだ」

本当にそんな人間がいるのか。担がれているんじゃないだろうか。不信の目を斎藤に向けると、

「美作もそろそろ教授に会っておくか。教授はわが探偵小説倶楽部の特別名誉部員でもあるからな」

いつの間にか横に立っていた滝が言った。

教授の部屋は寄宿舎の二階の西側いちばん端にある。寄宿舎は相部屋が原則だが、教授だけは独り部屋が黙認されている。

教授は梁川光之助《やながわこうのすけ》といい、滝より一年上級で、この寄宿舎では用務員の二瓶を除けば最年長だった。四年生の時、高等学校に合格したものの、病気のため入学せず、そのまま学舎に残り、五年に進級した。その後、ずっと授業にも試験にも出ず、部屋にこもりきりだという。学則では二年連続落第で放校のはずだが、教授にはその規則が適用されず、五年生を三年続けている。

「なぜ、それが許されているのかは誰も知らない。白学三大不思議のひとつにかぞえられている」

寄宿舎の階段を上りながら滝は語った。

「あとのふたつの不思議はなんですか」

と尋ねると、滝はぼくを見上げて、

「三つ全部、教授に関することだ」

とだけ言って、あとは語らなかった。

部屋の前に立った滝がノックし、「入りますよ」と言い、返事を待たずに扉を開けた。

滝と斎藤に続いて部屋に足を踏み入れると、まず、むせるような異臭が鼻をついた。腐敗臭とアンモニア臭が混ざったような強烈な臭いだ。さらにそこに埃とカビがほんのりと香りを添えている。

強烈な臭いに耐えながら、薄暗い部屋の中を見回すと、足の踏み場もないほど物が散乱している。鍋や茶碗や空き瓶に、脱ぎ捨てられた着物や下着が床に広がり、壁際には本の山が三つほどそびえ、さらに山崩れしたと思《おぼ》しき本の土砂が、部屋の半分近くまで押し寄せている。机や寝床は見当たらない。

寄宿生の部屋はどこも基本的に同じ造りなので、この部屋もぼくたちの部屋も変わりは無いはずだった。さらに言えば、どの部屋も学生のだらしなさと乱雑さで散らかり放題だ。しかし、この部屋の混沌と不潔さはまったく別次元である。

教授は本の山に挟まれ、壁を背にして座っていた。髪は肩に触れるほど伸びている。やはりまともに食事をしていないようで、頬はこけ、鎖骨《さこつ》は浮き、腕も枯れ木のように細い。上は袖なし下着一枚、下も猿股《さるまた》一枚という姿だ。上下とももとは白だったと思われるが、今はなんとも形容しがたい色に染まっている。仙人ともルンペンともつかない異様さを漂わせているが、部屋の異様さとうまく釣り合っているとも言えよう。

教授は長く伸びた髪の毛の間から光る眼をのぞかせて、ぼくたちの方を見た。

「なにか用かね」

甲高《かんだか》い声だ。子供っぽいかわいらしい声に聞こえなくもない。地獄の底から響くような低音を予想していたので、ちょっと意外だった。

「四年に編入した美作がぼくたちの倶楽部に入ったので、紹介しようと思いまして」

滝が促したので、ぼくは名乗ったあと、頭を下げた。教授は目を合わせず、無言でうなずいただけだった。

気まずい沈黙を斎藤が破った。

「教授、少しは食べた方がいいですよ。また痩せたんじゃないですか」

先ほど滝が運ばせた食事は手付かずのまま、教授の前に置かれていた。

「いや、充分、栄養は足りている。今日も頭が冴えに冴え、冬の湖の底のように澄み渡っている」

「そりゃなによりですが」滝が言った。「腐る前に食べてくださいね。食中毒でも起こしたらことですから」

教授はここでぼくの方へ顔を向けた。

「美作君とやら、君は腐敗と発酵の違いを説明できるかね」

突然の問いに戸惑い、滝と斎藤に助けを求める視線を送ったが、黙殺されたので仕方なく、

「人にとって有害のものが腐敗で、有益なものが発酵じゃありませんか」

と答えた。

「おおむね正しいが、満点の回答とは言えない。腐敗も発酵もどちらも有機物質を微生物が変質させる現象をいう。ただその生化学的な線引きはじつに曖昧なのだ。食用に適した変質をする現象をあらわす発酵が人類に有益なのは確かだろうが、腐敗が必ずしも有害とはかぎらない。げんにぼくは何度も腐敗した食物を摂取したけど、なんの変調もきたさなかった。多くの腐敗は人間にとって無害なのだ。腐敗臭や味覚や食感の変化を不快と感じるか感じないかは個人差があるから、これをもって有害とは言い切れない。ぼくなんかは腐臭の中にむしろ甘美な郷愁を嗅《か》ぎとるくらいだ」

だから部屋をこんなに汚して平気なのか。ぼくは半ばあきれて声もなかったが、滝はさも感心したようにうなずいたあと、寄宿舎の運営についていくつか相談をし、教授もなにやら答えていた。

ようやく話が終わり、教授の部屋を出ると、ぼくは深呼吸をした。

「おどろいただろ」

と斎藤はにやにや笑っている。

「ああ、想像以上の変人だ。だけど栄養は糖分だけじゃなく、アルコール分の摂取もあるよ

うだね」

「いや、教授は下戸だよ」

「でも部屋に一升瓶やビール瓶がいっぱいあったじゃないか」

「あれはだな」滝が咳払いをした。「中味は全部小便だ。あそこに溜めている」

「なんでそんなことを――」

ぼくは絶句した。

「便所まで行くのが面倒だそうだ。ちなみに瓶のそばに蓋付《ふた》の鍋もあっただろ。あの中には……、いや、もう、やめておこう」

と滝は首をふった。

先ほどの部屋の異臭がもう一度記憶の中にぶり返り、あらためて吐き気を催してきた。まったく、奇人変人なんてもんじゃない。ぼくはすっかり度肝《どぎも》を抜かれてしまった。

その後も何度か教授と言葉を交わし、その博識と頭脳の明晰《めいせき》さに感心もしたが、やはりその際《きわ》だった変人ぶりの方がぼくには強烈で、滝たちのように心酔するとまではいかなかったのだ。

だから滝が探偵ごっこに教授の言を持ち出したこの時も、ぼくは冷めていた。

「純粋に推理だけで真相に迫れるのなら、教授に連続殺人犯が誰だかピタッと当ててもらえばいいじゃないですか」

滝と斎藤は白けたような顔をした。滝は煙草のけむりを吐いて、

「君ね、世の中はそんな単純に割り切れるもんじゃないんだよ。もっと多面的、重層的、相互的なパズルがいくつも絡まりあった複合体だと考えたまえ。教授に頼らずぼくも事件について深く考察をしているが、真相には至らない。思考の深度の問題なのか、鍵となる事実が不足しているのか、それはまだ分からない。だが、いずれ遠からずかならず、犯人を暴《あば》いてみせるさ」

と大見得を切った。

三

それからまた幾日かが過ぎた。ぼくたちは相変わらず、愚痴をこぼし合いながら勤労奉仕にはげんでいた。滝が言うところの探偵活動はまったくおこなわれず、ぼくの意識からも連続殺人事件のことなど、すっかり消え去っていた。

授業もなく娯楽もなく、寄宿生たちが単調な日々の繰り返しに飽き飽きしている中、健太だけはただひとり忙しそうに動き回っていた。といっても、本分の仕事に精を出しているわけではなさそうだ。

「姿、見かけていないかい」

部屋で寝転がっていると、用務員の二瓶高志が健太の行方を尋ねてきた。用事を頼もうと思ったんだけど見つからない、と二瓶はこぼした。

二瓶は二十三歳の復員兵である。滝たちの話によれば、大陸の戦闘で頭部に銃弾を受け、その弾がまだ脳内に残っているというのが自慢らしい。とくに大きな後遺症があるようには見えないが、その後の召集は免《まぬが》れている。

「いえ、見てませんけど」

ぼくは答えた。

「しょうがないな、梯子《はしご》が見つからないんで、あいつに借りに行かそうと思ったんだが」

傷んだ屋根の修理をするのに必要なのだという。

「じゃあ、ぼくが借りてきますよ」

ぼくは立ち上がって言った。

梯子を探して学舎の倉庫に立ち寄ると、ちょうど自転車を押す健太に出くわした。ハンドルから荷台にかけて梯子を渡している。

「その梯子を持って、どこへ行くつもりだい。二瓶さんが捜していたぜ」

と声をかけると、健太はばつの悪そうな顔をして近づいてきて、ぼくの耳元に口を寄せてささやいた。

「誰にも言わないでくれよ。じつは米兵の隠れ処《が》が見つかりそうなんだ」

「まだそんなこと言っているのか」

爆撃機が墜落してからもう三週間近く経つ。軍もかなりの範囲を捜索し終え、すでに撤収していた。もし生き残りの米兵が実在したなら、その時に見つからないはずがない。

「それが誰にも分からないところに隠れているんだよ」

「どうしてそんなことが分かる」

「それは秘密なんで言えないけど、怪しい場所をいくつか確かめてみたいんだ」

いったい誰に吹き込まれたのだろう。健太はすっかり米兵の実在を信じ込んでいる。しかし、万が一にもないだろうが、もし、本当にいたなら、不用意に近づいては危ないのではないか。

「敵は武装しているかもしれないぞ。ひとりで行って大丈夫なのか」

ぼくは脅かすような物言いをした。本気で心配したわけではなく、無駄なことをやめさせようとの意図だった。

健太はいったん怯《ひる》んだ顔をしたが、思い直したように首をふって、

「うん、でもやっぱり行ってみるよ。みんなみたいに学校行っているわけじゃないし、徴兵検査にも受かりそうもないけど、ぼくだって少しはお国の役に立ちたい」

それほど言うのなら気のすむまでやればいい。どうせ無駄骨になるだけで害はないだろう、

とぼくはあえてそれ以上は引き止めなかった。

寄宿舎へ戻り、二階の自分の部屋に入ると、そこには斎藤だけでなく、滝とふたりの下級生の姿があった。ふたりの下級生は窓ぎわで膝をついて双眼鏡で外をのぞいている。

「ここでなにを……」

問いかけたぼくの声は下級生の叫びにさえぎられた。

「敵機発見！　絶対国防圏内へ侵入せり」

「何者だ」

滝の問いに、下級生は望遠鏡をのぞいたままの姿勢で、

「メチ公であります」

「なにっ、貸せ」

滝が望遠鏡を奪い取った。

メチ公とは若い女の意のドイツ語、メッチェンから変じた隠語だろう。友達のいないぼくでもそれくらいは分かる。

ぼくと斎藤も窓ぎわに寄って外を眺めた。

林を抜けて寄宿舎の方へまっすぐ近づいてくる背の高い女がいる。ぼくは「あっ」と出かかった声を飲み込んだ。あの女生徒だ。たしか名前は早坂薫《はやさかかおる》。

薫は寄宿舎の敷地の手前でいったん足を止め、こちらの建物を眺めたあと、ふたたび意を決したように歩き出した。

滝が双眼鏡を下ろし、伝声管に向かって声を張りあげた。

「止まれ。おまえは何者だ」

薫はびっくりした顔をして立ち止まった。そして、ぼくがはじめて寄宿舎を訪れた時、そうしたようにあたりを見回している。

「うっひ、ひ、ひっ」薫の戸惑う様子に、滝は押し殺した笑い声をもらし、ふたたび伝声管に向かって、「こっちはおまえの行動を、すべてお見通しだ。命が惜しくば、すみやかに立ち去るがよい」

ようやく薫は植え込みの中の伝声管に気づいた。地上を伝う管をたどって、こちらを睨み上げたあと、憤然と玄関口へ向かって足を踏み出した。

「あっ、こら」

滝はあわてて部屋を出て階下へ向かった。ぼくたちもすぐあとを追った。

階段を下りると、すでに薫は玄関の中に腕を組んで仁王立ちしていた。

「おい、女。立ち去れと言ったじゃないか。勝手に寄宿舎内に入り込むな」

と滝が恫喝《どうかつ》する。ただし、滝が薫を見上げる形になっている。

薫はせせら笑うように滝を見下ろし、

「まったく、やっていることも、なりも小学生なみね」

「ふん」この手の嘲笑には慣れているのか、滝はこたえた様子もなく、「今は小学校などないのだ。国民学校というのだ。時代おくれの女め」

「そうだ、時代おくれめ」

「そうだ、おまえこそ小学生、もとい国民学校生だ」

下級生たちが囃《はや》し立てた。

薫は腕組みを解いて啞然《あぜん》とした表情をしたあと、ほとほとあきれ果てたというように首をふって、

「本当にあんたたちって幼稚。小学生以下だわ」

「だから、小学校は――」

と言いかけた滝の言葉をさえぎって、斎藤が一歩前に出て告げた。

「ここは女人禁制の寄宿舎だ。入って来られたら困るんだよ」

ようやく、まともな交渉相手が出てきたかといった顔をし、薫は斎藤へ向き直って、

「今日はあなたたちに正式に抗議に来たんです。健太におかしなことを吹き込んで、あっちこっちに引きずり回しているでしょ」

と決めつけるように難詰《なんきつ》した。

「健太が最近ふらふら出歩いているのは知っているけど、ぼくたちがそう仕向けたわけじゃ

ない。むしろ寄宿舎の用事が片づかなくて、迷惑をしているんだ」

斎藤の返答に、薫は疑わしそうな顔で、

「本当？　健太をからかって面白がっているんじゃないの」

「おい、ちょっと待て」滝は文字どおり自分の頭ごしに交わされる会話に割って入り、「だいたいなんでおまえが健太の心配をする。いったい健太とどういう関係だ」

これにはぼくも興味があった。斎藤の横で思わず耳をそばだてた。

「健太は家が近所で幼馴染なのよ。昔から身体が弱くて、素直で人の話を信じやすくて、からかわれていたの。だからあたしが守っていたんだけど、ここへ出入りするようになって目が届かなくなったと思ったら、おかしな行動をはじめたってわけ」

教員をしている母親も心配している。健太へ直接問い質しもしたが、秘密だと言って答えない。そこできっと寄宿生たちの仕業に違いないと思い、ここへ乗り込んできたという。

「ふむ、見当違いも甚《はなは》だしいが、困っているのはこっちも同じだ。なにか心当たりはないか」

滝が振り返って問いかけてきたので、

「どうも誰かに米兵がこの一帯に隠れていると言われたのを信じ込んで、そこら中を探し回っているみたいです」

ぼくは先ほどの健太との会話をみんなの前に披露した。

「なるほどな」滝はうなずいて、「それなら納得がいく。しかし、いったい、誰がそんな話を健太にしたのかな。米兵なんかいるはずないのに」

「本当にあなたたちじゃないのね」

薫はまだ疑わしそうな顔をしている。

「くどい。われわれも人をからかうことはあるが、その場かぎりのことだ。長々と何日も引きずり回すような悪質なまねはせん」

と滝は言った。

「でも、健太もなんで米兵の行方なんか追っているんだろう」

斎藤が疑問を呈する。

「お国の役に立ちたいって、言っていたな」

ぼくが答えると、薫はちょっと沈んだ表情で、

「健太は自分が徴兵検査に合格しそうもないことを苦にしていたから、そこをつけ込まれたのね。本当にたちが悪い」

「まあ、どうせ米兵なんかどこにもいないんだから、健太もそのうち探索をあきらめるだろう」

と斎藤がとりなすように言った。

四

それから二日後、学舎の講堂で講演会が催された。

村長の田中巌吉と警察署長の倉石誠司《くらいしせいじ》と白霧学舎の学長の三人が演者を務めることが、ふた月くらい前から大々的に告知されていたそうで、聴衆は集落の各所から集まってきた。講演会の開始予定は午前九時だったが、その一時間前には講堂は満席となり、並んだ椅子の間や後ろの通路にも人があふれるほどだった。

「村長や学長たちが雁首《がんくび》そろえて、いったい、なんの話をするんだ」

講堂の前の廊下で、ぼくは斎藤に尋ねた。白霧学舎の生徒は、病欠扱いの教授以外、全員が出席を命ぜられていた。しかし、これだけ大勢の中なら、ひとりやふたり、いなくなっても気づかれることはあるまい。

「きっといよいよ本土決戦がはじまるから、その心構えとか覚悟とかを、こんこんと聞かされるんだろう」

口ぶりからして、斎藤もまったく乗り気ではないらしい。ぼくがエスケープを持ちかけると、すぐさま賛同した。

「さいしょに点呼があるだろうから、途中で隙《すき》をみて抜け出そう。それと、滝さんも誘わないと。あとで怨《うら》み言を言われる」

そこでぼくたちはすでに座席についていた滝に声をかけ、いったん会場の外へ出て、戻ったあとは席にはつかず、入口近くの通路に陣取った。

それからしばらくすると、教師が講堂内を回って、一人ひとり生徒の出欠確認をした。これでもうあとは、教師の目を盗んでうまく抜け出すだけだ。

講演会に先立ち、司会役の学舎の教師から挨拶と本日の演者の紹介があった。司会者と三人の演者のほかに、水を運んだり、めくりをする雑用役で舞台の隅に二瓶高志も控えている。紹介が終わるとさっそく、さいしょの演者である白学の学長が舞台中央に進んだ。

「学長の話くらいは聞いておかないとまずいですかね」

斎藤がささやくと、滝は首を横にふり、

「なに、かまわんさ。隙をみてすぐにでも抜け出そう」

と言った。

ぼくはふたつある入口の近い方に目をやった。ちょうど健太が出ていくところであった。戸の前には教師が立っているが、学舎の生徒でない健太の中座は咎《とが》められることもない。

「あいつ、堂々と出て行きやがったな」

斎藤がぼくの耳元で舌打ちをする。

「きっと鐘撞塔へ行くつもりだ」

ぼくは今朝方、健太が興奮気味に語った言葉を思い出した。

ついに米兵の隠れ処を突き止めた、今日中にそこを調べたい、という健太に、ぼくは尋ねたものだ。

「どうして鐘撞塔なんかに米兵が隠れていると思うのさ」

鐘撞塔は毎日正午と午後五時の鐘も鳴らすので、頻繁に人の出入りがあるはずだ。本当にいるなら、とっくに誰かが見つけているだろう。

「塔のてっぺんには屋根裏部屋があって、そこに人が隠れることができるんだ。あそこは軍も調べなかった。それにここ数日、鐘が鳴っていない。だから、きっとあそこにひそんでいるんだよ」

健太は確信しきっている。健太自身の思いつきというより、やはり、誰かに吹き込まれている気配が濃厚だ。

「そもそも、墜落機に乗っていた米兵が、なんでこの村の鐘撞塔の屋根裏部屋のことまで知っている」

「村の中にそこへ手引きした間諜《スパイ》がいるんだ。米兵を捕まえれば、そいつの正体も分かるって言っていた」

「言っていた？　誰がそんなことを」

うっかり口をすべらせた健太を問い詰めようとしたが、健太ははっとした顔で口を閉ざし、それ以上はなにも語らなかった。よほど厳しく口止めされていると察せられた。

今日の講演会で、健太は二瓶の手伝いをすると聞いていたが、二瓶が舞台にかかりきりなのをいいことに、鐘撞塔へ行くつもりらしい。

ぼくたちも健太に倣《なら》って、退屈な講演会からいち早く抜け出したいが、あいにくふたつの入口のどちらにも教師が立って目を光らせている。敵もぼくらの行動を予測し、対策を講じているのだ。

舞台では学長の話が続いていた。内容は予想どおり、本土決戦に対する学生、一般市民の心構えといったところ。すでに朝礼で何度も同じ話を耳にしているぼくたち白学の生徒たちは、みな傾聴をよそおい、頭の中では別の考えに耽《ふけ》っている。

消火訓練や避難訓練には真面目に参加しましょう、贅沢は慎みましょう、などの決まり文句が何度も繰り返し耳に響けど、いっこう心に響かぬまま、おおよそ一時間ばかり学長の訓《くん》話《わ》は続いた。

果てがないと思われた学長の話がようやく終わり、次の演者の田中巌吉が登壇する幕間《まくあい》に、客席を立つ者が数人あった。手洗いへ行くらしい。その者たちに紛れてぼくたち三人も、まんまと会場を抜け出した。

講堂は校舎と渡り廊下で結ばれている。ぼくたちは校舎の便所へ向かう人たちから離れ、校舎横の木立に身を隠しながら移動して、学外の敷地へと逃れた。

「さてどうする。映画でも観るか」

学舎から遠ざかり、女学校への曲がり角を曲がったところで滝が言った。

さいわい今日は勤労奉仕も休みだ。講演会からぶじ抜け出せば、あとはなにをしようと自由なのであった。

「健太が鐘撞塔に行ったようなんです。ちょっと様子を見ておきませんか」

ぼくは今朝方の健太との会話を、滝と斎藤に伝えた。

「まったく、おかしな考えに取り付かれたもんだな」

斎藤はあきれ声で言った。

「しかし、まあ、鐘撞塔ならここから十分とかからん。大した寄り道でもないし、映画はそれからでもいいな」

と滝も言ったので、ぼくたちは方向を転じて鐘撞塔へと向かったのだ。

ぼくたちはこの先、なにがあるかをまったく予期していなかった。だから、道々、黒澤《くろさわ》明《あきら》の映画『姿三四郎《すがたさんしろう》』の話に夢中になっていた。ぼくはすでに東京で観ており、滝と斎藤もこっちの映画館で鑑賞していた。

ぼくたち三人は、のんきに映画の科白《せりふ》を真似たり、組んず解《ほぐ》れつの決闘シーンを演じたりしながら田んぼの中の道を進んだ。田んぼからは蛙《かえる》の合唱が響き、頭上では二羽のツグミが、空中戦さながらに戯《たわむ》れながら絡み合い、青空を横切っていく。

しばらく前から木立ごしに先端が見えていた鐘撞塔は、小さな稲荷《いなり》の角を曲がるとぐっと近づいた。石造りの土台の上に高さ十数メートルの木造で四角錐《すい》形の高楼がそびえる塔は、間近に見るとなかなかの迫力がある。

塔の外壁は下見板張りで、上方の鐘室は東屋《あずまや》のように四方を柱で支える吹き通しで、その上に三角の屋根が載っている。もう少し近づかないと屋根裏部屋があるのか分からないが、あったとしても相当狭いはずだ。

あんなところに大柄な米兵が何日も隠れられるのだろうか。ぼくは屋根を見上げ、素朴に疑問に思った。

鐘撞塔の周りにはこれといった建物はなく、ただ塔と鐘の手入れや掃除用の道具をしまっておく小さな物置小屋があるばかりだった。

さいしょに気づき、声をあげたのは滝だった。

「おい、あそこに誰か倒れているぞ」

たしかに塔から十メートルほど離れた地面に人が倒れている。ぼくたちは駆け寄った。

「健太だ」

ひと目見て、言わずもがなの言葉をぼくは口にした。

健太は後頭部から血を流して倒れていた。わずかにうつろな目を開けているが、息はしていないようだ。滝が首に手を当てて脈を診《み》る。無言で首をふった。

「これは――」

斎藤が健太の遺体の脇に落ちているものを指した。血の付着した斧であった。

第三章　ぼくたちの活動

一

ぼくたちは息もつがず、全力で講堂へ駆け戻った。途中、道筋も景色もまったく目に入らなかった。ただ健太の死にざまだけが意識を埋めていた。あとから考えれば、ひとりは現場に残って、見張りをすべきだったが、その時はそんなことは思いもしなかった。仮に思っても、誰もひとりきりで無残な健太の死体と残ることなど望まなかっただろうが。

ぼくたちの報《しら》せを聞いて、教師たちはほんの一瞬、戸惑った顔をした。ぼくたちの取り乱しようから、事実を疑ったわけではあるまい。

講演会を抜け出したことをまず叱るべきか、警察への連絡を優先すべきか、迷ったようだ。そこで教師たちは、警察へ電話連絡する者と、ぼくたち三人に体罰を下す者の二手に分かれたのだった。

教師からの連絡がいくと、さいしょに駐在所の巡査が現場に駆け付けたらしい。そのあと刑事や鑑識係が到着したようだが、ぼくたちは学舎内の教員室に閉じ込められ、状況はまったく知らされなかった。ただ講演会がそのまま続いていることと、報せを受けた健太の母親が教師に付き添われて現場に向かう様子が窓越しに見て取れた。

ぼくはこの地に着いてさいしょに親しくなった健太が無残にも殺されていたこと、そしてその姿を目の当《ま》たりにしたことに大きな衝撃を受けていた。日ごろ推理談義で探偵風を吹かせている滝も斎藤も同様に、蒼い顔をして黙りこくっていた。

そうやって教員室の中で二時間ばかりを過ごしただろうか。

先ほどぼくたちにビンタをくらわせた教師が部屋に入って来た。この教師は室井耕平《むろいこうへい》という生活指導の教師だが、いかつい顔と身体の特徴から、ぼくたちは陰でゴリラと呼んでいた。

そのゴリラがビンタの時よりも険しい表情で、

「おまえたち、ちょっと来い」

と部屋からぼくたちを連れ出し、これからいっしょに事件現場に行くと言う。

「警察の人が話を聞きたいそうだ。見たことを正直に答えるんだぞ」

もちろんぼくたちも、捜査に協力することに異存はない。健太殺しの犯人を捕まえるために喜んで協力するつもりだ。

現場の鐘撞塔に戻ると、敷地内に大勢の人がいた。みな刑事や鑑識係といった警察関係者だろう。巻尺で距離を測ったり、図面を描いたりしている。すでに健太の遺体は移送されたようで見当たらない。健太の母親の姿もなかった。

引率のゴリラがぼくたちの到着を制服の警察官に告げると、すぐに別の私服の刑事がぼくたちの方へ寄ってきた。われらがゴリラ先生に負けず劣らず、いかつい顔をしたおそらく四十歳見当の刑事であった。

刑事はぼくたちを敷地から少し離れた場所に連れて行き、

「さいしょに確認するが、おまえたちが来た時、斧があったのは間違いないんだな」

と詰問口調で問い質してきたので、ちょっとおどろいた。

もちろん間違いありません、とぼくたちは声をそろえて答えた。なぜそんなことを聞くのだろう。刑事はぼくたちの疑問には応えず、

「じゃあ、こっちへ来て、林屋健太の倒れていた位置と、斧があった大まかの場所を示してくれ」

とぼくたちに敷地の中へ入るよう言った。

「どういうことですか。遺体や斧が動かされていたんですか。どこかに消えてしまったんですか」

滝が刑事に尋ねたが、刑事はじろりと滝を睨んで、黙って従えとだけ言った。

すでに現場の地面にはなんの痕跡もなかったが、健太の遺体と斧の場所ははっきり覚えている。ぼくたちは塔から十メートルほどの場所を指し、滝が代表して、

「ここに林屋君は頭から血を流して倒れていました。斧があったのはそのすぐそばで、——だいたいこのあたりでした」

と説明し、ぼくと斎藤も同意の素振りを示した。

刑事は黙って聞いているが、険しい表情を崩さない。ぼくたちの説明を疑っている、もしくは不審に感じている様子だ。

ふと見ると、健太の死体があった場所から数メートル塔寄りの地面に数名の警官が集まり、なにやら印をつけたり、書類になにやら書き込んだりしている。健太の遺体があった場所では、誰も捜査をしていないのに。

「じつはですな」刑事は引率のゴリラに向かって、「林屋健太の死体はあるにはあったが、鐘撞塔の真下、今、ちょうど紐《ひも》で印をしている場所に倒れておったのです。あと、斧は見つかっていない。だからわれわれは、林屋健太はあやまって塔から落下したのではないかと考えている」

「なんですと。——こら、おまえたち、殺されたなんて、とんでもない嘘をつきおって、こんな大騒ぎにして、どう詫《わ》びるつもりだ」

ゴリラは鬼のような形相《ぎょうそう》で、ぼくたちにひと言も抗弁の暇を与えず、いきなり頬桁《ほおげた》を殴

りつけてきた。左右に一発ずつ、ぼく、斎藤、滝の順番で鉄拳を見舞われるのを止めもせず見届けたあと、刑事は言った。

「まあ、待ちなさい。事故だとまだ決まったわけでもない。頭の傷が落下によるものにしては、少し変だと鑑識の者が言うので、死体を詳しく調べることになった。あと、落下地点と思われる場所にもあまり血の跡がない。ということで、三人からはもう少し詳しく話を聞きたい」

「そうですか。もう本当にとんでもない悪餓鬼どもで。なんでも聞いてください。こら、おまえたち、もう嘘はつくな、いいか、分かったな」

ゴリラはひとりで興奮している。

ぼくたちはあらためて警察署まで連れて行かれ、そこで数時間、事情聴取を受けた。

なぜ、鐘撞塔へ行ったのか。健太の死体を発見した時、ほかに誰かいるのに気づかなかったか。この二点と、現場からなくなった斧の場所や形状、血痕などについては、繰り返し何度も聞かれた。

鐘撞塔へ行ったのは、ぼくが健太から聞いた話が原因なので、とくにぼくが集中して質問を浴びせられた。健太が米兵の隠れ処を探していた理由についても、しつこく問い質されたが、ぼくも健太から聞いた話以上のことはなにも答えられなかった。

とにかく、考える暇もなく、次々と質問されるので、夕方近くになって解放された時には、ぼくたちはくたくたに疲れていた。

警察署を出る時、玄関口でひとりの男とすれ違った。私服姿だが警察の人間だろう。二十代半ばの青年だ。滝と斎藤が、こんにちはと挨拶をしたが、男は知らぬ顔で署内に入った。

二

健太の通夜と葬儀には、ぼくたち三人も参列した。先日の田中隆一郎の盛大な葬儀にくらべ、かなりさびしいものであった。

喪主である健太の母親の林屋歌子《うたこ》は、痛々しいほど憔悴《しょうすい》しきっていた。縁者らしき人の姿はほとんど見えず、歌子には学校の同僚とおぼしき人たちが付き添い、ほかに早坂薫もすぐ横に座っていた。

通夜と葬儀の席でもれ聞こえてきた話では、健太の父親は地元の人間だが、健太の幼児期に病死していた。歌子との結婚の際、いさかいがあり夫の親戚とは疎遠になっていた。歌子は横浜の出身だったが、夫の死後もこの地に残り、結婚後も続けていた教師の職で生計を立て、ひとり息子の健太を育てていたのだという。

歌子と健太の絆《きずな》の深さは、隆一郎の葬儀の時に目の当たりにしている。ぼくは打ちひしがれた歌子の姿に、なんだか分からないが、気の毒というより、申し訳ないような気持ちになった。健太の行動をもっと積極的に止めていたら、その死も防げたのでは、との思いが心のどこかにくすぶっていたからだろう。


健太の死から三日たった。

ぼくたちは相変わらず、軍需工場へ勤労奉仕に通っていた。しかし、材料の金属パイプの不足はいっそうひどくなり、工場で働く時間より、敷地内の草むしりや掃除をしている時間の方がよほど長かった。

すでに同盟国のドイツは降伏して、わが国は孤立無援の状態になっている。そしていよいよ米軍との本土決戦が迫っているというのに、こんなことで大丈夫なのだろうか、などということは、ぼくたちは微塵《みじん》も思わず、どうしたらゴリラをはじめとする教師や工員たちの監視の目を逃れて、作業の手を抜けるかに心血を注いでいた。

午後に入ると、教師たちも工場の事務所で休憩することが多くなるので、ぼくと滝と斎藤も草むしりのふりをして工場裏の防空壕の前にしゃがみ込み、長い休憩を取っていた。

一本の煙草をゆっくりと味わいながら回し喫《の》みしたあと、滝が重々しく口を開いた。

「やはり、ぼくたちがやらねばならんようだ」

「なにをです」

斎藤の問いに滝は、

「ちっ、ちっ、決まっているじゃないか。健太殺しの犯人探しさ。どうも警察は事故ということで片づけたがっているようだからな」

「そうなんですか」

ぼくが質すと、滝はうなずき、

「間違いない。事件の日こそ長々と取り調べられたけど、そのあとまったく音沙汰なしだ。殺人と考えていれば、健太の交友関係、つまりぼくたちをもっと調べるはずだろ」

たしかに滝の理屈にも一理ある。警察はぼくたちの話を信じず、健太の死を事故として葬り去るつもりかもしれない。だとすれば、健太の無念を晴らすのはぼくたちのほかにいない。

「ですけど、滝さん」斎藤が言った。「どうやって捜査するつもりですか。高梨さんは刑事に返り咲いたみたいですけど、ぼくたちとは関わりたくない様子でしたよ」

健太殺害の日、警察署を出る時すれ違った若い男が、白学の先輩の高梨刑事であることはすでに斎藤から聞いていた。なんでも滝たちに連続殺人事件の捜査情報をもらしたことで、駐在所に左遷されていたが、刑事課の人手不足でふたたび呼び戻されたらしい。ただ、前回で懲《こ》りて、もう滝たちに便宜を図《はか》るつもりはないようだ。

「そうだなあ」滝は渋い顔をした。「高梨先輩はもう当てにできないし、かといって、ぼくたちが全部背負い込んで警察の肩代わりをするなんて不可能だしな」

現場検証や検視など、素人《しろうと》がどうがんばってもやれるものじゃないし、簡単な聞き込みだって、警察とぼくたちでは入ってくる情報量からして違うだろう。

期せずして三人同時のため息がもれた。ぼくたちの探偵活動は、一歩も動き出さないうちに暗礁に乗り上げてしまったようだ。

「手はあるわよ」

とつじょ頭上から降りてきた声に、おどろき振り仰いだ。防空壕の横に立っていたのは早坂薫だった。

「高梨先輩って、高梨慶吾《けいご》さんのことでしょ。だったら、あたし、よく知っているから」

いきなりそう言われて、返す言葉もないぼくたちに、薫はさらに、高梨刑事は林屋歌子の教え子で、白学時代にもよく歌子の家を訪れていたと続け、

「一度、高梨さんが仲通で大暴れして、退学になりそうになった時も、健太のおばさまがお詫びに回って助かったの。だから、高梨さんは健太の事件の協力は拒めないはずだわ」

「なんなんだ、おまえは、藪《やぶ》から棒に」

滝が憤慨の声をあげるが、薫は意に介す様子もなく、

「話は聞いたわ。健太の敵討《かたきう》ちでしょ。あたしも協力する」

と宣言する。

今日から工場の別棟で、金属パイプのネジ締めをおこなうため、女学校の生徒たちが勤労奉仕に来ていた。早坂薫もそのひとりのようだ。

「女の助けなど受けんよ。われわれにはわれわれのやり方がある」

滝は突っぱねたが、

「ふうーん、じゃ、どうやって情報をもらうつもり？　警察の」

と薫の追及を受け、口ごもる。

「変な意地を張っている場合じゃないわ。今回のことでおばさまも、ひどく心を痛めているの。犯人探しは正義の戦いよ。互いに協力しなくっちゃ駄目」

こうして、ぼくたちの共同探偵活動ははじまったのだった。

三

「いやあ、もう勘弁してくれよ。今度情報もらしたら、軍隊送りだって係長からきつく言われているんだから」

ぼくたちが雑貨屋をやっている高梨刑事の実家の離れの部屋を訪れると、高梨は渋い顔をして開口一番、こう言った。

階下で店番をしている高梨の母親は、白学の後輩たちと近所の女生徒が遊びに来たと思ったらしく、麦茶を運んでくれ、「ごゆっくり」と言うとすぐに下がっていった。

「いえ、勘弁なりませんよ。聞けば、先輩、健太のお袋さんにはずいぶんと世話になったそうじゃありませんか。それなのに、警察が健太の死を事故として処理するのを黙って見過ごすんですか」

滝が責めると、横から薫も、

「そうですよ、高梨さんが白学をぶじ卒業できたのも、警察に入れたのも、みんなおばさまのおかげでしょ。いま恩返ししなくて、いつするんです」

と言い浴びせる。

人がいいのだろう、高梨は後輩たちの非難に困惑の表情を浮かべながら、

「事件か事故かは、ぼくが判断するわけじゃないし、ぼくは現場にも行っていないから、詳しいことはなにも知らないんだよ」

と逃げを打つが、薫は追及の手を緩めない。

「でも、少しは聞いているでしょう。捜査に動かない警察の肩代わりはあたしたちがするから、分かっていることだけ、教えてちょうだい」

結局、高梨はしぶしぶ、自分が知る範囲で健太事件の捜査状況を語った。

学舎の教師から通報を受けた駐在所の巡査は、警察署へ連絡を入れると、すぐにみずから現場に向かった。ぼくたちが健太の死体を発見した時から、おおよそ三十分が経過していたと思われる。巡査は死体を確認しただけで、いっさい現場には手を付けず、刑事たちの到着を待った。

巡査に遅れること十分ほどで刑事があらわれ、検証をしたところ、通報とは異なり、現場に凶器と見られた斧はなかった。さらに死体は鐘撞塔の真下近くにあり、墜落死と見られることも分かった。

ただ、検視官が頭部の傷が、墜落で生じるものとは特徴が異なるとの見解を示したため、事故と事件の両面から捜査されることとなった。死亡時刻は、ぼくたちが死体を発見した時間のおおよそ三十分以内と推定された。

なお、健太が米兵の隠れ処と信じていた鐘撞塔の内部も捜索されたが、米兵はおろか野良猫一匹ひそんでいる形跡はなかった。しかも、数日前から塔の中の階段が壊れていたため、中には誰も立ち入らないよう、入口の扉が施錠されていたという。ここ数日、鐘が鳴らなかったのはそのためらしい。

「では、いまも事件の捜査は続いているんですか」

斎藤が質問すると、高梨は首を横にふった。

「いや、結局、頭部の傷については若干、不審の点もあるが、状況からして墜落事故で間違いないだろうということになった」

おそらく、入口が施錠されていたため、健太は塔の外壁をよじ登ろうとして、誤って落下したというのが、警察の見解だった。じっさい、健太の手の指には、外壁の塗料の付着が見られたらしい。

「じゃあ、ぼくたちの見た斧はどうなったんですか。血だって付いていたし、あれが凶器なのは間違いないですよ」

滝は主張したが、高梨は無言で首をふるばかりだった。

ぼくたちの目撃証言を警察は信用しなかったのだ。

「いま警察も大変なんだよ」

高梨は言い訳するように言った。

物資も人手も不足していて、捜査のための写真撮影や指紋採取も極力へらしているという。そういえば、健太の現場でも捜査員たちは写真を撮らずスケッチをしていた。フィルムや現像液などの節約のためだったかもしれない。やはりそれだけ事件性が低い案件と見なしていたのだろう。

「凶器は捜査員が現場周辺を徹底的に捜索しても見つからなかったんだ。警察だってなにもせずに結論を下したわけじゃない」

と高梨は言うが、犯人が斧を持ち去っていれば、いくら周辺を探しても見つからないのはあたりまえだ。

きっとぼくたちが健太の死体を発見した時、まだ、犯人も現場のどこかに隠れていたに違いない。ぼくたちが現場を離れ、巡査が来るまでの三十分の間に、犯人は健太の死体を塔の下へ移動させ、凶器の斧を持ち去ったのだ。

やはり、ぼくたちのうちひとりでも現場に残って見張りをするべきだった。しかし、そうしたら、一対一で犯人と対峙し、健太と同じ運命をたどったかもしれないが。

「分かりました」滝は言った。「警察がそう結論を下したのなら、ぼくたちがそれを四の五の言っても仕方ありません。ぼくたちはぼくたちのやり方で事件を調べるつもりです」


高梨の家を辞したあと、ぼくたちは事件現場である鐘撞塔へ足を向けた。あらためて自分たちの目で現場を検証するためと、薫を交えてゆっくり話し合える場所が必要だったからだ。女人禁制の寄宿舎に薫を連れてはいかれない。

鐘撞塔の敷地内は事件後しばらく立ち入り禁止となっていた。ぼくたちが訪れたこの時も、その措置は続いており、敷地の入口に立ち入り禁止の縄が張られていた。ただ、見張りの警官などはいない。

「気にするな」滝はこともなげに言った。「もう事故として処理され、捜査はしていないんだ。立ち入り禁止の措置はたぶんに形式的なものだよ」

勝手な解釈で先頭を切って縄をくぐる滝にぼくたちも続いた。

鐘撞塔へ近づくと、薫が健太の倒れた場所を尋ねた。

「このあたりに健太はいた」滝がその場所に立ち、薫に向かって言う。「塔から十メートルは離れていた。墜落ではありえない。そして、そこ、死体のすぐ脇に斧が落ちていた。──

このことは認めろよ。そうじゃなきゃ、いっしょに探偵活動はできないぞ」

　薫はうなずいて、

「分かったわ、信じる。それで警察はどこで健太を見つけたの」

　と尋ねた。

「警官たちは、このあたりを調べていた」

　ぼくは塔の方へ数メートル移動して言った。

　今あらためて見ると、健太の倒れていた場所との違いはほんのわずかだ。薫も同じ印象を持ったようで、

「あなたたちが立ち去って警察が来るまでの三十分の間に、死体を動かし、斧を持ち去るのは簡単ね。健太は痩せっぽちだったから、あたしでもできたと思う」

　と言ったあと、健太の死の記憶がよみがえったのか、少し涙ぐんだ。ぼくたちはしんみりとして、しばらく無言で健太の死体があった場所に佇《たたず》んだ。

　やがて斎藤が周囲を見まわして言った。

「ぼくたちが健太を発見した時、犯人もすぐそばに隠れていたはずだ。どこにいたのかな」

　あたりは田畑や牧場が広がる見晴らしのいい場所だ。木立や森は少し離れている。近くで隠れるとすれば、鐘撞塔かその横の物置小屋くらいか。事件時、塔の入口には鍵がかかっていた。

まず、ぼくたちは物置小屋の扉を開けてみた。中には消火用のバケツや梯子、ロープ、竹箒《たけぼうき》などが雑然と並んでいた。

「こういうところには普通、手斧や鎌《かま》が備えてあるもんだよな」

と滝が言い、ぼくたちは小屋の中をくまなく探した。鎌や鋸《のこぎり》や木槌《きづち》などはあったが、斧は見当たらなかった。

「もし、もともとここに斧があったことが分かれば、犯人が持ち去った証拠になるな」

滝は言った。

この鐘撞塔と小屋の管理をしているのは警防団のはずだ。

「あたし、近所に団員の人がいるから、聞いてみるわ」

薫が言った。

物置小屋を出ると、次にぼくたちは鐘撞塔を調べた。

塔の外壁の焦げ茶色の下見板張りは、何段かおきに横木が入っている。これを足がかりに、傾斜のある外壁を登ることは可能だろう。警察が調べていたあたりの外壁を観察すると、表面にこすったような跡が見られた。

「ここから健太が登ったと警察は判断したようだな」

つま先立ちをして高い場所の痕跡を確認して滝は言った。

「これで詳しく見よう」

斎藤が物置から梯子を持ち出して、外壁に立てかけた。六メートルほど梯子を登った斎藤は、外壁の痕はだいたいこのあたりで途切れていると告げた。

「手に痕がついていたというから、健太がここを途中まで登ったのは、ほぼ間違いないですね」

梯子を下りると斎藤は言った。

「では、中も見てみよう」

滝は塔の入口扉に手をかけた。事件時には掛かっていたという扉の鍵は、今は開いていた。ぼくたちは扉をくぐり、警察によって応急手当てが施された階段を昇って鐘室まで上がった。

四方に柱があるだけの鐘室は、そこに立つと怖いくらい見晴らしがいい。白霧学舎の校舎も寄宿舎も女学校も、その先の仲通に並ぶ建物も、はっきりと見てとれた。さらに遠方の森林や駅舎、線路もその存在が確認できる。見わたしたかぎりこの集落一帯に、この鐘撞塔より高い人工の建造物は存在しない。

鐘室の上には屋根が載っているが、人がひそめるような屋根裏の造りではなかった。誰が健太に吹き込んだにせよ、それは事実ではなかったわけだ。

屋根天井の梁《はり》からぶら下がった鐘は案外小さい。ちょっと大きめの鍋の蓋ほどだ。塔の立派さに比べ、ずいぶんと不釣り合いに見える。ぼくがそう感想を口にすると、

「もともとはもっと立派な鐘が下がっていたんだ。それを軍に供出してしまったんで、これ

はあり合わせに、どこからか持ってきたものさ」

そう斎藤が説明した。


ぼくたちは塔を下りると、木柵《もくさく》に並んで腰を下ろした。

滝が人差し指を立てて、

「これでだいたい見るべきものは見たわけだが、論点を整理しておこう」

と言った。全員の同意を得て、滝は指を立てたまま、

「まず、第一に健太は事故ではなく、何者かに殺された。その凶器の斧はぼくたちが立ち去り、巡査の到着までの三十分間に、何者かが——、おそらく犯人が持ち去った。斧はあらかじめ犯人が用意したか、物置小屋にあったものを利用したのか、これは小屋の管理をしている警防団員に確かめることで判明するはずだ。と、ここまではいいな」

と言うと確認するように、ぼくたちの顔を見まわした。すると斎藤が、

「凶器があらかじめ用意されていたのか、現場にあったものをたまたま利用したのか、その見きわめは、案外、重要かもしれませんね。もしあらかじめ用意していたなら、犯人はさいしょから健太を殺すつもりで、この場に来たことになる」

と言うと、滝もうなずいた。

「そういうこと。だから物置に斧があったか、なかったか、しっかり聞いてくれよ」

「まかしときなさい」薫は請け合ったあと、ふと思案顔をした。「でも、犯人が健太に殺意をもって待ち構えていたなんて、ありえないことじゃないかしら」

「どうしてだよ」

滝の問いに、薫は、

「だって、健太が講演会を抜け出してこんなところに来るなんて、事前に誰にも分からないでしょ」

「そうとも言えないよ」ぼくは言った。「健太が米兵の隠れ処を探していることは、かなりの人間が知っていた。殺された日の朝、健太はこの鐘撞塔の屋根裏に米兵が隠れているとぼくに言っていた。きっと誰かがそう健太に吹き込んだんだ。その人物が殺人犯なら、健太が講演会を抜け出して、ここへやって来ることも予測できたんじゃないかな」

「たしかにね」斎藤が同意したうえで、「だが、健太に嘘を信じ込ませ、ここへおびき出し、殺したっていうのは、どうなんだろう。そんな話を信じさせたってことは、ある程度健太との信頼関係がある人物だろ。健太が殺されたあの時、健太の知り合いのほとんどが講演会場にいたはずだ」

たしかにそうだ。しかし、ぼくたちがそうしたように、こっそり会場を抜け出て健太を殺害し、また戻ることも可能だったのではないだろうか。

「ちっ、ちっ、すると、ぼくたちより前に講堂を抜け出したやつが犯人ってことだよな」

滝は記憶をたどるように宙を見上げた。

講堂内の入口には教師が立って出入りを監視していた。生徒がぼくたちより先に抜け出すのはむずかしかっただろう。ぼくがそう指摘すると、斎藤は、

「そうだね、あと、演者の三人と司会役の教師と二瓶さんはずっと舞台にいたから、犯行は不可能だね」

「まて、まて、先走るな」滝は目を瞑《つむ》ったまま指を立て、「点呼が終わったあと、講演がはじまるまでの間に教師の目を盗んでこっそり、会場を抜け出ることは必ずしも不可能じゃない。ぼくたちはその機会にめぐまれなかったから、学長の講演を最後まで聞く羽目になったけど」

どうだったろうか。たしかに開演前の会場は雑然としていたから、ぼくたちのように三人そろって抜け出すのは無理だとしても、ひとりくらいなら監視をすり抜けるのも可能だったかもしれない。

「じゃあ、容疑者から除外できるのは舞台上にいた五人だけで、あとは誰でも犯人になりうるわけね」

薫の言葉に、滝は重々しくうなずいて言った。

「そういうことだ。われわれは白学の学生たちに聞き込みをして、講演会中、誰か抜け出した者を目撃していないか聞いてみる。おまえは女学校で聞いてくれ」

これはかなり大変な作業だ。ぼくたちは三人で分担できるけど、薫はひとりで女生徒全員に聞き込みをしなければならない。

「いいわ」薫はこともなげに言った。「あたしたち女生徒は組ごとにかたまって座っていたから、誰かが席を外したら、すぐに気づいたはずだから」

「よし、じゃあ、聞き込みの結果をまたここで明日、一六〇〇に持ちよろう」

と滝が話をまとめかけたところで、斎藤が新たに提案をした。

「あのう、もうひとつ、どうして健太が殺されたのか、動機についても考えてみたいんですけど」

「動機か……」

「ええ、なぜ犯人は健太を殺さねばならなかったのか。ぼくにはちょっと想像がつかないんです」

斎藤が疑問を呈すると、薫もこっくりと首を縦にふり、

「そうよね、健太がそんなに人から憎まれるとは思えないし」

「もしかすると」ぼくは言った。「なにか知ってはいけないことを知ってしまったとか。健太自身はそうとは気づかないうちに。このところ方々を歩き回っていたから」

ぼくの思いつきに、斎藤と薫は納得したようだったが、滝は話にならんとばかりに、

「ちっ、ちっ、なにかを知られたから、口封じに殺すというのはあまりに短絡的だ。探偵小

説的ではあるが、現実にはあまりない。仮に健太がなにか秘密を知ってしまっても、その重要性に気づいていないなら、犯人にはいくらでもごまかす手があっただろ。殺したりすれば、かえってその秘密に光を当てる危険を冒すことになる」

「では、動機について、滝さんにはなにか別の考えがあるんですか」

ぼくが問うと、滝は腰を下ろしていた木柵から降りた。そして、もったいをつけるようにゆっくりとぼくたちの前を歩きながら言った。

「ああ、動機というか、なぜ健太が犠牲になったかについては考えはある。だけど、今はまだ明かせない。手がかりがまだ不足しているからね。確信を得たらすぐにぼくの考えをご披露するよ」

「あっ、滝さん、それ、名探偵の決まり文句じゃありませんか。ずるいですよ、勝手に主役に収まっちゃ」

斎藤が口を尖《とが》らせたが、

「上級生の特権だよ。それにぼくは探偵小説倶楽部の部長だからね。名探偵役につくのは当然だろう」

と滝は胸を反らせてぼくたちを見上げた。

鐘撞塔で薫と別れて、ぼくたちは寄宿舎へ戻った。

手分けをして寄宿生たちに聞き込みをはじめる前に、ぼくたちはまず用務員の二瓶高志に声をかけた。

「二瓶さん、講演会の時、舞台から見て、誰か会場から出て行くのに気づきませんでしたか」

滝の質問に、二瓶は首をふって、

「こっちはお偉方三人のお世話で舞台にいるんだから、会場の方なんか気にしていられないよ」

「ごもっとも」と滝は認めて、「では、健太がなぜ鐘撞塔へ行ったのか、理由になにか心当たりはありませんか」

「さあ、理由は知らないけど、あの事故のちょっと前からあいつ、仕事をうっちゃって、あちこちうろつき回っていただろ。それと関係あるんじゃないの」

「ぼくたちもそう睨んでいるんですけど、どうも健太は米兵がまだどこかに隠れていると思い込んで探し回っていたようなんです」

「なんでまた、そんなことを」

「誰かが健太にそう信じ込ませたみたいで。二瓶さんもなにか聞いてません？」

「知らんなあ。しかし、君たち、どうしてそんな詮索をしている」

二瓶はあやしむような顔でぼくたちを見た。

「いや、健太があんな死に方をしたので、せめてもの弔いに、健太の最後の行動の意味をあきらかにしたいと思っているんです」

と滝は説明した。

「あいつの行動の意味をねえ。ひょっとして、それも例の君たちのなんとか倶楽部の活動かい」

「ええ、探偵小説倶楽部ですけど。今後もご協力をお願いするかもしれません」

「ああ、かまわないさ」

二瓶は言ったが、あきらかに迷惑そうな顔つきだった。

そのあとぼくたちは手分けをして、寄宿生たちから話を聞いた。

その結果分かったのは、誰も講演会の時、周囲の状況などに注意を払っていなかったことだ。それゆえ、前後左右の席に誰が座っていたかさえ、覚えていない者が多かった。

夜までかかって、ひととおり寄宿生たちに話を聞き終えて自室へ戻ると、すでに斎藤がいた。むなしかった互いの聞き込み結果を報告し合うと、すぐに滝も姿をあらわした。

「ぼくたちは収穫なしでした」

気落ちしたように斎藤が告げると、滝は明るく笑って、

「ああ、ぼくも同じだ。でも、気にすることはない。ぼくの推理では白学の者は事件に関わっていない」

「えっ、どうしてそう言い切れるんです？　ひょっとして、それもまだ明かせない考えってやつですか」

斎藤が問うと、滝は重々しくうなずき、

「ご明察。理由はまだ言えないよ。手がかりが、充分じゃないからねえ」

と言いつつ、すぐにでも打ち明けたくてうずうずしている様子もうかがえる。

「滝さん、もったいぶらずにお願いしますよ」

斎藤が水を向けると、滝は口を開きかけたが、思い直したように首をふって言った。

「いや、明日一六〇〇にメチ公から活動結果を聞いてから発表する」

四

翌日、午後四時にぼくたちが鐘撞塔に着くと、すでに早坂薫は敷地前の木柵に腰を下ろして待っていた。セーラー服姿は変わらないが、今日は長めのおかっぱ頭を両耳のあたりで結んでいる。

はじめになにか他愛ない会話でも交わすかと思ったが、薫は木柵から降りると、挨拶の素振りもなく、いきなり、

「どうだった」

と質してきた。

「愛想のない女だな」

滝がぼやきながら、寄宿生たちからの聞き込み結果を告げた。

薫はありありと不満そうな顔をした。

「三人がかりで調べて、結局、誰が抜け出したか、抜け出していないか、分からないってことが分かっただけなの」

「仕方ないだろ。じっさいほとんどのやつが周りのことなんか気にしていなかったんだから。分からんというのもひとつの結論だ。そう言うそっちはどうだった」

「いいかげんな白学生と違ってうちはみんなまじめですからね。講演の開始から中止になるまで、ひとりも抜け出してなかった」

「本当か」

滝が疑わしそうな顔で問い質す。

「間違いないわ。うちは出席番号順に座っていたんで、席を立って抜け出したら、目立ちますからね」

「ふん……」滝は反論の言葉に詰まり、「じゃあ、まあ、講演会のことはそれでいいさ。物置の斧について、警防団員から話は聞けたのか」

「もちろんですとも。ただ、こっちは少し曖昧。バケツも斧も鎌も物置小屋に常備する決まりなんだけれど、時々、誰かが持ち出したりして、なくなっている場合もあるそうなの。あの日、斧があったかどうかは、なんとも言えないみたい」

結局、探偵活動の出足は、どちらも成果なしという結果に終わったようである。

「ちっ、ちっ、幸先《さいさき》が悪いな」

滝は舌打ちをしたが、それほど残念がっている様子ではない。昨日みずから語っていた切り札があるからだろう。ひとり、高みに立つ余裕を感じさせる。

斎藤もぼくと同じことを思ったらしく、

「滝さん、そろそろ打ち明けてくださいよ。なにか考えがあるんでしょう」

とうながすと、薫も抗議の声をあげる。

「そうよ、情報を共有しないなんて公平じゃないわ」

「別に隠すつもりはない」滝は言った。「まだ確信が持てなかったから、昨日は黙っていただけさ。だが、まあ、いいだろう。話すよ。健太殺害の動機は、いくら健太のことを調べても分からない」

「どうして」

「これが健太ひとりを狙った殺人じゃないからだ。いいかい、今回の殺人は、例の連続殺人事件の続きなんだ」

得意満面の滝の言葉に、ぼくと斎藤はおどろいたが、薫はひとり取り残され、きょとんとした顔をした。

「なに？　例の連続殺人事件って」

「少し前の事件だけど地元の話だし、君も大人たちの噂くらい耳に挟んでいるんじゃないかな」

と斎藤が、五年前の河合久男殺しにはじまる一連の殺人事件の説明を切りだした。

河合久男に続いて床屋の青木有三が殺された話の詳細にさしかかると、

「あっ、その事件、知ってる」

薫が言った。

「ふっふっ、局部を切り取られた事件になったとたん反応した。さすがお上品な一条《いちじょう》女学校の生徒だ」

滝が冷やかすと、薫はむきになって、

「嫌らしい言い方しないでよ。青木理髪店にはうちの父も通っていたから、事件のことも自然に耳に入ってきたの」

「ひっひっ、そうですか、そうですか」

「ほんと、つくづく幼稚よね。――斎藤さん、続きをお願い」

薫が滝を横目で睨みながら促した。

「青木有三殺しの半年後、軍役を終えて帰郷した水貝仙一郎が祝賀会の二日後、遺体で発見された……」

斎藤は淡々と水貝仙一郎と中沢周吉殺しについて語り、

「……ということで、おおよそ二年前の昭和十八年の夏休みに国民学校の教師の中沢周吉が殺されたのを最後に、連続殺人事件は途切れたままだったんだ」

と締めくくった。

しばらく話の内容を吟味するように、薫は木柵に背を凭《もた》せ、うつむいて考えていたが、やがて顔を上げて言った。

「事件のことは分かったけど、いったい、どうしてこれと今回の健太の件が関係していると思うの？　とくに共通点があるとも思えないけど」

ぼくも同じ疑問を持った。健太の死の動機は現時点では不明だが、現場には猟奇殺人を連想させる形跡はなかったと思う。

「斎藤、君はどうだ」

滝が質すと、斎藤は首をかしげて、

「そうですね、ぼくにも共通点は見えませんが」

「困るねえ、未熟な女生徒や、ろくすっぽ探偵小説も読んでない美作ならまだしも、探偵小説倶楽部の副部長の君までがその体《てい》たらくじゃあ」

「すみません。滝さんの推理を聞かせてください。ぼくではまだこの難題には歯が立たないようです」

斎藤が持ち上げると、滝は得意げに指を立てて、気取った口調で、

「そこまで言うなら、教えないわけにもいかんな。いいかい、ぼくが健太の死を連続殺人と見抜いたわけはふたつある。まず、第一にどちらも理由の見えない殺人ということだ」

と言ったところで、薫が拍子抜けしたような声をあげた。

「なによ、そんなのが共通点って言えるの」

「言えるんだな、これが」滝は余裕の表情で応える。「よく考えてみたまえ、ここは東京のような大きな町ではない。人口だって周辺の村落を全部合わせても三万にも満たない、小さな集落だ。こんな地域で年間、どれだけ殺人事件があると思う？」

「さあ、知らないわ。何件なの」

薫が問い返すと、滝は少しあわてたように、

「いや、正確な数字まではぼくも知らんが……、たいして多くはないだろうし、そのほとんどは金銭や恨みなどの、動機がはっきりした事件だろう。つまり、同じ集落で動機なき殺人が起きたとすれば、それは同一犯によるものである公算が高いだろう」

「なんだか、だろう、だろうって、ずいぶんちゃらんぽらんな推理ね」

「ちっ、ちっ、あわてなさんな、理由はこれだけじゃない。第二に、使われた凶器の問題がある。前の四件の事件には、いずれも斧が使われていたと思われる。今回の健太の現場にも

斧が落ちていた。しかも傷は、前の四件と同じ後頭部についていた。これは同一人物の犯行である重要な手がかりじゃないかね」

たしかにまったく同一の凶器であれば、同一犯の犯行と断定していいだろう。もし犯人が物置にあった斧を持ち出して使っただけなら、偶然、殺害方法と凶器の種類が重なっただけかもしれない。

「こうなると、もともと物置小屋に斧があったか、なかったのか、分からないのが痛いですね」

斎藤が言うと、滝は首をふって、

「昨日まではぼくもそう思っていたが、今はその点は気にしなくていいと考えが変わった。いいかい、今回の事件は前の事件から二年もたっている。すでに前の凶器は処分して、今回、新たに犯人が凶器を用意したとも考えられる。つまり、問題は同じ斧という凶器を使用し、後頭部を殴打した点にあり、これは犯人の嗜好や偏執的な気質を反映していると言えよう。だから、まったく同一の斧であることにこだわる必要はないんだ。

狭い地域内で起きた動機なき殺人、かつ、凶器がともに斧で、後頭部を殴打していること。ひとつなら偶然かもしれない。しかし、三つも重なっていれば、同一人物の犯行であると疑うに充分な根拠となりうるだろう」

と自信満々に言う。

「そうですねえ……」斎藤は少し懐疑的に首をひねる。「たしかにそれは共通点かもしれませんが、違っている点もあります。たとえば、連続殺人事件では、さいしょの河合久男を除く三人が局部を切断されていましたが、健太は後頭部の傷以外、目立った傷はなかったはずです」

「どうして君がそれを言っちゃうかな」滝は苦々しげに顔をしかめ、「もっと未熟な部員に発言させなきゃ。——おい、女、河合を除く三人はどこがどうなっていた、復唱」

「きょく——、って、バカね、言いませんよ。それにあたしは部員じゃありませんから」

「なに、最低限、部員見習いを務めねば、われわれとの合同探偵活動は認めんぞ」

「そんな約束なかったでしょ」

「なくたって、それを世間では常識という」

脱線しかけたので、ぼくは話を元に戻すよう口を挟んだ。

「もし、健太の事件も連続殺人のひとつだとすると、なぜ、犯人は局部を切り取らなかったんですか」

「当然そのつもりだったはずだ」滝が言った。「だが、殺害の直後、ぼくたちが現場にあらわれたため、その時間がなかった。ぼくたちが去ったあとは、いつ警官が駆けつけて来るか分からないから、早々に立ち去ったんだな。健太には、それがせめてもの救いだったと言えるだろう」

「では、今回の犯行が連続殺人犯のものだと、警察に報せるんですか」

斎藤が問うと、

「いちおう、高梨さんには伝えるつもりだけど、それを高梨さんが上にどう報告するかまでは分からん」滝は懐疑的な見解を示し、「なので、警察とは関係なく、ぼくたちの探偵活動は続く。そもそも、連続殺人の犯人探しが、ぼくたち探偵小説倶楽部の本来の目的だからね。元に戻ったわけだ」

「でも、なにをどう調べるの。連続殺人犯の捜査は警察もお手上げで、もう何年も犯人の見当さえつかないんでしょ」

「たしかにな」と滝は首肯して、「でも、それは健太が殺される前の話だ。新たに今回、事件が加わったことで、局面は変わった。ぼくたちは大きな手がかりを得たんだ。それがなにか分かるかね、君たちに」

滝に問うように見上げられ、ぼくたちは考え込んだ。

しばらくしても、斎藤も薫も黙ったままなので、ぼくが口火を切った。

「昨日は滝さんに否定されましたけど、健太が犠牲になったのは、最近、健太がなにかを探り出してしまった、あるいは探り出すのではないかと、犯人が恐れたためじゃないですか。もし健太が知らないうちに連続殺人の手がかりに近づいていたら、多少の危険を冒しても、犯人が口封じに出るのも不思議じゃありません」

「まあ、そうかもしれないが」滝は渋々認めながら、「そんなことより、今回の事件でぼくたちは犯人像を絞り込む大きな手がかりを得たんだ。それがなにか分かるかと聞いているんだよ」

「もしかして……」斎藤が探るように言った。「二年ぶりに犯行が再開されたことに関係がありますか」

「ふふ、さすがは副部長。いいところに目を付けた。で、そこからどう推理する」

「中断していた犯行を再開したきっかけを探るとか……」

「惜しいな、発想が逆なんだよ。なぜ犯人は、二年間、犯行を控えていたのかと考えてみたまえ。振り返ると、過去の事件でも、かなり間隔が生じることがあった」

「たまたまその間、殺す相手が見つからなかったってことじゃないの」

　薫の言葉を、滝は即座に否定する。

「犯人がどういう基準で被害者を選んだのか、現時点では分からない。が、被害者にはとくに共通項はない。まるで適当に被害者を選んでいるようだ。もし、この仮定が正しいなら、間隔のばらつきは、犯人側の問題ととらえるべきだろう」

「つまり、犯人は間隔をあけて殺人をおこなわざるを得なかった。事件のなかった間は、病気で臥《ふ》せっていたとか……」

　との斎藤の発言に、ぼくも触発され、

「もしかすると、事件の時だけ仕事でこの地域へ来ていた人物かもしれない」

と意見を言った。

滝はうなずきつつ、

「だいたいそういう線だろうね。ただ、事件があった時、仕事でこの地域へ来ていた人間については、警察もすでに捜査ずみだろう。で、ぼくがいちばん可能性の高いと思うのは兵隊だ。ふだんは軍隊にいて、復員時に事件を起こし、何事もなかったように兵営へ戻る。過去四回と今回、すべて復員時が重なる人物がいれば、そいつが犯人だ」

これには異論が出なかったので、ぼくたちは二手に分かれて明日から行動することにした。

「ぼくは高梨さんに、今回の推理を伝えて、事件の時期、帰郷していた兵隊の情報をもらえるよう頼んでみる。斎藤もいっしょに来てくれ」

滝が言うと、

「あたしは空白期間に病気だった人を探す。ちょっと心当たりがあるから」

と薫が申し出たので、ぼくがいっしょに組むことになった。

「じゃあ、明日、勤労奉仕が終わったら、『たまさき』っていう店に来て。そこで待っているから」

と言うと、薫は地図を描いてよこした。

薫と別れて寄宿舎へ戻る道すがら、地図を確認した。場所は仲通と女学校の中間あたりか。

「美作も隅に置けんな。女と待合で落ち合うとはねえ」

と滝がからかったので、「たまさき」がその類《たぐい》の店だと知った。

なぜ、薫はそんなところに呼んだのだろう。親がその店に勤めているのだろうか。なんだか怖いような気もするが、正直なところ、好奇心とうれしさの方が勝っていた。

五

翌日、ぼくは地図を片手に「たまさき」に向かった。時刻は午後四時、まだ陽は高く、春の陽差しが黄色くあたりを染めていた。

仲通の広い道から一本奥に入り、先日訪れた高梨の家の前を過ぎると、山影と木立に陽がさえぎられ、少し薄暗くなった。さらに小道をたどって行くと、周囲を高い木々と塀に囲まれたお屋敷風の建物があった。地図ではここが「たまさき」にあたる。何度も確認したが、どうもここで間違いないようだ。

しかし、どうもぼくの考える待合とは勝手が違う。立派な門構えの奥には竹林なども見える。静かで上品な佇まいだ。看板や表札でもあればいいのだが、あいにくどこにも見当たらない。

何度か門の前を往復したあと、思い切って中に足を踏み入れた。きれいな玉砂利の道を進むと、思いのほか小さな、しかし、よく手入れの行き届いた玄関があらわれた。玄関先には水が打たれた御影石《みかげいし》が光っている。ここでも少しためらったのち、格子《こうし》の戸越しに声をかけた。

小さな足音に続いて戸が開いて、いきなり薫があらわれたのにもおどろいたが、
「遅いじゃないの。もう来ないかと思って、ひとりで出かけるところだったのよ」
と言われたので、面食らってしまった。

返事も待たずに薫はぼくの横をすり抜け、早足で表へ向かっていく。ぼくはあわてて薫のあとを追った。

門を出たところで追いつき、ぼくは薫に話しかけた。
「あんまり立派なお屋敷だから、躊躇していたんだ。君はあそことどんな関係があるんだい」
「あそこがあたしの家よ」

ぼくが追いついたところで少し足をゆるめて薫が言った。

待合などと聞いたものだから、まったく違うものを予想していた。どうやら、滝に担がれたらしい。

薫の話によれば「たまさき」はこの地方でいちばん格式の高い料亭だそうだ。江戸時代の末、この集落が宿場町だったころからの老舗で、薫の父で四代目という。

「すごいね、五代目は君の兄弟が継ぐの？　それとも君が婿《むこ》さんを取るのか」

ぼくの質問に、薫は兄弟はいないと言い、

「こんなご時世だから、ああいう商売も結構大変なの。『たまさき』も父の代でおしまいかもしれないわ」

と声を沈ませた。

ぼくはなんとも応じようがなく、薫のあとを無言でついて歩いた。

薫はいったいどこへ向かっているのだろう。仲通を横切り、しばらく小さな商店や家が建ち並んだ裏通りを進んでいると、

「斎藤さんって背高いわよね。六尺くらいかな」

先を行く薫が唐突に振り返って言った。

「えっ、……ああ、もっとあるかもしれない」

「すごい、白学の中でいちばん高いんでしょうね」

薫があまり感心したような声を出すので、ぼくは少し面白くない気分だ。

「でも、あいつ、同級生より二年も歳をくっていているんだ。二回もドべっていてさ」

「ふうーん、大人なんだ」

「まあ、ぼくも同い年だけどね」

「へえ、頭が悪いの」

「なんでそうなるんだよ」

「冗談ですよ。それより、これから行くところの話。能美嘉子《のうみよしこ》さんっていうの」

と薫は急に話を変え、説明をはじめた。

薫が通う一条女学校の古い卒業生で、看護婦会の会長だそうだ。この集落一帯の病院や診療所の情報に通じているので、連続殺人犯の条件に該当する患者について調べてもらえるかもしれないという。

「でも、ただ卒業した女学校の先輩ってだけでそんな面倒な依頼、引き受けてくれるかな」

ぼくの疑念に、薫は問題ないというように首をふって、

「能美さんはうちの母とお花とお琴のお師匠さんがいっしょの相弟子《あいでし》なの。あたしも子供のころから知っているから、きっと頼みを聞いてもらえるわ」

と自信ありげの様子。


能美嘉子の住まいは、山脇《やまわき》病院という木造平屋建ての病院の敷地の中にあった。長屋風の建物が並ぶ角の一軒の玄関脇に、能美との表札が見えた。

薫が戸越しに声をかけると、初老の女性があらわれた。白髪交じりの髪を薫よりも短いおかっぱに切りそろえている。化粧気《けしょうけ》はないが、わずかにしわの刻まれた皮膚は白く、清潔感があった。痩せぎすで怖いような顔が、薫を見て少しやわらいだ。

「あら、めずらしい、どうしたの」

「ご無沙汰しております。じつは今日はお願いがあって参りましたの」

薫が大人びた口調で言った。

この時ようやく能美はぼくの存在に気づいたようで、「あら」と言って、ちょっと怪訝《けげん》そうな顔をした。

「美作と申します」

と言って頭を下げると、薫が白学の四年生で、いっしょに調べごとをしていると紹介を加えた。能美はますます不審の色を濃くしつつ、ともかく上がるように言った。

玄関を上がると、すぐに四畳間があり、その横に小さなお勝手、奥には襖《ふすま》を隔ててもう一間ある。家中、能美の性格をあらわしたように、どこもきちんと片づけられ、掃除も行き届いている。衣桁《いこう》に白衣がかかっているのを見ると、これから出勤なのかもしれない。生活臭はあまり感じられず、独り暮らしらしいうすら寒さが漂った住まいだ。

ぼくと薫は出された座布団の上でかしこまり、連続殺人事件の謎を解いていること、犯人が事件と事件の間、療養していた可能性があることを、交互に説明した。いや、多くは薫が語り、ぼくは横から少し口添えしただけだ。

背筋を伸ばし、まっすぐこちらを見つめてくる能美に気圧《けお》されて、ぼくはあまり多くを語らなかった。

「……ということで、過去五年間、この時期に病気で臥せっていた人がいれば、その情報を頂きたいんです」

薫は能美の鋭い視線にも怯むことなく、伝えるべきことを伝え、犯行の休止期間を記した紙を差し出した。

能美はその紙を手に取って、その記載にちらりと目を落としたあと、表情を変えずにぼくたちを見すえて、

「話は分かりました。でも、今がどういう時期かあなたたちもご存じでしょう。どうですか、美作さん」

突然問い糾《ただ》され、ぼくはとっさに返答もならず、ただいたずらに身体を揺らしただけで口ごもった。能美はぼくを見切って、薫に顔を向けた。

「どうです」

「今が非常時であるのは承知しています。でも、健太はわたくしの大切な友人でした。その友人の死の真相を突き止めるのは、人としてなによりも大切なことだと思っています」

「お友達を悼《いた》む気持ちは尊いと思いますよ。でも、まず、あなたたちは自分たちの立場をわきまえなくてはなりません。まだ生徒の身分で探偵の真似事を、しかも、男女がいっしょになって、町中を歩き回るなんて。学校の先生方やご両親はこのことをご承知なのですか」

どうせ承知ではないだろう、と言わんばかりに能美は睨《ね》め付けてきた。

まずい……。両親はともかく、学校に知られたら、ゴリラあたりからどんな罰をくらうか分かったもんじゃない。鉄拳の二、三発ですめば御の字だろう。

ぼくは座布団の上でもじもじと身体を動かしたが、薫は毅然《きぜん》と能美の言葉を受け止めて、

「もちろん、わたくしたちが探偵活動をしていることは、誰にも言っていません。でも、そのことを恥じたり後ろめたく思ったりしているわけではありません。警察の捜査さえ行き詰まった事件の唯一の手がかりに気づいたのですから、それを追うのは正義でもあり、わたくしたちの責務と心得ています。女だてらに探偵の真似事などをとのお叱りは甘んじて受けますが、決して遊び半分や、みだらな気持ちでしていることではないのです」

能美は息をつめたまま、怒ったような顔で薫を見返していたが、「治子《はるこ》さんも大変ね。こんなお転婆《てんば》さんが跡取り娘じゃ」とつぶやくように言ったあと、ぴんと伸びた背筋をさらに伸ばして、

「あなたたちはずいぶん知恵を働かせたつもりでしょうけど、それはしょせん子供の考えです。世の中はそんな単純にはできてはいませんよ」

「どういうことでしょうか」

「警察はとっくに調べているということです。もう二年以上前、さっきあなたが言ったことを警察も尋ねてきました。その時は近隣の病院や診療所にも広く聞きまわっていたようですから、警察はしらみつぶしに捜査ずみですよ。そうやっても犯人は捕まらなかったの。あな

たたちが考えるほど、大人の世界は簡単ではありません。分かったら、うちへ帰ってお店のお手伝いでもなさい」

　ぴしゃりと襖を閉ざすように、能美は言った。


　ぼくたちは能美嘉子のもとを辞し、ともに押し黙ったまま病院の敷地を離れた。小さな住居が並ぶ板塀伝いの道を行き、角を折れて、病院からかなり遠ざかって、ようやく息を継ぐようにぼくは口を開いた。

「警察はずっと前に気づいていたんだ。それはそうだよな」

　ぼくたち素人《しろうと》の頭で思いつくことを、本職の刑事たちがずっと見過ごしていると考える方がどうかしていた。

「諦めるのはまだ早いわ。高梨さんに話を聞きに行った斎藤さんたちが、なにかつかんでくるかもしれない」

　と薫は鼓舞《こぶ》するように言ったが、ぼくは素直にうなずけなかった。

　まず、滝さんたちではなく、斎藤さんたちというのが気になった。それに警察は病人に目を付けていたように、復員兵もとっくに調べているに違いない。

「どうだろうね」

　ぼくは気のない返答をした。

「まあ、ずいぶんあっさりと諦めてしまうのね。あたしたちの探偵活動、もうおしまいにするおつもり？」

能美の前ではしおらしく振る舞い、恐れ入りましたといった体で引きさがってきた薫だが、事件解決に対する意気込みは、いささかも衰《おとろ》えていないらしい。

正直に言えば、ぼくにもまだ活動を続けたい気持ちはある。薫といっしょに知らない人のもとを訪ねるのは、想像以上に楽しいことだった。だけど、この活動が事件解決に結びつくかは疑問だし、学校に知られると、とってもまずいことになる。

どう答えるべきか迷いつつ歩を進めていると、小さな神社の前に差しかかった。人家が途切れ周囲を深い木々に囲まれたさびしい場所だ。陽はすでに陰りかけて境内は薄暗い。なにを祀《まつ》っているのだろう、信心などないに等しいぼくが、鳥居の奥へ目を向けたのは、ほんの気まぐれだった。

「あれ？」

思わず声が出た。

「どうしたの」

「二瓶さん……、寄宿舎の用務員があの燈籠《とうろう》のあたりに見えたんだ」

参道に並ぶ四つの石燈籠の横を、たしかに歩いていた。薫はぼくが指示した方角を見つめて言った。

「誰もいないわ」

「お社《やしろ》の方へ行ったんだ」

本殿のある奥の方は暗く陰っている。二瓶の姿は闇の中に紛れてしまった。

「きっとお参りに来たんでしょ」

「そうなのかな」

「声をかけてみる」

「いや、よそう」

なにか願掛けに来たのだとすれば、他人には知られたくないかもしれない。そう思って、ぼくは薫を促し、神社の前を離れた。

六

仲通で薫と別れ、寄宿舎に戻った。下級生たちに二瓶高志の居所を尋ねると、所用で出かけているという。やはり、神社で見かけたのは二瓶だったようだ。

滝と斎藤はまだ帰ってなかったので、下級生たちと先に食堂で夕食をすませた。食後に部屋に戻って読書をしていると、午後八時近くなって滝と斎藤が部屋に入ってきた。

「よう、色男、女生徒との野外活動の首尾はいかがであった」

滝の冷やかしには応えず、

「彼女の知り合いの看護婦から話を聞けました」

とぼくは手にしていた本を脇において答えた。そして、目の前の床に腰を下ろしたふたりに、連続殺人の休止期間の療養者の情報は、すでに警察が捜査をしていたことを伝えた。

「じつはそのことは、さっき高梨さんから聞いて知っている」

滝が言った。

滝と斎藤は、連続殺人に関する捜査情報を高梨から詳しく聞き出し、そのあと、夕飯までごちそうになって帰って来たのだった。

「では、復員兵のことも分かりましたか」

きっとこちらも警察が捜査ずみだとの返事を予想して尋ねると、はたして斎藤がうなずいて、

「なんでもすでに有力容疑者がいるらしいんだ」

部屋には三人しかいないのに、なぜか声を落として言った。

すっかり膠着《こうちやく》状態で迷宮入りしたかと思われていた連続殺人だが、捜査は着実に進んでいたらしい。

渋る高梨を口説いて聞き出した情報によると、警察が行方を追っている男の名は小泉《こいずみ》丈吉《じようきち》。大正十一年生まれの金物作り職人で現在二十三歳。連続殺人の起きた地域に近い村落の

出身者で、軍歴と事件の発生時期が一部重なっている。

「一部ってことは、重なっていない時期もあるのかい」

ぼくが話をさえぎって問いを発すると、斎藤は首をふった。

「いや、そういうことではない。四年前、志願兵として出征した小泉丈吉は戦闘で負傷し、傷痍《しょうい》軍人となって日本に復員した。その後、傷兵院にしばらく入院していたが、その後の行方が分からないんだ」

事件に照らしてみると、河合久男の殺害時期には休暇で帰郷しており、二人目の被害者である青木有三殺害時期には、すでに負傷して行方不明になっているらしい。とすると、はっきりと殺害の機会があったと言えるのは、さいしょに殺された河合久男だけだ。しかし河合殺害時、小泉は十八歳である。そんな歳であれほどの凶悪事件を起こしたのだろうか。

それ以外にも不可解な点がある。

「なんで小泉丈吉は行方をくらませたのかな」

ぼくは言った。

戦闘時の怪我なら名誉の負傷であり、傷病の治療のみならず、恩給など様々な恩恵が受けられるはずだ。それらの権利を放棄し、姿を隠しているのは、やはり連続殺人の犯人だからか。

「警察は中沢周吉殺しのあと、小泉の実家をしばらく張り込んで、匿《かくま》ったりひそかに連絡を取ったりしていないか探ったけど、収穫はなかったらしい」

と斎藤は言った。

警察がそこまでしつこく追っているのは、単にその機会があった人物という以外にも、なにか小泉丈吉が犯人だという確証を握っているからだろうか。

ぼくの問いに、斎藤はあいまいな表情で首を左右にゆすってみせた。

「そこは高梨さんも言葉を濁していた。捜査上の秘密なんだろうね」

「ただ、ひとつ、重要な点がある」滝が言った。「小泉丈吉は負傷箇所と、連続殺人の被害者たちが切り取られた場所が同じなんだよ。もともと小泉は殺人狂だったが、戦傷を負ったことで、それがじっさいの犯行のやり口にも影響を与えたと考えられるわけだ」

これは説得力のある説だった。負傷した箇所とその後の犯罪傾向の変化に一致が見られるのなら、小泉丈吉を犯人と疑っても無理はない。

「じゃあ、犯人が捕まるのは時間の問題ですね」

容疑者がはっきりしているのなら、いずれ警察がその居所を突き止めるに違いない。ぼくの言葉に、滝は否定的に唇をゆがめて、

「さあ、どうだろうな。警察が小泉丈吉に目を付けてからだいぶ経っている。それなのにいまだ野放しのまま、健太殺害まで許してしまった。今の警察の捜査力にあまり幻想を持たない方がいい」

「でも、ぼくたちではなおさら探しようがありませんよ。目ぼしい場所はすでに警察が捜査ずみでしょうし」

と斎藤が言うと、滝は人差し指を立てて、

「ちっ、ちっ、ちっ、警察にも盲点がある。いいかい、警察は健太の死と連続殺人は、まったく別ものと考えている。つまり生前の健太と小泉丈吉の接点について、まだ、なにも探っていない。ということは、ぼくたちが殺害前の健太の行動を調べることで、警察が知らない事実を探り出せるかもしれないわけだ」

たしかに、健太が自分ではそうと気づかないうちに小泉に接近し、そのために殺されたとすれば、健太の生前の行動を洗い直すことに意味はあるだろう。ちなみに、健太の連続殺人事件被害者説は、滝が高梨刑事へ伝えたが、すでに健太の死は事故と結論づけられたため、これを捜査本部が取り上げることはないだろうとの見解だったそうだ。

「なので、明日からぼくたちは手分けをして、健太の立ち寄った先を調べよう」

と言って滝が捜査先をあげようとしたので、

「ちょっと待ってください。うかつに動き回ると、学校に連絡されるかもしれません」

とぼくは能美嘉子との会話の内容を伝え、注意を促した。能美自身が告げ口におよぶ心配はなさそうだったが、あちこち嗅ぎまわっていると、不審に思う住民の中に通報者が出ないとは限らない。

「ふん、学校に連絡されたらなんだというんだ」

滝が強気にうそぶいたので、

「でも、ゴリラが知ったら、ただじゃすみませんよ、きっと」

ぼくは忠告した。滝はにわかに落ち着かない表情になり、ひとつふたつ咳払いをして、

「ゴリラなど、恐るるに足らず、……しかし、まあ、それが原因でまた落第となると、ぼくより君たちが困るだろうからな。なにかうまい探偵活動の方法を考えたまえ」

とぼくたちに下駄をあずける。

「そうですねえ……」と斎藤は滝の真似で人差し指を立て、「探偵活動などと言えば学校に苦情が行くかもしれませんが、健太の遺志を継いで米兵の行方を追っていることにすればどうでしょうか。もし学校に知られても、愛国的活動だと言い張れますし。悪くてもゴリラに頬を二、三発張られるくらいですむはずです」

「うむ、その手で行こう」滝は膝を叩いた。「それと万が一、君たちどちらかの活動が通報された場合、自分ひとりで調べていると申告し、ほかの者に影響がおよばないよう犠牲的精神を発揮してくれたまえ」

「それって、滝さんが通報された場合も、同じですよね」

ぼくは念のため質した。

「もちろんさ」そう言いながら、滝はぼくから目を逸《そ》らし、「ただ、ぼくは君たちよりだい

ぶ小作りだからね、その分、肉体的苦痛にも弱い。だから、万一の際は、君たちも連帯責任を申し出て、ゴリラの力の分散に努めてくれるとうれしい」

ぼくも斎藤も、滝の虫のいい申し出にあきれて返答の言葉も出なかったが、滝はそれを同意と受け取ったらしく、

「じゃあ、さっそく明日の活動の計画を立てようじゃないか」

と言って、聞き込み先の割り振りをした。その結果、ぼくは滝といっしょに、健太の死までの数日間の行動を洗うことになり、斎藤は薫と組んで、健太の母親に話を聞きに行くことになった。

「メチ公のお守りを美作ばかりに押し付けても可哀《かわい》そうだからな。斎藤、かまわんよな」

「はい、大丈夫です」

「美作も、いいな」

「ええ、いいです」

あまりよくなかったが、そう答えるしかない。

滝が自室へ戻り、ふたりだけになると、斎藤が冴えない顔をしている。

「どうかしたのかい」

尋ねると、斎藤は小さく首をふって、

「明日の活動だけど……、ちょっと気が重いな」

「どうしてさ」

「だって、女生徒なんかと町中をうろついていたら目立って恥ずかしいだろ。そうじゃなくても、ぼくはノッポで人目を引きやすいのに」

ぜいたくな悩みだなと思ったが、目立つとそれだけ通報される危険も増すのはたしかで、斎藤の心配はゆえなくもない。

斎藤はためらいがちに切り出した。

「……明日、代わってもらえないかな。それともやっぱり、二日も続けて女生徒と行くのは嫌かい、君も」

嫌じゃない、とふたつ返事で答えるのは、ためらわれた。なんだか足元を見られるというか、本心を見透かされるような気がするからだ。

「うーん、どうかなあ」

もったいをつけて、うつむきがちに表情をつくろっていると、斎藤は思い直したように首をふり、

「そうだよな。君ばかりが損な役回りを演じるのは公平じゃないよな。ごめん、忘れてくれ」

「いや、いいんだよ」

頭を下げる斎藤に手をふって応えた。
自分の気持ちに正直に行動できないのは、ぼくの大きな欠点だ。

第四章　ぼくたちの策略

一

前日と同じく午後四時、鐘撞塔の下で、ぼくたちは薫と落ち合った。滝がこの日の活動内容と割り振りを伝えると、薫は明るい顔でうなずいて、

「そう、分かったわ。じゃあ、斎藤さん、さっそく行きましょう」

と促した。昨晩は渋っていた斎藤も観念したのか、

「ああ、よろしく」

と淡々と応じる。

ふたり連れだって立ち去る後ろ姿に、

「しっかり、やってこいよ」

と滝が声をかけた。

薫と会話を交わしながら敷地の囲いを越えた斎藤は振り返らず、片手をあげて応えた。

遠ざかるふたりの姿を複雑な思いで見送っていると、

「なんだ、君。もしかして、メチ公と組みたかったの」

滝のなかなか鋭い指摘。

「いいえ、そんなことはありません」ぼくは言下に否定して、空元気《から》を振り絞る。「さあ、ぼくたちも急ぎましょう。健太の立ち回り先を、しらみつぶしに調べるんですから」

「ふふっ、その意気、その意気。ようやく君も探偵小説倶楽部員の自覚が出てきたようだねえ」

と滝はにやにや笑っている。どうもぼくの心を見透かされているようで気分が落ち着かなかった。

滝はまず、二瓶から話を聞くと言った。健太の行動をいちばん把握していたのは二瓶のはずだからだ。

寄宿舎に戻って二瓶を探すと、裏庭で薪割《まきわ》りをしていた。滝の質問に、二瓶は手にしていた鉈《なた》を地面に置いて、

「さあなあ、おれも何度かは尋ねたけど、はっきりとしたことはなにもしゃべらなかったな」

「それでもどこか見当のつく場所はありませんか。おおよそで結構ですから」

「そうだなあ」二瓶は考え込み、「東の森や沼田《ぬまた》の倉庫あたりをうろついているって話は聞いたことがあったな」

東の森とは集落の東側の山裾に広がる森林地帯だ。二、三十年前までは狼《おおかみ》の目撃情報があったほどの原生林《げんせいりん》が残っている。沼田の倉庫は、江戸時代には古米の備蓄庫として整備され、明治から大正の初期にかけては陸軍の倉庫として使用されたこともある。大通りから離れた高地にあり不便なので、今は閉めきられ朽ちるがままに放置されている。

「そうですか」滝は言った。「ところでそういう場所に米兵が隠れているって話、誰が健太に信じ込ませたのか、心当たりはありませんか」

「あいつ、それについては絶対口を割らなかっただろ。……あとは、そうだな、室井先生がなにか知っているかもしれん」

「分かりました、ありがとう」

滝は質問を切り上げた。

「ゴリラがなにか知っているなんてありえないだろう。まったく、二瓶さんも適当なことを言うな。ぼくたちの活動を妨害するつもりか」

裏庭を離れると、滝はそうぼやいた。

「でも、探索すべき場所が二カ所、分かったのは収穫じゃないですか」

「まあ、大して期待はできないが、調べてみるか」

二カ所のうち、東の森は広大なため、ぶらりと訪れて探索するわけにもいかない。なのでぼくたちはまず、沼田の倉庫跡に向かうことにした。

寄宿舎の林を抜け、女学校の角を曲がり、大通りに出ると滝が、

「いちおう、ゴリラがなにを知っているか、あとで、君から探っておいてくれよ」

と、こともなげに言った。

「えっ、そんなのずるいですよ。どうしても聞かなければならないなら、滝さんもいっしょにお願いします」

「いや、ぼくはあいつに特に睨まれているんで、かえって藪蛇《やぶへび》だ。もし手助けがいるなら斎藤に頼め」

と滝は逃げを打つ。

「もし、それでぼくと斎藤がゴリラの鉄拳をくらうことになったら、滝さんもいっしょに殴られてくれますよね」

そうぼくが質しても、滝は聞こえないふりをしている。

「滝さん――」

念押しをしようとすると、滝は前方の道を指《さ》した。

「おい、あれを見ろよ」

三台の車が通りを近づいてくる。いずれの車両にも見覚えがあった。

米軍機が墜落した時と、健太の事件の時に現場に来ていた軍と警察の車両だ。三台は連なってぼくたちの前を通り過ぎた。

「どこへ向かうんだ」

滝がつぶやくと、すぐに車は女学校の角を曲がった。そのまま真っ直ぐ行くと白霧学舎へ行き着く。

「戻ろう」

滝が言い、ぼくたちは踵《きびす》を返して、車のあとを追った。

林道を抜けて、学舎の前まで来たが車はない。寄宿舎の方へ回ると、二瓶のほかに数名の下級生たちが建物前に集まっていた。ぼくたちが近づくと二瓶が言った。

「米兵の死体が見つかったようだ。モミの木の枝に引っかかってミイラになっていたらしいぞ」

裏山の敷地の手入れのため、足を踏み入れた田中家の使用人がたまたま見つけて、通報したという。

しばらく寄宿舎の前で様子をうかがっていると、黒塗りの車で田中巌吉がやってきて、そのまま裏山へ向かった。そのあとすぐ警官と警防団員が、寄宿舎から奥の裏山へ続く道を封鎖した。

学舎からも生活指導のゴリラや教頭が事情を聞きにやってきた。

「こらーっ、おまえらは邪魔にならんよう、寄宿舎の中に入っておれ」

ゴリラが吠え立てて迫ってきたので、ぼくたちはあわてて寄宿舎の中へ避難した。そのあともゴリラや教頭が、入れ代わり立ち代わりあらわれる警防団員や町の顔役たちと寄宿舎の周りでずっと立ち話を続けていたので、ぼくと滝は今日の探偵活動を諦めざるを得なくなった。

夕食にはまだ時間があったので、自室に戻るぼくのあとを滝もついてきて、床に寝転がると言った。

「結局、米兵は墜落したあの夜、死んでいたんだな。健太の行動はまったくの徒労だったわけだ。やっぱり」

それは当時から分かっていたことだけど、あらためて事実を突きつけられると、よけい健太の死があわれに思えてきた。

いったい、誰がなんの意図で健太につまらない嘘を吹き込んだのだろう。ほんのいたずらのつもりだったのかもしれない。しかし、それが健太の死を招いたのだ。

「なんとしてでも、ぼくたちの手で殺人犯を暴きたいですね」

ぼくが言うと、滝はほうと言った顔で見上げて、

「いよいよ、美作も、メチ公はあきらめ、本気で探偵活動に目覚めたかね」

「なんですか、それは。ぼくはさいしょから――」

「まあ、いい」滝はぼくの抗議をさえぎって、「なにはともあれ、ぼくたちの活動は明日からだ。斎藤たちはどうだったのかなあ」

その斎藤は夜八時過ぎになってようやく寄宿舎に戻ってきた。

健太の母の歌子からは目ぼしい話は聞けなかった。健太は歌子にも自分の行動の理由を打ち明けていなかったらしい。当然、誰にそそのかされたかも分からない。

「手がかりはなしか。しかし、それにしてはずいぶん遅くなったな。健太のお袋さんと話し込んでいたのか」

滝が言うと、斎藤は頭を掻きながら、

「いやあ、早坂さんのうちに呼ばれて、すき焼きをごちそうになりました」

「なに、肉、肉はあったか」

「ええ、そりゃもう、たっぷり」

と斎藤は腹をさすってみせた。

「くそ、うまいことやったな。明日からはぼくがメチ公と組む、いいな」

「ぼくは構いませんけど、むこうがうんと言いますかねえ」

斎藤は余裕の表情である。

「だったら、明日からは四人いっしょの行動だ。抜け駆けは許さん。食い物の怨みは怖いぞ、斎藤」

と言って滝は部屋を出て行った。

ふたりになったあと、ぼくは斎藤に探りを入れてみた。

「早坂さんのうちで、どんな話をしたんだい」

「話……？」

斎藤はきょとんとした表情をした。

「ご飯を食べながら、世間話くらいしただろ。いろいろ君について聞かれたり、早坂さんのうちのことを尋ねたりしたはずだ」

「いやあ、ぼくはなにも聞かなかったけど。……そういえば、出身地や子供のころのことを聞かれたような気がするな。でも、ごちそうの方に夢中だったんで、あんまりよく覚えていないよ」

斎藤はけろりとした顔で言った。にわかには信じられず、ぼくはじっと斎藤の顔を見つめた。

「どうしたんだい、ぼくの顔になにかついてる？」

「いや」

ぼくは首をふった。

斎藤は気づいていないのだ。自分がどれほどめぐまれているかに。だから滝などといっしょになって探偵小説倶楽部みたいな、地味で変人じみた活動に夢中になっている。ぼくが斎藤だったら、ぜったい滝やぼくのような人種とは付き合わない。もっと世間体のいい仲間とつるむ。

「おなかいっぱい食べられたのはよかったけど、もう女の子とふたりきりの活動は勘弁してほしいな。道を歩いていても、じろじろ見られて、恥ずかしかったよ」

ぼやく斎藤に、

「そうか、そりゃ、災難だ。背が高くて目立つのも善し悪しだね」

と話を合わせた。人目を引く斎藤の容姿を羨《うら》やみながら。

なんて世の中は理不尽で不公平なんだろう。

二

米兵の死体はすみやかに撤去され、裏山へ続く道の封鎖も、まる一日で解除された。

米兵は墜落時の衝撃で空中に吹き飛ばされ、モミの木に激突し死亡した。死体は高い枝に引っかかっていたため、発見されずにいた。ところがその後、なにかの拍子で半ばミイラ化した死体がモミの枝から落ちて、より低木の松の枝に移ったため、今回の発見に至ったようである。ぼくたちは以上のことを高梨刑事から聞いた。

また、ぼくたちは沼田の倉庫と東の森の探索を行った。とくに広大な東の森を調べるのは一週間以上かかった。しかし、いくら調べてもそこに健太が訪れた形跡や、ましてや小泉丈吉とのつながりを見つけることはできなかった。

なにかを知っているかもしれないゴリラから情報を引き出す役は、誰もがしり込みしたので、ぼくと斎藤と滝の三人がそろって話を聞きに行った。その結果、なにを馬鹿なことをしていると、目から火花が出るような拳骨《げんこつ》の返答をもらう羽目となった。

「探偵活動は完全に行き詰まってしまいましたね」

木柵に寄りかかって斎藤が言った。滝は不満そうだが、

「うーん」

と反論もならずに唸《うな》るばかり。

ぼくたちはいつもの鐘撞塔の敷地に集まっていた。これからの探偵活動を相談するためだ。

「ともかく、健太が殺される前の行動については、もうこれ以上調べてもなにも出てこないと思うの。新しい観点からの活動を考えましょうよ」

腰を下ろしていた木柵から、ひょいと飛び降りて薫が言った。

「だけど、新しい観点って、どんな観点さ」

ぼくは尋ねた。

「分からない。でも、いままで見落としていたなにかがまだあるはずだわ、きっと」

との薫の言葉に、滝がもろ手を上げて同意する。

「うん、いずれにしても、今後の活動の切り口を見つけるのは大切だね」

斎藤ばかりでなく滝までも、ここ数日、薫の家でごちそうになり、すっかり手なずけられている。呼び方も、女やメチ公から、薫君へと二階級特進した。

ぼくたちはいっせいに考え込んだが、新しい観点なんて簡単に見つかるもんじゃなかった。これまでも散々話し合ってきたことなのだ。

「ああ、ぼくたちの発想はすっかり袋小路に入ってしまったようだ」

斎藤が天を仰ぐと、滝が、

「ぼくもなにか気になっていることはあるんだけど、もうちょっとのところで引っかかって出てこない。君の言うとおり、このままだと堂々めぐりを繰り返すばかりかもしれん。ここはひとつ、新しい血を導入しよう」

と提案した。

「新しい血って？」

薫が怪しむと、滝は打ち消すように手をふって、

「いや、新しい血というより、古い血を還流させるという方が正しいか。君には伝えていなかったが、この探偵小説倶楽部にはもうひとり優秀な部員が存在する」

「えっ、それって、もしかして」

思わずぼくは眉をひそめたが、滝は重々しくうなずく。

「さよう、教授こと、梁川光之助特別名誉部員のお知恵を拝借するのさ」

寄宿舎は女人禁制なので、いったん薫は家に帰り、あらためて日が暮れてから出直すことになった。

午後八時、夕食を終えると、滝の統率に従い寄宿生たちは全員、玄関を出て防空壕へ移動をはじめた。避難訓練である。

あらかじめ外出の用事で不参加を申し立てていたぼくは、ひそかに隠れた自室の窓からその様子をうかがった。

寄宿生たちはぞろぞろと真剣さの欠片《かけら》もない足取りで玄関を出てくる。防空頭巾や鉄兜は身に着けるどころか、手にしている者さえほとんどいない。それでもともかく、みな滝の指示には従っているようだ。

ぼくと教授以外の寄宿生が全員防空壕の中に入ったのを見届けると、伝声管に向かってささやいた。

「よし、いまだ。玄関を入って、階段を上がれ」

〈分かった〉

伝声管から薫の声が返る。

寄宿舎前の暗がりの中を黒い影が玄関へ走り寄る。ぼくは廊下に出て、階段を上がってきた薫を迎えた。

「ここ、汚いわねえ、それになんか臭いし」

薫は顔をしかめながらあたりを見まわした。ここでそんなことを言っていては、教授の部屋に入ったら卒倒するかもしれない。

「覚悟したまえ」

ぼくはそう言いながら、教授の部屋をノックして扉を開けた。

まず、腐敗臭とアンモニア臭が襲ってくる。鼻より目に染み、突き刺さるような強烈な臭いだ。分かっていてもたじろぎながら、ぼくは部屋の中に足を踏み入れた。

薫を連れて行くことは滝が事前に知らせたはずだが、部屋の乱雑ぶりは前回、ぼくが見た時とひとつも変わらない。

脱ぎ捨てられた着物や下着や書籍が床をうずめ、壁際には、中味はすべて小便という、いわくつきの一升瓶とビール瓶が並んでいる。そして、その脇には例の蓋付の鍋も。

さすがの薫もこの部屋の惨状には驚愕しているだろうと横を向くと、まるで秘境に足を踏み入れた探検家のような、興奮気味の表情で室内を観察している。あまりの異様さに嫌悪感を通り越して、好奇心が湧いたのだろうか。

「君が早坂君か」

本の山の壁を背にした教授が言った。ぼくがさいしょに会った時と同じく、長く伸びた髪の間から光る眼をのぞかせ、薫を凝視している。

「ええ、あなたが教授ですね」

薫も興味津々に教授を見つめる。

「そうだ、まあ、君たち、座りたまえ、遠慮せずに」

と勧められても、いったいどこにそんな余地があるのかと思ったが、薫は部屋の中ほどにあった本の山を横にずらしてつくった板の間の空間に正座した。ぼくも倣って横に並んで座った。

「すぐに滝さんと斎藤さんも来ると思います」

ぼくが言うと、教授はうなずき、

「ああ、それなら事件の話は、そろってから聞くとしよう。――ところで早坂君、人間の身体でいちばん大切な部位はどこだと思う」

「心臓と脳ですか」

薫の答えに、教授はゆっくり首をふった。

「ぼくはいちばんと言ったはずだよ。正解は当然、脳しかありえない。人間の臓器はすべて脳を生かすために存在すると言っても過言ではない。換言すれば、もし脳さえ生きていれば、ほかのすべての臓器を失っても、ぼくたちはぼくたちであり続けられるのだ。じじつ、人間は生命危機に陥《おちい》ると、しぜんに心臓と脳を保護するように身体が機能する。言うまでもなく、心臓は脳に酸素と栄養を送る機関として生かされるわけだ。脳が死んでしまえば、たとえ心臓が動いていたとしても、それはもはやただの肉の塊に過ぎず人間とは言えない。分かるかね、早坂君」

「えっ、はい」

「ゆえに、ぼくは一年中、この部屋にこもり、脳の能力を最大限に発揮させるため、それ以外の組織を極力使わないよう努めている。栄養補給や排泄《はいせつ》さえも最小限に抑えているのだ。

——早坂君、そこの壁際に並んだ瓶はなんだと思うかね」

「一升瓶やビール瓶がたくさんありますね。どれもいったん栓を抜いたように見えますけど、なにか別のものが入れてあるんですか」

　薫は無邪気に尋ねる。

「なかなかの観察眼だ。では、その中のどれでもいいから、一本こっちへ持ってきたまえ。あとその横にある蓋付鍋も」

　なにも知らない薫は無造作に手近のビール瓶をつかんで、教授の前に置いた。それから鍋の取っ手をつかみ、持ち上げると少し首をかしげて、これもビール瓶の横に置いた。

「よろしい、では蓋を取りなさい」

　教授の言葉に従って、蓋に伸ばした薫の手を、思わずぼくは押さえた。

「やめるんだ。——教授、ひどいですよ、こんなこと、いくらなんでも」

教授は不審げに眉をよせて、

「どうしたかね。これについては、君もすでに聞いているだろう」

と言うと、みずから鍋の蓋を取った。

中には薄茶色の粉末状のものが、こんもりと山になっている。

「なんですか、これは」

薫が尋ねる。

「砂糖だよ。きょう日《び》、貴重品だからね、ここにしまっている。瓶の中味は混じりけのない蒸留水だ」

「砂糖水にして飲むんですか」

「そう、でも直接は飲まない。いったん、これにしみ込ませるのだ」

教授は懐《ふところ》から脱脂綿を取り出し、カブトムシ定食の説明をして、みずから吸ってみせる。

「どうだね、君も」

勧められた薫は、さすがに、もう食事をすませてきましたから、と断った。

ここで、避難訓練を終えた滝と斎藤が部屋に入ってきた。滝は、足で散乱する下着を蹴り退けて場所を空けて座り込み、ぼくに質した。

「もう、事件の説明はしたの」

「いえ、滝さんたちの戻りを待っていました。それにしても、ひどいじゃないですか。すっかり騙されましたよ、鍋の中味」

滝は蓋の開いた鍋に目をやると、にやりと笑い、

「ぼくは鍋の中味がなんなのか、言った覚えはないけどね。君、いったい、なんだと思ってたの」

「ずるいですね、少なくとも瓶の中のものは嘘だったじゃないですか」

「そんな些事《さじ》にいつまでもこだわっていると器の小さい男に見えるぞ。見ろ、薫君もあきれ顔だ」

滝がどれほどの名探偵かは不明だが、指導者の資質があるのは確かだ。人をあやつる術に長けている。どう言えばぼくが黙るか、よく承知している。

「では教授、さっそくですが、事件についてお話ししましょう。そのうえでご意見を聞かせてください」

滝はそう言って、健太の死について、これまでぼくたちが知った限りのことを詳しく語った。

「だいたい、話は分かった」

滝が語り終えると、教授はそう言って瞑目《めいもく》した。次の言葉を待ってぼくたちは沈黙してい

たが、いつまでたっても教授は口を開かない。

「あのう、教授、なにかご意見を」

しびれを切らした滝が促した。

教授は身じろぎもせず、ただ長い髪の間からのぞかせた目でじろりと滝を見返して、

「ならば、ひとつ質問しよう。君たちは林屋健太の死が、どうして連続殺人と関連していると考えたのだね」

この説をさいしょに唱えた滝が答える。

「どちらもはっきりとした動機が分からない殺人であることと、凶器がともに斧で、後頭部を殴打されているという共通点があったためです」

「では、健太の死の状況が、前の連続殺人事件と矛盾する点について、君たちはどう考えているんだね」

「矛盾する点ですか」滝は怪訝な顔をした。「局部を切られていなかったのは、犯人にその時間的余裕がなかったためだと思いますが」

「矛盾点はそこじゃない」教授はにべもなく言った。「君たちがさいしょに健太の死体を発見した時にはあった斧が持ち去られ、死体が鐘撞塔の真下に移動された点だ。これはあきらかに犯人が殺人を事故に見せかけようとした証拠だろう。このような偽装は、連続殺人事件では見られなかった。むしろ犯人は殺しであることをこれ見よがしに誇示していたのではな

いかね」

「そう言われてみればそうですね。ぼくたちはその点は見逃していました。で、教授はこの矛盾点をどう考えるんです」

滝が尋ねる。

「説ならいくつかある。ひとつは健太殺害と連続殺人がまったく無関係である場合。ひとつは連続殺人犯がこれまでのやり方を変えた場合」

との教授の言葉に、斎藤が疑問を呈する。

「しかし、同一の連続殺人犯がやり方を変えたにしては、あまりに変化が大きすぎませんか。あれほど挑戦的な殺人を繰り返していた犯人が、今度にかぎり事故を装ったとすれば、相応の理由があったはずです」

「そのとおり」教授は言った。「その理由をつきつめると、ひとつの仮説が見えてくるはずだ。いま、連続殺人犯と目されている小泉丈吉は、警察の必死の捜索にもかかわらず、行方をくらませ続けている。そんなことがなぜ可能なのか」

教授は問うような目でぼくたちを眺めまわした。

「どこかに匿《かくま》っている協力者がいるからですか」

薫が答えると、教授は無言でうなずいたあと言った。

「そう考えるのが道理だろう。その観点から見直すと、おのずから、君たちが目撃した健太の死の状況と、その対称となる犯人たちの行動が露わとなってくる」

「つまり、こうですか」滝がそこに意識を集中するように指を立てて言った。「小泉丈吉は健太を斧で殺害した。その直後、ぼくたちが現場にあらわれたため、小泉は隠れた。もしくは現場から逃げ去った。その時、おそらく協力者もいっしょに現場近くに身をひそめていた。そしてぼくたちが現場からいったん立ち去ったあと、健太の死体を鐘撞塔の下へ移動させ、凶器の斧を持って姿を消した」

連続殺人犯の小泉は過去四件の事件と同様、犯行を試みたが、協力者が隠蔽工作をしたため、警察は健太の死を殺人と認識しなかったわけだ。現場の不可思議な状況は、ふたりの人物の別々の行動によって偶然作られたものだった。

協力者は犯人を匿っているが、もしかすると犯行とは無関係なのかもしれない。犯人のあとについて、犯行の痕跡を消して回っているとも考えられる。

「たしかにそれだと、ぼくたちの目撃と警察の検証結果が食い違う説明もつきますね」

と斎藤が納得顔をする。

「とするとだ」滝が言った。「次のぼくたちの行動は、小泉の協力者探しということになる。教授、協力者の正体になにか心当たりはありませんか」

「さあ、ここからは頭脳戦より、地道に動き回る肉弾戦、つまり君たちの出番だ。――ということで、ぼくはそろそろ、瞑想の時間に戻らせてもらおう」

そう言うと教授は、静かに目を閉じて、身じろぎもしなくなった。ぼくたちは音を立てぬようにそっと部屋をあとにした。

三

翌日からぼくたちは探偵小説倶楽部の新たな活動として、小泉丈吉の協力者を探すことになった。

「さて、どうやって探すかな」

いつもの鐘撞塔の敷地に集まると、滝が言った。

「友人や知り合いは、とっくに警察が当たっているでしょうね」

ぼくが言うと、斎藤も、

「それに警察なら簡単に調べられることでも、ぼくたちには小泉丈吉の交友関係をあきらかにするだけでも大変だよ」

と早くも音を上げかける。

「まず、どういう友人が危険を冒してまで連続殺人犯を匿うか、を考えよう。そうすれば調べるべき対象がしぜんに絞られてくる」

滝の言葉に従い、ぼくたちは考えた。やがて斎藤が言った。

「やっぱり、古い友人だと思います。同級生とか、近所の遊び仲間とか」

ぼくたちにも異存はなかった。

小泉丈吉は高等小学校を出たあと、金物作りの家業を手伝い、十七歳で陸軍に志願し入隊している。学校と軍隊くらいしか、深い交友を結ぶ機会もなかったのではないか。軍隊時代の友人探しはぼくたちの手に余る。地元や学校時代の友人くらいしか、探しようがないのが現実でもあった。

「よし、ぼくは小泉の家の近所を回って、とくに親しかった友達を探してみる」

滝が言うと、薫は手をあげて、

「じゃ、あたしは健太のお母さんに会いに行く」

「うん?」滝が首をひねる。「健太のお袋さんになにか用があるのかい」

「健太のお母さんは学校の先生だから、小泉丈吉が通っていた高等小学校の卒業者名簿を手に入れられるかもしれない。それがあれば、小泉の同級生たちの名前が分かるわ」

「なるほど、じゃあ、今回も二手に分かれよう。ぼくといっしょに小泉丈吉の実家近辺を回るのはどっちだ」

滝がぼくに試すような目を向ける。ぼくは斎藤の顔を見た。ぼくが望めば、斎藤はこだわりなく薫との組を譲るだろう。でも、それでは安易な気がするし、滝からまた揶揄《やゆ》されそうでためらわれた。

「くじ引きで決めよう、公平に」

ぼくが持ちかけると、斎藤も同意した。雑草の細長い茎《くき》を抜き、短い方を滝、長い方を薫とした。

「なんだ、ぼくがチビだからか」

滝は嫌味を言いながらも、茎の長さを分からないようにして握ると、ぼくたちに差し出した。

くじの結果、ぼくが薫、斎藤が滝と組むことになった。


滝たちと鐘撞塔前で別れ、ぼくと薫は健太の家へ向かった。

薫は足元に目を落とし、黙りこくったまま歩いている。

「斎藤の方がよかったのかい」

ぼくが声をかけると、薫は顔を上げ、

「えっ、なに」

とびっくりしたような顔をした。

「ぼくと行動するより、斎藤といっしょの方がよかったのかと思って」

「なんでそう思うの」

「さっきから不機嫌そうに黙っているから」

「考えていたのよ。協力者はどこに小泉丈吉を匿っているのかって」

「そりゃ、どこにだって匿えるんじゃないの」

人ひとり、隠すだけだ。家ならば一室に閉じこもっていればいいし、郊外の倉庫や洞窟の中にひそむという手もあるだろう。

「そんな簡単にはいかないと思う。ここは東京とは違って、独り暮らしの人なんてほとんどいないし、隣近所、みんな知り合いで、玄関に鍵もかけないもの。家で匿うなんてまず不可能よ。家族や近所の人にすぐばれるわ」

「納屋とか倉庫とかは」

「半月やそこらならともかく、長い期間は絶対に無理ね。食べ物だって運んであげなきゃならないし、このあたり、冬は相当冷え込むし、雪も降る」

「ふーん、そうなんだ」

しかし、小泉が長らく行方をくらませて、警察の捜索の手から逃れているのも厳然とした事実なのだ。もしこの集落近くで身を隠し続けているのなら、その方法は協力者を捕まえることで自然に判明するだろう。

「だから、まず、小泉の友人を見つけることだ」

「そうね、おばさま、名簿を持っているといいけど」

健太の家は、薫の家の料亭から一町ほど行ったところにあった。垣根囲いの小さな庭がある一軒家で、同じような家がほかに数軒並んでいる。

健太と幼馴染だというだけあって、薫は玄関前で中に、

「こんにちは」

と声をかけると、返事も待たずに玄関の引き戸を開けた。

「いらっしゃい」

奥から出てきた林屋歌子は、健太の葬式の時よりさらにいっそう憔悴《しょうすい》して見えた。健太の死からまだ立ち直っていないのは無理もないが、蒼白《あおじろ》く痩せ衰えた姿は、まるで病み上がりのようだ。

始終顔を合わせている薫も、歌子の健康を気遣うように声をかけた。

「ううん、大丈夫」歌子は首をふって、「今日は学校へも行ったのよ、これでも。それで、今日はどうしたの、そちらの方は、あら、背の高い人じゃないのね。健太のお友達だったかしら」

この前、薫といっしょに来た斎藤と混同したらしい。ぼくの顔はうろ覚えのようだ。ぼくは頭を下げて、

「健太君にお線香を上げさせてもらいに来ました」

と言った。

家に上がると、奥の仏間に通された。健太の位牌《いはい》と写真がそなえられた仏壇に、ぼくと薫

は線香を上げた。

写真の健太は無邪気な瞳で、ぼくと薫を見返していた。早く犯人を見つけろよと急かしているようにも、そんなことまったく気にしていないようにも見えた。

焼香のあと歌子にお茶を勧められ、居間に入ってあらためて家の中を見まわすと、不思議な感じがした。家中がやけにさっぱりとして、片づいているのだ。よく見ると廊下の隅に荷物が積んでまとめておかれている。

「この町を出て、横浜の実家に戻るの」

ぼくたちの問うような顔を見て、歌子が言った。

一年前に父が病死し、実家には老母がひとりで暮らしているのだという。前からあった同居の話がずっと延び延びになっていたが、今回のことでようやく踏ん切りをつけたらしい。

「でも、横浜も空襲があってたいへんですよ。お母さんにこっちへ来てもらった方がいいんじゃありませんか」

余計なお世話だと思ったが、東京で空襲を経験したぼくはそう口にせずにはいられなかった。

「そうできればいいんだけど、年寄りは住み慣れた土地を離れたがらないから」

と歌子はため息をついた。

ここを発《た》つのは、一週間後だという。今日、学校へ行ったのは、退職手続きのためだったようだ。

「さびしくなりますわ」と薫は言って、お茶をすすり、やや間をおいて切り出した。「ところで、おばさま、昭和七年の高等小学校の卒業者名簿をお持ちじゃありませんか」

「昭和七年の卒業者名簿？　ずいぶん前のね。それ、どうするつもりなの」

怪訝そうな顔で歌子は尋ねた。

「前に来た時お話しした小泉丈吉が、その年の卒業生なんです。もしかすると、元同級生の中に小泉を匿っている人がいるかもしれません」

薫の説明に、歌子は表情を少し硬くした。

「そう……、まだ、事件のことを調べているのね。卒業者名簿は、ここにはないわ。学校にはあると思うけど」

「そうですか、では学校へ行ってきます」

薫が答えると、歌子はためらいがちに問いを発した。

「薫さん、どうして、そこまで事件のことを熱心に調べるのかしら」

「だって、健太の死は事故じゃないんですよ」薫は強い口調で訴えた。「誰がどうして殺したのか、おばさまは犯人を捕まえたくないんですか。真相を知りたくないんですか」

薫に見つめられた歌子は苦しそうに顔をそむけて、

「でも、なにをどうしたって……、もう、健太は帰って来ないから」

かすれがちの声で言った。

重苦しい空気を引きずって、ぼくと薫は林屋家を辞した。

沈黙のまましばらく路地を歩き、やがて仲通に通じる開けた道に出た。

「健太のお袋さん、気の毒だったな」

立ち止まってぼくは言った。このまま探偵活動を続けていいのか、心にためらいが生じていた。遺族である健太の母親は、真相解明を必ずしも望んでいない。赤の他人のぼくたちが、勝手に謎をほじくって暴き立てることがはたして正義なのか、疑問に思えた。

ぼくが迷いを口にすると、

「犯罪があったのだから、それを暴いて犯人に罰を与えるのは正しいに決まっているじゃない」

薫はあきれたように言った。

「でも、それは警察の仕事だ。ぼくたちが嗅ぎまわることなのかな」

人によっては、連続殺人や健太の死を口実に、探偵ごっこをしていると不快に感じるかもしれない。

「あなた、そんな気持ちでやっていたの」

薫が柳眉《りゅうび》を逆立てる。

「いや、そうじゃないけど、そう思う人だっているだろ」

「そう思う人にはそう思わせておけばいいのよ。あなたも仏壇の健太の写真を見たでしょ。ほんとうの被害者は世間の人でもおばさまでもない。ただ殺されて、悔しくても悲しくても、抗議の声ひとつあげることもできない健太じゃないの。あたしは健太のために、誰になんと言われようと活動を続けるわ」

真っ直ぐに、まったく迷いのない表情で告げられると、ぼくもそれ以上反論の言葉を口にできなかった。

健太のためになにかしてやりたいという気持ちは、断じて浮ついた遊び心なんかじゃない。ただ死の真相の究明を健太が望んでいるのか、いないのか、もうぼくたちが知ることはない。だから、なにかをしてやりたいというのは、誰かのためというより、きっとぼくたち自身の心の整理と癒《いや》しのためなのだろう。

「分かったよ。ぼくも活動を続ける」

ぼくたちは学校へ向かった。


小泉丈吉がかつて通っていた高等小学校は、今では国民学校の高等科と称される。もともとこの集落の尋常小学校と高等小学校は同じ敷地内に併設されていた。ぼくの出た東京の小学校でも同様だった。ただ、ぼくは尋常小学校卒業のあと中学校へ進学したので、高等小学校へは通っていない。

学校の事務室へ行くと、老齢の事務員がひとりだけ残っていた。その事務員に、卒業者名簿を借りたいと申し出た。

「いつの卒業者名簿かね」

事務員は指で眼鏡を押し上げて、ぼくと薫を交互に見た。

「昭和七年の高等小学校の卒業者名簿です」

「なに、ずいぶん前だな。おまえたちの歳よりも前だろう。なんでそんなものを見たいんだ」

事務員は不審げな気持ちをあらわに、問い質してきた。

ここで薫が一歩前に進み出て、

「じつはあたしの従兄弟《いとこ》がその年の卒業生なんです。今は軍隊に行っていて、同級生たちに便りを送りたいから、名簿を送ってくれって頼まれました。でも、従兄弟の持ち物を探しても見つからなくて……。よく分からないんですけど、従兄弟はもうすぐ大きな戦いに出て行くようで、一刻も早く送ってあげたいんです」

と伏し目がちに、しかし、切羽《せっぱ》詰まった感情を込めた声で訴えた。薫の迫真の演技に、老事務員も心を動かされたようで、

「そうか、では、そこで待っていなさい」

と言って席を立ち、壁の書類棚の扉を開けて、書類綴りを取り出した。席に戻って書類綴りをめくり、目的の書類を確かめると、綴り紐からはずして、使い古した大きめの封筒に入れた。

「この三枚が昭和七年の卒業生の一覧だ。この原本しかないから、写しをとって明日中に返しなさい」

「ありがとうございます。かならず明日お返しします」

薫が礼を述べ、ぼくたちは卒業者名簿を手に入れて、事務室をあとにした。

校門を出ると、さっそくぼくは名簿の中を検《あらた》めようと、薫に持ちかけた。

「あら、斎藤さんたちといっしょの方がいいんじゃないの。あたしたちだけでのぞき見しちゃ悪いわ」

「ちょっとくらい見るのはいいだろ。名簿を手に入れたぼくたちの特権だ」

「事務員さんを説得できたのは、あたしの演技力の賜物よ」

「ああ、それは認める。君は女優にでもなるといい」

「それもいいわね」薫は満更でもない様子で、「平和な時代がきたら、映画会社に手紙を出してみようかしら。あなた、本当にあたしが女優になれると思う？」

「うん、なれると思う」

「まあ、ひどい、適当なことを言って」

薫はふくれっ面をした。なんで薫が怒るのか、ぼくは分からず戸惑った。本当に薫なら女優になれるとぼくは思ったのだ。そう伝えると、薫は疑い深そうな顔でぼくを見返して、

「ふーん、まあ、どうでもいいわ。どうせ、あなたのお墨付きをもらったところで、なんの保証にもならないんだし」

そんな憎まれ口を叩いたが、ともかく機嫌が直ったようで、ぼくは胸を撫で下ろした。

「それじゃあ、名簿を見てみましょ」

あっさりと態度を変えて、薫が封筒から名簿を取り出した。

三枚の紙に丁寧に細かい文字で名前と卒業時の住所が記されていた。一枚に二十人ほどが載っている。一枚をめくって次の記載に目を通していたぼくは思わず息をのんだ。

「どうしたの」

気配を感じたのか、薫が尋ねた。

「知っている名前がある」

ぼくは二枚目の中ほどの記載を指さした。そこには二瓶高志の名前が記されていた。

四

「これをどう考えるべきか。単なる偶然ということもありえるからな」

滝は名簿中の二瓶の名を睨みながら言った。

ぼくたちは薫の家にきていた。料亭と同じ敷地内にあり、引き戸で隔たっているが、建物自体は渡り廊下でつながっている。薫の部屋は自宅の建物の二階にあるが、そこには誰も入れないそうで、ぼくたちは料亭側の小部屋に集まっていた。時おり外の廊下を使用人たちが通り過ぎる。なにか落ち着かないが、こうしてつねに監視下にあることで、薫の親たちは安心を得ているのかもしれない。

滝の横に座った斎藤が、名簿に目を落として腕を組み、

「でも、ぼくたちのすぐ近くに連続殺人犯と目される小泉の同級生がいたのは、単なる偶然ではすまされませんよ。きっと二瓶さんは小泉の件で警察に話を聞かれたことがあるはずです。でも、そんなことは一度もぼくたちに言わなかった」

と、なにか確信を持ったような声で言った。

「そうよね、たしかにあやしいわ」

薫も斎藤に強く同調する。

期せずして意気投合したふたりに、なにやら穏やかならざる感情がさざめいたが、反論する言葉が浮かばない。ひそかに滝に期待していると、はたして滝は指を立てて、

「ちっ、ちっ、たしかに二瓶さんが怪しいことは論をまたない。が、ここはいったん立ち止まって落ち着こう」

と前のめりに熱くなった空気を冷やす。

「そうですね」斎藤がわれに返ったように、冷静に言った。「同級生だったという以外に二瓶さんが事件とつながっていそうな点を考えてみましょう」

まず、いちばんにあげられるのは健太と親しかったこと。

また、二瓶も小泉とは程度こそ違うが、傷痍軍人であること。同級生が自分と似た境遇で、さらに深刻な状態にあったのに同情して協力者になったことは充分考えられる。

寄宿舎の賄《まかない》を差配しているため、そこから小泉ひとり分の食糧を融通するのも難しくはなかっただろう。つまり、二瓶には小泉の潜伏を支えることが可能だった。

「だいたいそんなところだな。じゃあ、次、二瓶さんが協力者じゃないと思われる点をあげてみよう」

滝が言った。

「二瓶さんって、とびきりの善人ってわけじゃないし、悪事に手を染めたとしても不思議じゃないけど、ごく普通の人でしょう。凶悪な連続殺人犯の協力者という人物像には、そぐわない気がします」

斎藤が言うと、滝は少し考えて、

「うん、まあ、そこはなにか小泉に弱みを握られて渋々協力したと考えられないこともない。ほかにないか」

「食糧は調達できても、隠れ処はどこにあるのかしら。寄宿舎からあまり遠くへ行くことはできないはずでしょ。寄宿舎の近くに、そんなところあるかしら」

薫の投じた疑問に、ぼくたちは考え込んだ。

「田中家の倉庫はどうだ」

滝が言った。あそこなら寄宿舎とは目と鼻の先だ。人ひとりが隠れる広さも充分ある。しかし、斎藤が首をふった。

「あそこはないでしょう。爆撃機が墜落した時、大勢の人間が出入りしましたから、もし小泉がいたら、誰かがかならず気づいたはずです」

言われてみればその通りだ。しかし、あの倉庫以外に寄宿舎周辺で人が長期間隠れ住めそうな場所があるだろうか。

考え込んでいるうちに、ある記憶がふいによみがえり、ぼくはあっと声をあげた。

「どうした」

滝に問われ、

「いま思い出したんですけど、ちょっと前、二瓶さんが町の神社の境内で、誰かに会っているのを目撃したんです。——君も見ただろう」

ぼくは薫に質した。

「あたしは直接見てないけど、たしかにそんなこと言っていたわね」

薫があの時の状況をふたりに説明した。話を聞き終えると、滝はうなずいた。

「なるほど、美作の見間違いじゃなければ、二瓶さんが小泉とそこで落ち合っていたのかもしれんな」

「でも、ちょっと変じゃないですか」斎藤が異論を挟む。「あそこには神主《かんぬし》一家が住んでいますから、小泉が隠れ処とするのは無理でしょう。落ち合う場所としても、集落の中心にあり過ぎます。ひそかに会うなら、もっと辺鄙《へんぴ》で人目につかない場所を選びませんかね」

斎藤にはまったく悪気はないのだろうが、ぼくは自分の目撃証言にケチがついたように感じた。薫が斎藤の言葉に小さくうなずいているのが横眼に見えて、よけい気分が悪い。

「まあ、灯台下暗しで町中の方が気づかれにくいと考えたのかもしれんぞ。それにあんまり遠方じゃ、寄宿舎の用務をせにゃならん二瓶さんには不都合だろう」

滝が言った。斎藤も頭を掻きながら、

「たしかにそうかもしれませんね」

と認めた。

「よし」滝は結論づけるように、指を立てて、「とりあえず、小泉丈吉の協力者は二瓶さんだと仮定しよう。そうすると次にぼくたちはどんな手を打つ」

「二瓶さんに直接問い質すのが、いちばん手っ取り早いんじゃありませんか」

ぼくの意見に、滝はあきれたように首をふった。

「だめ、だめ。それで恐れ入りましたと兜を脱ぐような玉なら、誰も苦労はせんよ。空とぼけられて終わりだろう。まずは証拠固めだ。二瓶さんが小泉を匿っている動かぬ証拠をつかんで、それでもって二瓶さんを問い詰める」

言うは簡単だが、どうやって動かぬ証拠をつかむのか。

「美作の目撃を信じれば、二瓶さんは神社で何者かと落ち合っている。今後も動向を監視していれば、なにか尻尾を出すんじゃないか」

「でも、ぼくたちが勤労奉仕をしている時間帯に会われたら、お手上げですよ。この前、夕方だったのはたまたまかもしれませんし」

とぼくが言うと、滝は押し黙った。ぼくたち学生の身には、探偵活動もおのずと限界があるのだ。斎藤と薫もなにも言わず、じっと考え込んだ。

しばらく沈黙が続いたあと、斎藤がパンと手を叩いて言った。

「陽動作戦を使うのはどうです」

「陽動作戦？」

ぼくと滝は同時に問い返した。

「そう、長期間にわたる二瓶さんの監視は無理でも、短い間ならぼくたちにもできるはずです。ですから、二瓶さんがすぐに動かざるを得ないように仕向けるんです」

斎藤は、警察が小泉丈吉の居所を突き止めるため、大がかりな捜索を近く開始するという偽りの情報を二瓶に伝えることを提案した。

「そうすれば、二瓶さんは可能なかぎり急いで小泉と連絡を取るに違いありません。おそらく一日か二日の間でしょう。この間だけ、ぼくたちが順番に仮病を使い、寄宿舎に残って二瓶さんを監視すればいい」

「とってもいい考え。でも、それだとあたしの出番はなさそうね」

薫が悔しそうな顔をした。

「これは連続殺人犯と接触するかもしれない危険な役目だからな。内外の探偵小説においても、こういう時に若くて活発な女性が窮地に陥ることが多いんだ。だからここは自重《じちょう》した方がいい」

そう滝が諭すと、薫は意外そうな顔で、

「あら、滝さん、やさしいのね」

と言うと、滝はゆっくりとうなずき、

「当然だろう。人にはそれぞれ役割というものがある。君は君の立場を活かして、ぼくたちを支えてくれ。たとえば栄養源の補給とか」

と下目遣いに促す。

薫の家も料亭で出す食材の入手に苦労しているようだが、ぼくたちの夕食分くらいなら、あまりものですませられるという。そこに甘えて、ぼくたちは薫の家を集会場所とし、毎回、夕食にもありついているのだった。じっさい、薫の家で出される料理はあまりものといっても、寄宿舎のそれとはまったく比較にならないほど豪勢だ。

結局、この日も薫の家でごちそうになった。おかずは魚の煮つけで、並べられた膳には、小さいながらしっかりひとり一尾ずつあった。滝はそれぞれの縦横を慎重に比べて、いちばん大きいものを見きわめようとしている。

「滝さん、どれも同じですよ」

いささか情けない気持ちで、ぼくは言った。

「いや、微妙に違う」

滝は首をふりながらも、魚から目を離さない。

「滝さんて、いつからそんなに食い意地が汚なくなったの」

薫もあきれ顔だ。

「昔からだな。食欲だけは誰にも負けない」

「それなのに、そんなに小さいのはなぜ」

薫の辛辣《しんらつ》な問いにも、滝は意に介する様子もなく、

「遺伝だろう。うちは両親も五人の兄弟もみんな小さい。じつは家族の中ではぼくの背がいちばん高いんだ。それで弟や妹たちからは大きい兄さんと呼ばれている」

「まあ、面白い」薫は手を打って、「あたしもこれからそう呼んでいい?」

「よしてくれよ、照れるだろ」

なぜか滝は顔を少し赤くして言った。

五

三人でくじを引き、ぼくがさいしょに仮病を使うことに決まった。

寄宿舎前の朝の点呼で、ぼくはあらかじめぬるま湯につけておいた体温計をゴリラに見せ、

「昨日の晩から寒気がして、頭もガンガン痛むので、今日は休ませてください」

と弱々しい声で訴えた。

三十七度八分の水銀柱を見てもゴリラは、

「おまえは日ごろから弛《たる》んどるうえに、下らんことに首を突っ込んだりするから、肝心の時に役に立たんのだ。奉仕活動にしっかり汗を流せば、熱など吹き飛ぶ。戦地で戦っている兵隊さんのことを思えば、寝てなどおれんじゃろう」

と容赦なく勤労奉仕に駆り出そうとする。

「本当に気分が悪いんです。堪忍してください」

ぼくは少しふらついたように身体を傾けながら、いっそう哀れっぽい声をあげた。

「まったく、罰当たりのごくつぶしめ」

ゴリラはぼくの頭に拳固をひとつ落とすと、整列して出発を待っている生徒たちの方へ去った。

病人に鉄拳を見舞うとは、ひどい教師もあったものだが、これでともかく、ぼくは寄宿舎に残ることができた。

ゴリラに引率され、寄宿生たちがみな勤労奉仕に出かけると、ぼくは二瓶に声をかけ部屋に戻った。

昨晩、ぼくたちは食堂で世間話をよそおい、こんな会話を交わした。

「刑事の高梨さんに聞いたんですけど、例の連続殺人、有力容疑者の居所がかなり絞り込めたようですよ」

「なんでも、この周辺にひそんでいるそうです」

「それなら、近く大捕り物があるかもしれんな」

台所にいた二瓶の耳にも確実に入ったはずだ。二瓶が事件に関わっているのなら、動かざるを得まい。

教授はいつもどおり部屋にこもり、ぼくは仮病で床に臥せった。二瓶を寄宿舎から追いたてるお膳立てはすべて整った。

部屋に入ったぼくは、窓の近くに陣取り、外の様子をうかがっていた。二瓶の動きを探るためだ。

しかし、昼を過ぎても、二瓶は寄宿舎から動かなかった。玄関先の掃除をしたり、傷んだ雨戸の修理をしたりして、忙しく立ち働いている。

もしかして、今日は小泉とは会わないつもりか。

だが、昨日、ぼくたちはすぐにも警察が動くような話をした。

協力者なら、居ても立っても居られないはずだ。なぜ、寄宿舎にとどまっているのだろう。

ぼくはなんとしてでも、二瓶の尾行を成功させ、小泉丈吉の居所を突き止めたかった。

これまでの探偵活動では客観的に見て、ぼくは滝と斎藤に大きく水をあけられている。この機会に得点を稼いで、差を詰めておきたい。

とうとう夕方になった。しばらくすると勤労奉仕の滝たちが帰ってくる。結局、今日は動かないのかと油断していたら、階段を上る足音が近づいてきた。

あわてて寝床に入り、狸寝入りをする。足音はぼくの部屋の前で止まった。寝床の中でじっとしていると、そっと戸が開いた。中へは入ってこない。廊下から様子をうかがっている。

「起きてるか」

二瓶が声をかけてきた。ぼくは返事をしない。空鼾《からいびき》でも聞かせようかとも考えたが、それはやり過ぎだと思いとどまった。

しばらく二瓶はこっちをのぞき込んでいたようだが、ぼくが寝入っていると確信したのか、そっと戸を閉め、廊下を遠ざかった。

足音が階段を下り切ると、ぼくは寝床を出て窓の近くへ寄り、二瓶があらわれるのを待った。

すぐに二瓶は玄関口から出てきた。早足で寄宿舎から遠ざかる。伝声管のある植え込みあたりで急に立ち止まって振り返り、寄宿舎を見上げた。ぼくは窓枠の陰に身を寄せていたので、気づかれなかったと思う。二瓶がかなり用心しているのは間違いない。後ろめたいことがあるのだ。

ぼくは二瓶の姿が林の中に隠れると、あとを追うため急いで部屋を出た。


林の中を行くと、すぐ近くに二瓶の姿があり、あわてて足を止め、木陰に身を隠した。てっきりもっと先を進んでいるのかと思ったが、二瓶は林の中の小さな祠《ほこら》のあたりにうずくまっている。しばらくして立ち上がった二瓶の手には風呂敷包みがあった。祠の中に隠していたなにかを取り出したのだ。小泉のところへ持って行くつもりらしい。

林を抜けた二瓶は、女学校の角を曲がり、仲通の方角へ歩きはじめた。そこまでは林の木々や通りの脇に茂る茅《かや》の陰に隠れながら、二瓶のあとを追うのも容易だったが、広い通りに出られると、遮蔽物《しゃへいぶつ》がなくなり、身を隠すのが難しくなる。

ぼくは少し足をゆるめ、遠くに二瓶の後ろ姿をどうにか捉えられるほどに距離をおいた。これならもし、二瓶が振り向いても、簡単にはぼくと気づかれないだろう。

すでに夕方といっても、まだ陽は高く、あたりにも昼間の明るさが残っている。蒸気を含んだような熱が身体にまとわりつき、額から汗が流れ落ちる。この暑さのためか、通りには人の姿がまったくない。

陽炎《かげろう》がゆらめくひと気のない田舎道を歩いていると、いったい、自分はなにをしているのだ、という迷いも湧き上がってくる。

今、日本は米英を相手に大変な戦争を続けていて、ぼくたちの仲間も勤労奉仕で少しでもその戦争に役立とうと身を粉《こ》にしている。近く本土決戦のため全国民に対して、覚悟を促す大号令が出るとの噂も聞く。もし本土決戦となったら、ぼくが生き残る見込みはきわめて少ないだろう。もうすぐ人生の終末を迎えるかもしれないという時に、探偵の真似事をしている自分の行動が、滑稽に思えてくる。

日本全体が戦禍に蔽《おお》われ、多くの兵士が玉砕する中、殺人犯を捕まえることに、なんの意味があるのだ。

しかし、それを言えば、なにをしても仕方がないわけで、極端な話、人生そのものが無意味で、今すぐ自殺した方がましという結論になる。まあ、それも悪くはないが。

妙に虚無的な思いにとらわれながら、ぼくはぼんやり前方に見える二瓶の影を追っていた。

二瓶は仲通を折れると、さらに一本奥に入ったところにある小道へと歩を進めた。ぼくは少し足を速め、差を詰めた。両脇を竹藪が囲む小道は、ゆるやかに湾曲しているので、向こうに気づかれにくいが、こちらからの見通しも悪い。

だけど、ぼくは見失う心配はしていなかった。この道がこの前、二瓶を目撃した神社へつながっていると知っているからだ。きっと今回もあそこへ向かっているのだろう。

はたして二瓶は神社の前で足をゆるめると、鳥居をくぐり、参道から境内へと進んで行った。この前はそのあと、姿が掻き消えるように見えなくなった。離れずあとに続きたいが、安易に近づくのは憚《はばか》られる。鳥居から本殿に続く道には小砂利が敷き詰められているので、足音が響きやすいのだ。

ぼくは鳥居をくぐらず、大回りして砂利のない場所を選んで境内へ入った。二瓶は本殿の手前で石燈籠が並ぶ道からはずれて、薄暗い杜の中へ分け入って行く。

ここでまかれてはなんにもならないので、ぼくも急ぎ杜の木立に近づいた。木々が光をさえぎり、あたりは薄暗い。それでも用心して、二瓶とは充分の距離を保つ。

杜の中にある小屋の前で二瓶は立ち止まった。ごく小さな物置のような小屋だ。入口の戸の脇に小さな明かりとりの窓がある。

二瓶はその小屋の中になにやら小さく声をかけた。中からの返事はぼくには聞こえなかった。二瓶は戸を開けて、小屋の中に入った。戸を閉める際、後ろを振り向いた。ぼくはあわてて木陰に身を隠した。姿を見られたかと、一瞬ひやりとしたが、二瓶はなんの反応もせず、戸を閉じた。深い杜の暗がりがさいわいして、気づかなかったのだろう。

二瓶が小屋の中に入ったあとは、なんの変化も起きなかった。二瓶のほかに小屋に近づく者もなく、出て行く者もいなかった。小泉はすでに中で待っていたのだろうか。それともこれから遅れて来るのだろうか。

二十分から三十分ほど、ぼくはその場で監視を続けた。もっと近寄って、小屋内でなにがおこなわれているか、確かめることも考えたが、向こうの窓から見られるおそれもあり、思いとどまった。

あたりはいっそう薄暗くなってきた。ようやく夏の陽も陰ってきたようだ。あとどのくらい待てばいいのかと、いい加減うんざりしはじめた時、小屋の方から戸の開く音が聞こえた。しかし、正面の戸になんの変化もない。

目を凝らしていると小屋の背後に人の姿が浮かび、森の暗がりに掻き消えて行った。服装からして二瓶のようだ。

小さな小屋だから油断していたが、戸は前と後ろにあったのだ。ぼくはとっさに二瓶の追跡を考えたが、すぐに考えをあらためた。

二瓶はおそらく寄宿舎へ戻るのだろう。中にはまだ小泉が残っているはず。小泉はここからきっと自分の隠れ処へ向かうに違いない。その確認が優先だ。

ぼくはそれから十分、いや、十五分ほど待った。しかし、小屋からは誰も出てこなかった。

前と後ろにある戸のどちらから出てきても分かるよう、場所を移して見張ったので、見逃しはない。

小泉はいつまであそこにいるつもりか。もしかして、二瓶が出て行くより先に、こっそりと後ろの戸からすでに抜け出ていて、それをぼくが気づかなかっただけなのか。それとも、さいしょから小泉はあそこにはいないのか。

ぼくは思い切って小屋に近づいてみた。接近を気づかれないよう、窓とは反対方向から足を忍ばせた。

戸の前で立ち止まり、そっと壁に耳を付ける。なんの物音も気配も伝わってこない。

ひとつ深呼吸をして、戸を開けた。中は外よりさらに暗く、なにがあるのかまるで見えない。しかし、正体は分からないが、異様な臭気がたちこめていて、ただならない状況であることは感じられた。

しばらく入口に佇んでいると、目が慣れてきた。ここはやはり物置らしく、古い神具のほか箒や梯子などが雑然と壁際や床に転がっている。奥の方にはなにか明るい色のものが横たわっていた。近づいてみる。人のようだ。服を剥がれた人が倒れているのだ。肩から胸にかけて、窓の薄明かりを映し、仄白《ほのじろ》く浮かんでいる。その人は目を見開いたまま、仰向けに倒れていた。

どういうことだ。ぼくは混乱した。そこに倒れてこと切れているのは、二瓶高志に間違いなかった。そして、もっとおどろいたことに、二瓶はほぼ全裸で横たわっており、その局所にはあるべきものがなく、ただ毒々しい赤黒い血に染まっていたのだ。

第五章　ふたたび事件

一

ぼくが寄宿舎の自分の部屋に戻ったのは、二瓶の死体発見から丸一日以上たった翌日の夜だった。警察署から付き添ってきた教頭とゴリラが、ぼくが部屋に入るのを見とどけ、三日間の謹慎という暫定処置を命じた。

すでに斎藤は別の部屋に移されていた。三日間は便所へ行く以外部屋を出てはならず、誰とも話してはいけないと、教頭はきつく言い残し、ゴリラとともに立ち去った。

部屋の中で横になった。昨晩はほとんどまともに眠っていない。しかし、神経が高ぶり、眠気はまったく感じなかった。

頭の中にめぐるのは、ただとんでもないことに巻き込まれてしまった、という後悔の念と焦燥感だけだった。

二瓶の死体を発見したぼくは、ただちに本殿横の神主の自宅へ駆け込んだ。神主は小屋へ行き、死体を確認して、すぐに警察へ電話をした。

ぼくは到着した刑事に身柄を拘束され、その場で何度も事情を聞かれたあと、警察署へ連行されたのだった。警察署へ着くと、すぐに衣服を脱ぐように言われ、猿股一枚にされて、身体中を念入りに調べられた。傷や血痕を確認しているようだった。着ていた服は、警察署を出る時まで返ってこなかった。警察署にいる間は、ずっと汗臭い剣道着を着せられていた。身体検査と指紋採取のすぐあとにはじまった取り調べでは、刑事から繰り返し質問を浴びせられた。

なぜ、二瓶のあとをつけたのか。あの神社へ行くことを前もって知っていたのか。小屋から出て行った人物に心当たりはないか。

警察で取り調べを受けるという生まれてはじめての経験に、ぼくは緊張の極致に達していた。

殺人事件の捜査には協力しなければならない。それは当然の義務だ。しかし、ぼくたちの探偵活動の秘密は保ちたい。そんな思いがせめぎ合って、ぼくの供述は支離滅裂になってしまった。

「では、君は今日、体調がすぐれず勤労奉仕を休んで、寄宿舎で半日寝ていたのだね」

「はい」

「なのになぜ、二瓶高志のあとをつけたんだ」

「怪しい行動のように思ったからです」

「なぜ、そう思った」

ぼくはここで少し考えて、

「じつは二瓶さんが連続殺人犯と目されている小泉丈吉という男と同級生だったことを知り、きっとその小泉のもとへ行くと思ったんです」

と答えると、取り調べ刑事は怪訝な顔をして、いったん席を外した。十分ほどすると戻ってきたが、もうひとり別の年配の刑事も取り調べに加わった。

ぼくの正面に座った年配の方の刑事が口を開いた。

「君は小泉丈吉が連続殺人犯だと知ったと言ったそうだけど、それは数年前からこの集落一帯で起きている連続殺人のことかね」

「そうです」

「小泉が犯人だと、誰に聞いたのかね」

「噂です。誰から聞いたかは覚えていません」

「ふむ」年配の刑事は、わざとらしく鼻を鳴らし、「では、小泉と二瓶が同級生という話は、誰から聞いた」

卒業者名簿を見た話をすれば、探偵活動も知られてしまう。嘘をつくしかなかった。

「二瓶さんからだったと思います」

「思います、とはどういう意味だね。二瓶なのか、ほかの誰かかもしれないのか」

「二瓶さんでした」

「二瓶が自分は連続殺人犯の小泉丈吉と同級生だったと言ったのを聞いたんだね。どうして二瓶はそんな話をしたのだ。どんな状況だった」

「たしか、ぼくたちが小泉丈吉の噂話をしている時、横から話に加わって、そんなことを言ったように記憶しています」

「その時に、二瓶は小泉とどこかで落ち合っていると話したのかね」

「いえ、はっきりそうとは言いませんでした」

「では、なぜ、君は今日、二瓶が小泉のもとへ行くと考えたのかね」

「なんとなくです。もしかすると、二瓶さんが小泉と同級生だと言った時に、そんな印象を持ったのかもしれません」

「だが、さっきはどこかで落ち合うというようなことは言わなかったと話したじゃないか、君は」

「だから、はっきり、そう言ったわけじゃないんです。でも、あとから考えると、もしかして、と思ったわけです」

「だから、二瓶のあとをつけたのか」

「はい、そうです」

「二瓶の外出は珍しいのか」

「いえ、そんなことはありません」

「しかし、体調がすぐれないにもかかわらず、今日にかぎって君はあとをつけた。二瓶の挙動に、いつもと違うなにか気になる点はあったのか」

あったと言えば、それはなんだと問われる。ないと答えれば、ではなぜ、尾行したのかと追及される。

ぼくは記憶をたぐるふりをしながら、必死で考えていた。どう言えば、この窮地を切り抜けられるだろう。

「なんとなく変な感じはしました」

「どう変だった」

「二瓶さんがぼくの部屋に様子を見に来たんです。ぼくが寝ているのを確認したんだと思いました」

年配の刑事は少し首をかしげて、

「つまり、二瓶は追跡をされないよう、君がほんとうに寝ているか確かめに来たと、君は考えたんだな」

「はい」

「その行動を不審に思って、君は二瓶のあとをつけた。しかし、二瓶が様子を見に来た時、君はなぜ、寝たふりをしたんだ。その時点ですでに二瓶のことを疑っていたのか」

「いえ、その時点で、はっきりとは……」

「しかし、狸寝入りをして、二瓶を欺《あざむ》いた。ところで、君は今日、身体の具合が悪くて勤労奉仕を休んでいたんだな。二瓶のあとをつける時は、体調はどうだった」

「だいぶ良くなっていました」

「しかし、勤労奉仕を休むくらいだ。探偵ごっこで二瓶の尾行をするなんて無謀だろう」

探偵ごっこという言葉にぎくりとしたが、ぼくは殊勝げに見えるよう伏し目がちに言った。

「本当にそうでした。反省しています」

しかし年配の刑事は追及の手を緩めない。

「君、本当はどこも悪くないんだろ。仮病を使って勤労奉仕をズル休みしたんだろ」

どう答えるべきか。勤労奉仕をさぼるための仮病だったことにすれば、つじつまは合いそうだが、学校に知られるとまずいことになる。だが、あくまでも体調は悪くて半日経って回復したと言い張れば、狸寝入りをしたという話と、二瓶を疑ったのはそのあとだという話に整合性がつかなくなる。

返答に窮していると、刑事は勝手にズル休みだったと判断したのか、話を先に進めた。

「寄宿舎を出た二瓶はどこにも寄らずに、まっすぐ神社へ向かったんだね」

「はい、あっ、でも、林の中で……」

ぼくは祠から二瓶がなにかを取り出してそれを持って神社へ向かったと告げた。

「それはどんなものだ。具体的になにか分かるか」

ぼくは風呂敷に包まれていたので中味は分からないと答え、刑事は風呂敷の色や模様、大きさなどをこと細かく尋ねてきた。模様はなく、色は紺か紫、大きさは菓子折りくらいだったと、ぼくは答えた。

そのあと、刑事は二瓶とぼくがたどった道順を確認し、

「で、杜の中の小屋に二瓶が入るのを見たんだな。その時、小屋の中には誰かいたか」

「それは分かりません。二瓶さんが声をかけたのは確かですが、中からの反応はぼくには聞き取れませんでしたので」

「二瓶が小屋に入ったあと、外でずっと観察していたんだな。その間、なにか気づいたことはないか」

「とくにはありません。男が後ろの戸から出て行ってしばらくして、はじめて異変に気づきました」

「それは二瓶が小屋に入ってから二十分から三十分ほどあとのことだな。その間に、ほかに誰も小屋に出入りしていないな」

「たぶんしていないと思います」

もしかすると、ぼくが後ろの戸の存在に気づく前に、誰かが出入りしたかもしれない。しかし、刑事はその点は突かずに、別の質問をした。

「小屋から出て行った男、君が二瓶だと勘違いした男のことだが、そいつはなにか持って出て行ったか」

ぼくは慎重に記憶をたどってみた。男は小屋を出たあと振り返ることなく、ぼくとは反対方向の杜の中へ消えた。ぼくが男を二瓶と勘違いしたのは、服装が二瓶と同じだったからだ。きっと裸にした二瓶の服を身に着けたのだ。顔は見ていない。持ち物はどうだったろう。二瓶が小屋に向かっていた時のように、風呂敷包みを提げていたか。いや、それは見えなかった。ではなにも持っていなかったのか。もう一度、あの場面を思い浮かべてみる。男は手ぶらだったのか。まて、そもそもぼくは男の手を見たのだろうか。記憶にない。男の手は、背後にいたぼくからは見えなかった。

「もしかすると、男はなにかを身体の前にかかえて走り去ったかもしれません」

ぼくは目撃の記憶とそこから推測した内容を語った。

ふたりの刑事は顔を見合わせた。どうやらぼくの話は、現場の状況と符合しているようだった。

あとで知ったことだが、二瓶の殺害現場からは凶器も、切り取られた局所も、その局所を切り取った刃物も、二瓶と犯人の服も、二瓶が持って行った風呂敷包みも、残っていなかった。いっさいがっさい、犯人が持ち去ったのだ。

ちなみに、二瓶は後頭部を強打されていたが、傷口の形状は連続殺人のものと酷似していた。また、二瓶の後頭部には出血があり、犯人の身体か衣服に返り血が付着している可能性が高いと推測された。

その後、小屋に入って二瓶の死体を発見した状況を聞かれて、ぼくへの尋問はいったん終了となった。

結局、昨晩は警察署の宿直室で宿直の警官と床を並べて休み、今日は朝からまた尋問だった。同じことを繰り返し、何度も聞かれたが、答えるたびにぼくの言うことが微妙に変わるので、刑事たちは苛立っているようだった。

ぼくはなるべく正直に答えようとしたのだが、探偵活動のことは伏せているうえに、緊張のせいもあって思うように言葉が出てこず、何度も言い直しているうちに、自分でもなにを言っているのか分からなくなってしまった。

刑事たちの質問があまりに執拗《しつよう》なので、ひょっとするとぼくを犯人の仲間と疑っているのではと思ったほどだ。犯罪者に仕立て上げられてはたまらない。もう探偵活動のことを打ち明けるしかないと弱気になりかけたところで、ようやく尋問が終わり、ぼくは解放されたのだった。

尋問室を出ると教頭とゴリラがいた。年配の刑事が廊下の隅へふたりを招き、事件のことぼくの関係を説明していた。説明を聞きながらゴリラが時おり、ぼくの方をすごい形相で睨んできたのは、きっと仮病のことを告げられたためだろう。

尋問を終了させ、寄宿舎へ帰ることが許されたのは、ぼくへの疑いが消えたためではなく、ぼくがまだ学生の身だからだろう。きっとまた警察に呼ばれて、何度も同じ話を訊かれるのだ。しかし、ぼくは事件とは無関係だ。いつかは容疑も晴れる。それよりも心配なのは、学校のことだ。

勤労奉仕をさぼったことはすでに教頭たちの耳に入った。そのうえ殺人現場にいたとなっては、退学は免れない。

ようやく自分に合った学校が見つかり、気の合う友人もできたというのに、今度は学校からぼくが見放されてしまう。なんたる皮肉か。

ぼくは仰向けになって天井の節穴を見つめ、ため息をついた。すると廊下からそっと忍び足で近づく足音がする。そういえば今夜はやけに静かだ。ほかの寄宿生たちもぼくの不祥事に連座して、謹慎しているのだろうか。だとすれば気の毒な話だ。

足音はぼくの部屋の前で止まり、すぐに戸が開いた。

「美作、元気にしているか」

滝が戸口から顔をのぞかせ、すぐに斎藤とともに部屋に入ってこようとする。

「まずいですよ。謹慎期間は誰とも会っても話してもいけないって言われているんですから」

ぼくは止めたが、滝も斎藤もお構いなしに入り込んで床に腰を下ろした。

「今さっき、教頭もゴリラも帰ったから、誰と会おうが話そうが、そんなもん分かりゃせんさ」

滝は言った。本来はゴリラが寄宿舎に泊まり込んで監督することになっていたのだが、家族に病人がいるため帰ったという。

「そうですか、まあ、律儀に謹慎を守っても、どうせぼくの退学は間違いないでしょうから、どうでもいいですけど」

ぼくは投げやりに言った。

「そんなデスペレートになっちゃいけない。まず、なにがあったか話してくれ。ぼくたち事件のことは、まだほとんどなにも知らないんだ」

と斎藤が言った。

昨日、勤労奉仕から寄宿舎へ帰った滝と斎藤は、すぐにぼくと二瓶の不在を知り、二瓶がまんまと策にはまったと思った。しかし、夜になってもぼくも二瓶も戻らず、心配していると、教頭とゴリラが寄宿舎にあらわれ、ぼくが警察署へ引っ張られたと告げたのだという。

「今日は高梨先輩から情報を取ろうとしたんだけど、先輩も事件の捜査で忙しくて会えなかったんだ。なので、話してくれ。なにがあったのか」

滝に促され、ぼくは寄宿舎を出た二瓶を尾行し、神社の小屋で死体を発見した経緯と、警察で聞かれたこと、話したことを、記憶にあるかぎり、すべてをふたりに打ち明けた。

語り終えて滝と斎藤を見ると、ふたりとも興奮に目を輝かせている。

「すごいじゃないか、美作。君は殺人現場に居合わせ、犯人を目撃したんだからな」

「ほんとうだ。連続殺人事件捜査に貢献するのは間違いないよ」

滝と斎藤は口々に持ち上げるが、ぼくは冷めたままだった。

「警察はぼくを容疑者扱いです。明日もきっと呼び出されて、きびしい尋問を受けることになりそうです」

「いや、たぶんそうはならん」滝がそう言って腕を組む。「今の君の話だと、警察はもう君が犯行とは無関係だとはっきり分かったはずだ。もし少しでも疑っていたら、証拠品となる君の服は押収されたままだったろう。君の身体にも衣服にも血痕はなく、凶器のほか多くのものが現場から消えていて、君にはそれを捨てたり隠したりする機会もなかったのだから、君の無実はあきらかだ。今後も事情を聞かれることはあるかもしれんが、きびしい尋問はもうないだろうから、安心したまえ」

滝から理路整然と言われて、少しほっとしたが、心配はまだある。

「警察より、問題は学校の方です。勤労奉仕をズル休みしたことが、教頭とゴリラにばれてしまいましたし、そのあげくに殺人事件に巻き込まれたとあっては、退学は待ったなしでしょう」

これには滝と斎藤も深刻な顔をした。滝はひとつ咳払いをして、

「じつはな、さっきまで下の食堂で教頭とゴリラから、ぼくたちも話を訊かれていたんだ」

滝たちも探偵活動のことには口を閉ざしているから、ぼくのズル休みについてはなにも知らないと言い張るしかなかったという。しかし、警察の話から、ぼくが二瓶の尾行をするために勤労奉仕を休んだのは間違いないとの結論に達している。ぼくの処分は明後日の職員会議で決定すると教頭は言っていたらしい。

「心配するな」打ちひしがれたぼくの顔を見て滝が言った。「会議の前にぼくと斎藤が教員たちに、穏便な処置ですますよう働きかける」

「そうだよ、安心してくれ。もし、どうしてもきびしい処分が避けられないようだったら、探偵活動のことを打ち明けて、ぼくたちも同罪だと告白するよ。そうすれば、三人そろって退学さ。君ひとりを犠牲にしない」

と斎藤も励ましてくれた。

ふたりの友情に、ぼくは胸が熱くなった。やっぱり持つべきものは友だ。

「そうだ」滝が言った。「薫君も君のことを心配していたぞ」

「本当ですか」

ぼくは身を乗り出した。

「ああ、彼女はちょうど事件があった時、健太のお袋さんの送別会に出ていたそうだ。警察署長もその会に来てたんで、すぐに事件の報せが届いて大騒ぎになったみたいだ」

斎藤が説明してくれた。薫はその殺人現場で白霧学舎の生徒が捕まったと聞き、すぐにそれがぼくだと察したらしい。

「事情はとりあえず、簡単に知らせておくが、詳しい話は謹慎が解けたあと、君の口から伝えるがいい」

斎藤のその言葉を聞いて、ぼくはようやく元気を取り戻したのだった。

二

謹慎中の三日間は、頻繁に教頭やゴリラが寄宿舎へ見回りに来たので、ぼくはずっと自室にこもりきりだった。

滝と斎藤は、ぼくの処分が下される職員会議に向けて、さまざまな下工作をしてくれているらしい。

「ほっさんとタムシは味方につけた。あとガリレイを口説き落とせば、みんな日和見《ひよりみ》をきめ込むだろうから、美作の首はつながる」

「物理のガリレイは堅物《かたぶつ》ですからね。美術の山ちゃんを攻めた方がよくないですか」

「いや、山ちゃんは人望がない。ガリレイを口説くのが会議の大勢を決するいちばん堅い一手だ」

「でも、そう言ってガリレイに頭を下げに行ったのに、去年の進級会議ではぼくたちふたりとも……」

「あれはほっさんと教頭の懐柔《かいじゅう》に失敗したからさ。今回そこに抜かりはないから、大丈夫だ」

なんだかよく分からないが、やきもきしながらぼくは結果を待つほかなさそうだ。日中、勤労奉仕で寄宿舎は無人になる。その間、なにもすることがないぼくにも、考える時間だけは充分にあった。

二瓶を殺したのは、小泉だったのだろうか。もし、小泉の逃亡を支えていたのが、二瓶だとすれば、なぜ、その恩人を手にかけたのか。健太殺しも小泉の仕業だったのか。

どうも連続殺人犯の小泉を、今回の健太と二瓶の殺害犯人と考えると、しっくりこない点も出てくる。かといって、二瓶と小泉の関係性や、局所を切り取るという猟奇的行動や、殺害される直前の二瓶の行動を振り返れば、小泉の関与がまったくないとも考えにくい。

毎夜、ひそかにぼくの部屋を訪れる滝と斎藤と、事件について議論を戦わせた。

「まず、順序立てて考える必要がある」滝は指を立てながら言う。「過去の連続殺人犯が小泉丈吉に間違いなく、その逃亡を二瓶さんが幇助《ほうじょ》していたという仮定に立って、今回のふたつの殺人事件を見るとどうなる」

「健太殺しについては、小泉の隠れ処を健太が突き止めそうになったためと、単純に考えればいいんじゃないでしょうか」

との斎藤の意見に、ぼくは異を唱える。

「日中、ずっと考えていたんだけど、それじゃあおかしいんだ。健太は、米兵がどこかに隠れていると誰かにそそのかされて、あちこち探しまわっていただろ。二瓶さんなら、あらかじめ健太が行きそうな先を小泉に教えて、居所を移すこともできたはずだ。なにも健太を殺す必要はなかった」

「まあ、殺人鬼のすることだからね。動機に合理性を求めても、誰もが納得する理由が得られるとはかぎらないよ」

「ちっ、ちっ。美作の言うことにも一理あるぞ。健太の行動と殺害には、まだ解明されていない点が多々ある。そもそも、健太は誰にそそのかされて米兵を探しはじめたと思う？」

滝の問いにぼくと斎藤は首をひねった。そう言われてみれば、あれほど健太に影響力をおよぼした人物について、ぼくたちはまったくなにも知らずにいた。返答のないぼくたちに、滝はにんまり笑って、

「ぼくはね、健太をそそのかしたのは、二瓶さんだと睨んでいる」

「二瓶さんが？」

ぼくと滝はおうむ返しに言った。たしかに二瓶さんなら、健太の上司であり最も身近な人間で、その影響は大きかっただろう。だが、健太の行動には二瓶さんも苦い顔をしていた。もし、二瓶さんがそそのかしたのなら、あれは演技だったことになる。

「ずっと引っかかっていたことがある」滝は言った。「行方の分からなかった米兵の死体が見つかった時のことだ。二瓶さんは死体がモミの枝に引っかかっていたとぼくたちに告げたんだけど、じっさいに死体が発見されたのは、モミの木じゃなくてそれより低い松の木の枝へ落ちてからだった。二瓶さんは死体が高いモミの枝に引っかかっていた時から、その存在に気づいていたんで、思わずそう口をすべらせたんだろう」

滝の推理が正しければ、二瓶は米兵の死を知っていた。それなのに健太の行動を止めなかったとすれば、二瓶が健太を引きずり回していた張本人であった疑いが濃厚になる。

「二瓶さんが健太をそそのかした動機はなんですか」

斎藤が質した。

「健太の注意を逸らすためだろう。つまり二瓶さんは健太を自分のそばから一時的に追い払うために、あの時点でひとりだけ行方不明だった米兵を利用したのさ」

「二瓶さんはなぜ健太を追い払う必要があったんです」

かさねて斎藤が質すと、滝はお得意の指ふりをして、

「それを知るには、健太がおかしな行動をとりはじめた時に、なにがあったか振り返らねばならない。――まず、米軍機の墜落があった。そして、あの墜落のあと、二瓶さんと健太は墜落現場のあと片づけをした」

たしかに墜落現場のあと片づけに、二瓶さんも健太も駆り出された。しかし、その作業に従事したものは大勢いる。ぼくたち寄宿生の多くも加わった。

「そう、爆撃機の残骸の回収には、美作と斎藤も参加したね。しかし、問題はそのあとさ。墜落機が接触して破損した田中家の倉庫のあと片づけをしたのは、二瓶さんと健太だけだ」

滝は意味ありげにここで口を閉ざした。ぼくたちふたりによく考えろとでも言うように。

「つまり、あの倉庫が小泉丈吉の隠れ処だったたってことですか？」

ぼくは納得できなかった。これは前にも出て否定された話だ。たしかに裏山の倉庫は人目につきにくい絶好の場所にある。しかし、爆撃機が墜落してから、倉庫周辺には大勢の人間が出入りした。軍による捜索もあった。仮に倉庫の中まではそれほど詳しく調べなくても、最近まで人が隠れ住んでいたら、その痕跡くらいは発見できたはずだ。だが、そんな話はまったくない。

「ちっ、ちっ。もちろん、あの倉庫に小泉がひそんでたわけじゃないさ。おそらく二瓶さんは、小泉の隠れ処に持って行く食糧や物資を一時的にあの倉庫に保管していたんだろ。寄宿

舎に置いておくと、目立つからね。しかし、その倉庫が破壊され、健太といっしょにあと片づけをすると、それらの物資の保管が露見する。だから、健太をよそへ追いやったんじゃないかな」

ぼくはなるほどと思ったが、斎藤は腑に落ちぬ顔をした。

「でも、それならやっぱり、二瓶さんは小泉丈吉にとって、全面的に支援してくれていた命綱ですよね。なのに、せっかく二瓶さんが遠ざけてくれた健太を殺し、さらには恩人の二瓶さんも殺《あや》めてしまった。いくら頭のおかしな殺人鬼だったとしても、小泉の行動は常軌を逸していませんか」

斎藤の反論に、滝は余裕の表情で、

「殺人鬼の行動に合理性を求めるのは無駄だと、君自身、さっき言ってたじゃないか。でもね、考えようによっては、小泉の行動もそれほどおかしなもんじゃない。

健太については、二瓶さんが目先を逸らそうとしたけど、甲斐《かい》なく、しつこくあちこちを動き回って、いずれ小泉の居所に行き当たる恐れがあった。少なくとも小泉がそんな懸念をもったとしても不思議はないだろう」

「健太はともかく、二瓶さんを殺したのはなぜです」

斎藤が問うと、

「これはぼくの想像だけど、二瓶さんは小泉に自首を勧めたんじゃないかな。二瓶さんは元同級生の誼《よしみ》で支援していたけど、殺りくを繰り返す小泉に愛想を尽かしはじめていた。そしてぼくたちの話から警察の捜索が迫っていることを知ると、罪を償うよう説得しに神社へ行った。ところが小泉は納得するどころか、逆上してとっさに二瓶さんを殺してしまった。そしていつものように局部を切り取って逃走した」

滝の推理に、またもぼくは納得しかけたが、斎藤は簡単には落ちない。

「うーん、その説にはうなずけませんね。滝さんの推理だと、小泉は発作的に二瓶さんを殺したそうですが、それでは、凶器の斧と局部を切り取った鋭利な刃物をあらかじめ用意していた事実と矛盾しませんか。小泉はさいしょから殺すつもりで二瓶さんと会ったのでしょう。二瓶さんが猟奇殺人の犠牲になったことから、これはあきらかです」

滝はちょっと考えて、

「そうだな、推理を一部訂正しよう。発作的な犯行ではなかった。二瓶さんは少し前から、小泉に自首を促していた。そして最終的な説得にあの日、神社へおもむいた。小泉の方は、二瓶の態度を裏切りとみて、殺意を募らせていた。これなら、あの日の犯行と現場の状況とも矛盾はなかろう」

と言って胸を張った。

「二瓶さんの局部を切り取ったのはなぜでしょう。この犯行が、自首を勧める二瓶さんの口封じだったとすれば、無駄な行動です」

ぼくはふと浮かんだ疑問を口にした。過去の連続殺人と、二瓶さんの殺害とは目的が異なる。同じ小泉の犯行だとしても、二瓶さんの局部を切り取る必要があったのだろうか。それとも、小泉には理屈などなく、人を殺めたあとに、局部を切り取らずにおれない抑えがたい衝動でもあるのか。

「そうか」斎藤が感心したような声をあげた。「もしかすると、二瓶さん殺しは、いや、健太殺しも、連続殺人とは別の犯人の仕業かもしれない。あえて斧という凶器を使ったり、わざわざ局部を切り落としたりしたのは、小泉の犯行と見誤らせるための手口だったわけか……。美作、よくそこに気づいたな」

「いや、それほどでも」

本当はそんなことまでは考えていなかったぼくは、曖昧に首をふり謙譲《けんじょう》の美徳をよそおった。なるほど、二瓶さん殺しの犯人は、連続殺人の模倣をして、捜査の攪乱《かくらん》を狙ったとも考えられるわけか。斎藤の推理に内心舌を巻いた。

しかし、滝はやや不服げな様子だ。

「まっ、その説を頭から否定するつもりはないがな。けど、じっさいどうだろう。もし、小泉と別人の犯行なら、いったい、それは誰なのか。健太と二瓶さんを殺害する動機を持つ小泉以外の人物を、今現在、ぼくたちは把握していないわけだから、君たちの説はまだ単なる思い付きの域を出ん。そもそも、過去の連続殺人とはまた別に、こんな猟奇事件を起こす者がこの小さな集落からぼこぼこあらわれると思うか」

との指摘には、斎藤もぼくもなにも言い返せなかった。押し黙ってしまったぼくたちを見て、滝は言いすぎたと思ったのか、今度は守《も》り立てるように、

「まあ、いずれにせよ、二瓶さんの支援を失った小泉は、すぐに警察が見つけ出すだろう。今後のぼくたちの活動を考えると、万が一の別人説に沿って探索してみるのも一興かもしれんな」

と言った。しかし、小泉以外の犯人を探すといっても、今のところ、ほぼなんの手がかりもない。

「後ろ姿だけとはいえ、美作は犯人を目撃しているんだから、なにか推理の助けになりそうなこと、思い出せないか」

滝に言われて、ぼくは考える。

警察の取り調べの時にも、逃走する男の後ろ姿ははっきり記憶によみがえらせたが、顔はだめだった。そもそも見ていないものは思い出しようがない。服装が二瓶と同じだったため、二瓶と思い込んで疑いもしなかったのだから、身体つきも中肉中背の二瓶と大差ないのだろう。

「だめです。目にしたのはほんの一瞬の後ろ姿なので、たとえもう一度会ったとしても、当人かどうか分からないと思います」

そう言ってぼくが首をふると、斎藤が質した。

「でも、たしか、その男は身体の前に荷物をかかえて逃げたんだよな」

「うん、刑事たちの様子だと、現場からいろいろ持ち去ったみたいだ」

この時点では、まだ殺人現場の状況をぼくたちが知るすべはなかったが、持ち去ったものについては、凶器や刃物、衣装などが想像できた。

「二瓶さんの風呂敷包みについて、警察はなにか言っていたかい」

斎藤が尋ねる。

取り調べで、警察から包みの中味についてさんざん聞かれた。ぼくは包みの色と大きさ以外、なにも答えられなかった。あれほどしつこく聞いてきたのは、現場に風呂敷も中味も残っていなかったからだろう。

「実際、包みの中にはなにが入っていたのかな」

斎藤が疑問を口にする。

「えっ、食糧とか物資だろ」

ぼくは戸惑った。二瓶は小泉を支えていた。あの時もそのための物資を運んだと考えるのがふつうではないか。

「いや、そうとも言い切れん。斎藤の疑問もうなずける」滝が言った。「いいか、まず、食糧の保管場所として林の中の祠は適当とは言いがたい。昆虫や動物に荒らされる心配がある。

しかし、それより問題は、二瓶さんが小泉に自首を勧めるつもりだったら、支援物資を持って行くのはおかしいということだ。風呂敷包みは、なにか別のものだった可能性が高いね」

別のものと言っても、それがなにかまったく想像がつかない。そもそも支援物資を運んだのでないのなら、小屋にいた人物も小泉丈吉とはかぎらなくなる。

「どうも、かえって謎が増えて、ますます真相から遠ざかっているようですね」

斎藤が疲れたような声で言った。

「探索の過程では、そういうことだってありうるさ。ぼくらの考察は進んだけれど、一方で手がかりの持ち駒は足りないんだから。だけど、このあたりがぼくらの限界だな。ここはひとつ、教授から助言をもらって、今後の活動に活かそうじゃないか」

との滝の言葉で、ぼくたちは教授の部屋を訪れた。

「入りますよ」と言って戸を開け、部屋をのぞいた滝は、切迫した声を出した。「どうしたんです、大丈夫ですか」

あわてて中に入る滝にぼくたちも続いた。

ふだん瞑想している奥の壁には姿がなく、教授はあらゆるものが散乱する部屋の真ん中に仰向けに横たわっていた。目は閉じ、うすく口を開いている。いつものような力強さが感じられない。呼吸の有無さえ定かではない。

まさか、ついに即身成仏を果たしてしまったのか。

「教授、息をしてください」

「まだ、死ぬには早すぎます」

教授の耳元で口々にぼくたちが悲嘆の声をあげていると、

「心配はいらない。生きているよ」

弱々しく教授の返答があった。ほっと息をもらして滝が尋ねた。

「もしかして、お休みでしたか」

教授はかすかに首を揺らし、

「ああ、ついに備蓄の砂糖が尽きてしまったんで、脳が働かない。こうして身体を横たえて体力を維持しているのだよ。動物でいう冬眠の要領だ」

「食事を運ばせますんで、なにか腹に入れてください」

「ああ、たのむ。固形物は消化に体力を消耗するので、液体だと助かる」

ぼくと斎藤は急いで台所へ行き、雑炊を温めて、教授の部屋に運んだ。

結局、その夜は教授の助言をもらうことはできなかった。

三

滝と斎藤の工作が功を奏したのか、その御利益《ごりやく》のほどは不明だが、職員会議でぼくに下ったのは、一週間の掃除当番という大甘の処分であった。

「事実上の無罪放免だ。ぼくと斎藤の働きに感謝したまえ」

滝は言った。

最悪、放校も覚悟していただけに、ともかく首がつながったことが、ぼくには無性にうれしかった。

「よかった、よかった、ほんとうに」

斎藤もわがことのように喜んでくれた。

あとから事情を聞くと、仮病で勤労奉仕を休んだのは不届きだが、結果的にそのために殺人事件の重要証人となり、警察への貢献も少なからずあるとの意見が大勢を占め、寛容な処分に落ち着いたのだという。

三日間の謹慎が解けると、ぼくたちはそろって薫の家へ行った。

薫はぼくの顔を探るように見るなり言った。

「やつれているって聞いたけど、かえって太ったんじゃないの」

「ふふ、心配してくれて、ありがとう。おかげさまでぶじ生還したよ」

「そりゃ心配しましたとも。あたしたちの活動のせいで退学にでもなったら、寝覚めが悪いもの」

と薫が言うと、横から滝が、

「こっちは目覚めが悪いどころじゃない。美作が退学なら、いっしょに退学届を出すつもりだったんだからな。さっそく、ぼくたち三人のぶじを祝って宴会といこう」

と言ったが、薫は冷ややかに退《しりぞ》ける。

「だめですよ。事件のおさらいと推理が先です」

「いや、それはもう三人で散々やったから」

「ずるい。あたしは聞いてない。それに、あたしの方でも、伝えたいことがあるの。お互い情報交換をしましょう」

「宴会をしながらでいいだろ」

「そうしたら、食べるのに夢中になって、ろくに話を聞かないじゃないの、大きい兄さんは」

「やめたまえ、その呼び方は」

「じゃ、まずは事件のおさらい、いいわね」

食の提供者には逆らえない。

と言うことで、ぼくが二瓶さんを尾行し、殺人事件に遭遇した詳細を語り、そのあと、斎藤が三人で戦わせた議論の要旨を簡潔に伝えた。

話を聞き終えた薫は興味深げに言った。

「ふーん、もしかすると小泉丈吉が犯人じゃない可能性もあるってことね」

「いや、ほとんどない。けど、それじゃ、ぼくたちの出番もないんで、なかば無理やり別の犯人説をでっち上げたまでさ」

と滝が言ったが、薫は首をふって、

「でも、あたしの話を聞けば、少しは考えが変わるかもしれないわ」

「ちっ、ちっ、変わるもんか。だいたい、君は事件の起きた時、健太のお袋さんの送別会に出ていたんだろ。なんの証言ができるんだ」

「文句は話を聞いてからにしてくださいな、大きい兄さん。いい？　あの日、送別会があったのは小学校の――」

「国民学校だ」

と滝。薫はひと睨みして言い直す。

「国民学校の校舎で、事件のあった神社とは一キロと離れていないの」

林屋歌子の送別会に集まったのは、歌子の元教え子やその父兄たち五十名ほどだった。今年の教え子と父兄たちとのお別れの会はすでに終わっており、この日は卒業生の有志が急きょ企画開催したものであった。その会に会場に入りきらないほどの人数が集まったのだから、歌子がどれほど生徒と父兄から慕われていたか、うかがい知れよう。

この送別会には警察署長の倉石誠司も顔を出していた。倉石署長は息子の浩司《こうじ》が、かつて歌子の教え子だった縁で、忙しい職務の合間を縫って参加したのだった。

予想を大きくこえる人数が集まった送別会は、午後四時にはじまり、歓談のあと、卒業生や父兄からの感謝の言葉、倉石署長の挨拶があり、最後に歌子から参加者全員に謝辞が述べられ、一次会が終わったのが、五時ごろであった。

このあと同じ会場で映画の上映会が催された。もともと歌子の送別会とは別に前から企画されていたものだが、会場と予定日が同じで参加者の多くも重なっていたため、送別会の二次会として開催されたのだった。

薫は上映係の助手として、上映会のさいしょから終わりまで映写機の脇に陣取った。上映中はフィルム交換時の手伝いのほかには、特にすることはない。薫もほかの者たちと同じように映画を鑑賞した。演《だ》し物はニュースと海軍航空隊の活躍を描いた長編映画だった。上映時間はニュースが十五分、長編は短縮版だが六十五分あった。

五時十分からニュースがはじまり、長編映画の上映は五時二十五分からで、終わったのが六時三十分である。

上映中、薫は会場の後方に据えられた映写機の脇から離れなかったが、すぐ横にある会場の出入口はつねに視界にあった。

途中で席を立つ者はほとんどなく、あっても小用を足しに行って、すぐ戻って来た。ところが、ただひとり倉石署長はニュースと長編映画の合間に席を離れ、戻ってきたのは日本の艦上攻撃機の雷撃により敵艦が沈没していく最後のシーン五分ほどのところであった。

上映会場となった教室は、前と後ろ二カ所に出入口があるが、上映中は後ろのみ使用可能だったため、倉石が前から出入りした可能性はない。

「だから、倉石署長は五時半ごろから六時半ごろまでの一時間、アリバイがないの」

薫は得意満面、どうだと言わんばかりに、ぼくたちを見まわした。

ぼくたちは顔を見合わせ、しばらく沈黙したあと、滝が代表して疑問を口にした。

「だから、なんなんだ」

薫はあきれたような顔で、

「二瓶さんが殺されたのは六時前後なんでしょう。倉石署長がちょうど席を外していた間の出来事じゃない」

学校と神社の距離は一キロ弱、道は平たんだ。倉石は自転車で来ていたというから、急いで往復したとすれば時間はせいぜい五分。多少多めに見積もっても十分はかかるまい。二瓶を殺し、さまざまな処置を施すのに二、三十分のゆとりがある。素知らぬ顔で帰ってくる時間はあったと言える。

「いや、だからって、アリバイのない人間を片っ端から疑っていたら、容疑者がごまんと出てきて収拾がつかないだろう」

と冷静な滝。薫はいきどおった口調で主張する。

「ただアリバイがないだけじゃない。倉石署長は上映会から抜け出し、こっそり戻ってきて、アリバイ工作をしたのよ。身にやましいことがなければ、そんなことをするわけないわ」

「たしかに薫君の言い分にも一理あるかもしれません」斎藤が言った。「倉石署長の行動はいかにも不可解ですし、二瓶さん殺害の時間と完全に重なっている点も見過ごすことはできないでしょう」

先に斎藤に言われてしまったので、ぼくまでが薫に肩入れすると滝が孤立する。心ならずもぼくは斎藤の反論に回った。

「でも、まず、本当に署長が一時間まるまる会場を抜け出していたか、検証しないといけないんじゃないのかな」

「まあ、ひどい。美作さん、あたしの言うことを疑っているの」

薫が柳眉を逆立てた。

「ちがうよ、ちがうよ」ぼくはあわてて言った。「もしかすると、倉石署長が一度戻ってきて、また出たのを見逃したのかもしれないと思ったんだ。署長の出入りが二度だった可能性はないのかい」

薫は少し考えてから首をふった。

「ないと思う。もちろん、入口をずっと見ていたわけじゃないけど、出入りがあれば気づいたはずだもの。倉石署長が戻ってきたのは一時間後よ」

その説明でぼくは納得したが、滝は首肯せず、

「疑うわけじゃないが、もう少し、詳しく状況を話してくれ。上映会のはじまりから終わりまで」

「一次会が終わってすぐに上映会の準備をしたのよ。黒板の前に白い布を、窓には暗幕を張って、椅子を並べ替えたわ」

作業は参加者全員でしたので、十分ほどで終わった。映写機とフィルムはさいしょから用意されていたので、こちらも会場設定とほぼ同時に準備できた。準備ができるとすぐに上映がはじまった。

上映中は、会場の前の入口は閉じられ、後ろの入口は開けたままになっていたが、廊下側は薄暗いため、上映には影響がなかった。ニュースと長編映画の上映が終わると暗幕が上がり、後ろの入口に歌子が立っていて、参加者たちにあらためてお礼の言葉をかけていた。

そのころには会場に戻っていた倉石署長も、ひとしきり大きな声で映画の内容を語ったりしていた。途中で抜け出していたことを知る薫の目には、いかにも中座の事実を糊塗《こと》するような、わざとらしい態度に映った。おそらく、倉石は前もって観るか調べたかして、映画の内容を知っていたに違いない。

そして、参加者の多くが会場から廊下へ出た時、警官がひとり駆け込んできて、倉石に殺人事件を報せたのだった。

第一報は神社での殺人の発生のみが伝えられた。倉石は報せにおどろいたような顔をして、ただちに署へ戻った。そのあと薫たちが学校を出ると、周辺は騒然として、白霧学舎の生徒が現場で拘束されたらしいとの噂が、人々の中から聞こえてきたのだった。

薫の話を聞き終えると、滝は難しい顔をして、

「うーん、たしかに倉石署長が上映中に抜け出した可能性はある。だが、言えるのはまだそこまでだ。なにか公にしづらい所用があっただけかもしれない」

「でも、すぐ近くでちょうど同じ時刻に殺人事件があったのよ。署長の行動は充分あやしいわ」

「かといって、犯人とする根拠はなにもなかろう。そもそも警察署長ともあろう人が、二瓶さんを殺める動機はなんだ。およそ想像がつかん」

と滝が問うと薫は言葉に詰まった。すると斎藤がおもむろに助け舟を出す。

「今の段階で動機の問題を追及しても答えは出ないと思います。まずは倉石署長に犯行が可能だったか、もう少し詰めてみてはどうでしょう」

「そうね、それがいいわ」

と薫は頼もしげに斎藤の顔を見上げる。

「うむ、仕方ないな」

滝も不承不承うなずく。

二瓶は五時四十分に小屋に入り、六時十分には何者かが小屋の後ろの戸から出て行った。

その十五分後の六時二十五分にぼくは二瓶の死体を発見した。これは警察が、ぼくや神主たちから詳細に聞き取りをして、割り出したかなり確実な時間割である。

一方、倉石署長は五時十分にはじまったニュース映画と長編映画の合間に席を立った。倉石の離席を五時二十五分として、自転車で神社へ向かったとすれば、おおよそ五時半か三十五分には到着し、小屋に入ることができたはずだ。

二瓶を殺し、服を脱がし、みずからも着替え、局所を切り取って逃走するまで、仮に三十分かかったとしても、二瓶が小屋に入ってすぐの犯行なら可能である。もし小屋の中で二瓶と倉石の間で五分か十分なんらかのやりとりのあと、犯行におよんだとしても、充分間に合う計算だ。

ぼくが目撃した後ろ姿の男が倉石だったとすれば、六時十分に神社を出て、神社のそばに隠しておいた自転車に乗り、学校に戻るまでの時間は多めに見積もって十分。途中で証拠品を隠すなどに時間を費やしたとすれば、六時三十分に上映を終えた長編映画の終盤に戻ってきたという薫の証言となんら矛盾しない。

「つまり、時間的には犯行は可能だったわけね」

薫が目を輝かせた。

「いや、まて、そうは簡単にいかないぞ」滝が言った。「もし倉石署長が犯人なら、二瓶さんの服を着て逃走し、凶器や刃物、切り取った局所、血の付いた自分の服を持っていたはずだ。それらはどこに隠したのか。あと、会場に戻る前にもう一度自分の服に着替える必要もある。もともと着ていた服には返り血が付着するかもしれないから、あらかじめどこかに別の着替えを隠しておいたのか。だとすれば、それはどこだ」

滝の指摘にぼくたちは沈黙した。

今までのところ、犯人が現場から持ち去ったものはいっさい見つかっていないようだ。もし倉石が犯人なら、着替えと凶器隠蔽に要せる時間は十分ほどだ。遠くへ行く余裕はなかったはず。

「きっと、あらかじめ誰の目にもつかない隠し場所を考えたのよ。そこを突き止めるのがあたしたちの活動じゃない」

薫がけしかけるように言ったが、ぼくたちは踊らされない。

もし、倉石が犯人なら、血の付着した自身の着衣はどこへやったのか。発見されれば即犯行が露見するわけだから、簡単に見つかるところにあるはずもない。いったん近場に隠したとしても、今ごろはさらに別に移されたか、すでに処分されているだろう。

そう容赦なく滝が指摘すると、薫は憮然《ぶぜん》として押し黙った。それを見て、大事な栄養供給源にへそを曲げられても困ると思い直したのか、滝が表情を和らげて、

「警察が周辺は徹底的に捜査しているはずだから、ぼくたちが探すとすれば、それ以外の場所になる。まずは高梨さんから捜査状況を聞き、倉石署長についても探りを入れるのがいい

のじゃないかな。署長の人となりや人間関係が分かれば、殺人を犯す人物かどうか、判断も下せる」

と言ったので、薫も納得したようにうなずいた。

四

二瓶殺害事件の捜査陣に加わっている高梨刑事と話ができたのは、数日後だった。事件発生以来、ほとんど警察署に泊まり込みで捜査に当たっていたらしいが、その日はひさしぶりに雑貨屋の自宅に着替えを取りに帰ったところを、ぼくたちが捉まえたのだった。

正面から事件について質しても、口を開くとは思えないので、まず薫が羊羹《ようかん》の差し入れを渡して、倉石署長のことを尋ねた。

「倉石さんってどんな人なの。この前、林屋先生の送別会でお会いしたんだけど、ぜんぜん話す時間がなかったの」

「署長？　おっかなそうな人だよ。ぼくみたいな下っ端のぺいぺいは、声をかけてもらったこともないから、よくは分からない」と頭を掻きながらも、噂話好きの高梨は少し声を落として、「でもね、ああ見えて、家では奥さんに頭が上がらないらしいんだ」

倉石は貧農の出だが、幼いころから成績優秀で、富家の倉石家の援助を受けて学業を修め、警察署長にまで上り詰めた苦労人だ。学校を出るとすぐ倉石家の長女の照子《てるこ》を娶《めと》り、婿養子に入っている。

「でも、なんで署長のことを気にしているんだい。どうせ、例の君たちの活動に関係しているんだろうが」

高梨に問われ、ぼくたちは顔を見合わせた。

適当にごまかして言い抜けることもできるだろうが、倉石についてさらに立ち入って探るなら、一歩踏み込む勇気も必要だ。

「じつはですねえ」滝が切り出した。「二瓶さん殺しのあったのと同じ時、倉石署長が林屋先生の送別会をひそかに抜け出していたと思われるんですよ」

滝の言葉を聞き、高梨は大仰に目を見開いて一喝する。

「なんだと。君たちは仮にもわが警察署長を被疑者と見立てとるんか。けしからんにもほどがある。こりゃ、とっくり説諭《せつゆ》ものだ」

あわてた滝は額にどっと汗を浮かべながら、

「いえ、いえ、疑っているとか、そんなんじゃないんです。ただ、事件時の不明点は例外なくあきらかにしておかないと。別に署長だからどうだってわけでもありません」

と言い訳をすると、高梨はにやりと相好をくずした。怒りの表情はポーズだったらしい。

「いやあ、君たち、なかなかいいところをついているよ。――じつはね、事件のあった六時過ぎに自転車をこいでいる署長を目撃したという情報はすでに警察でもつかんでいるんだ。でもその前に当の署長から捜査陣へ内々に話があったのさ」

あの時間、倉石は学校からほど近い「蔵間《くらま》」という座敷で、村長の田中巌吉と密会をしていたという。本来なら送別会の出席を取りやめるべきだったが、林屋歌子への義理と会談の機密性から、ことを公にせず、黙って抜け出す選択をした。

「いったい、村長と警察署長が『蔵間』でなんの話し合いをしていたんですか」

斎藤の問いに、高梨は首をふった。

「会談の内容まではぼくも知らない。署長もそこまでは打ち明けなかった。でも、きっと戦況に関することだろうと言われているね」

もう長らく、本土決戦に関する発表がなされると噂が続いている。いよいよその時期が迫ってきたのか。警察署長と村長の田中巌吉との密会で、非常時の段取りや不測の事態が発生した際の対応などについての協議がなされたのかもしれない。

「『蔵間』の女中と田中巌吉氏に裏を取って、署長のアリバイは確認した」

離れの座敷で完全に人払いをしての密会だった。出入りも裏口を使い、店の者は誰も近づいていないが、ただひとり女中が五時半過ぎに自転車で来て裏口から入る倉石の姿はたしかに見たと言い、田中巌吉もその時間に密会を持ったことを認めている。また、巌吉が使った自家用車も同じころ付近で目撃されていた。

「なるほど、そうなると倉石署長は容疑者から完全に外せますね」

滝が言うと、高梨は当然だとばかりに鼻を鳴らした。

「だいたい、なんで小泉以外に犯人がいるなんて思ったんだ。事件現場にはちゃんと小泉の指紋だって――」

口をすべらせたと気づき、高梨がはっとした表情をして唇をかんだ時はもう遅かった。目ざとい滝が見過ごすはずがない。

「そうですか」滝はにやりと笑って、「殺人現場から小泉丈吉の指紋が出ましたか。ひとつそこを詳しく」

「だめ、だめ。捜査中の事件の証拠をもらしたら、今度こそクビになっちゃう」

高梨は激しく首をふった。

「そうおっしゃらずに、お願いしますよ」

滝が迫り、ぼくたち三人も同調して、しつこく促したが、高梨は頑としてそれ以上は口を割らなかった。ただ、滝や斎藤が投げかけた質問に対する反応から、二瓶殺害現場のあの小屋の中に、犯人の遺留品があり、そこから小泉丈吉の指紋が検出されたらしいことは察せられた。小泉の犯行を示す有力な物的証拠だ。

「まあ、小泉の身柄はほどなく確保されるだろうから、ようやく連続殺人事件にもけりがつく」

高梨は晴れ晴れとした顔で言った。事件が解決すれば、小うるさい後輩たちから、情報をせっつかれることもなくなるだろう。そのことに安堵しているのかもしれない。

五

ところがそれから何日経っても、警察が小泉丈吉を逮捕することはなかった。それどころか、小泉の目撃情報や居所を示す手がかりさえも、つかんでいない様子だった。

この間、ぼくたちは何度となく高梨刑事との接触を試みたが、けんもほろろの対応であった。警察も焦りを感じているらしい。高梨たちはそうとうな重圧の中で連日捜査に駆けずり回っているようだ。

独自の活動で小泉の行方を探すぼくたちの試みも行き詰まっていた。二瓶の実家や祖父の家にまで足を延ばしてみたが、すでにそのようなところは警察が捜査ずみで、新しい発見などありようもなかった。


〈斎藤さんか美作さんいる?〉

とつぜん、室内の伝声管から声が響いた。

その日、ぼくはひとりで寄宿舎の部屋で寝転がって探偵小説を読んでいた。滝と斎藤は、寄宿舎の運営について学校側に月に一度の報告をするため、職員会議に呼ばれて留守だった。

これまでの探偵活動において、どう贔屓目《ひいきめ》に見ても、ぼくは滝と斎藤に後れをとっていた。ぼくとふたりの間の差は知識の差だ。そう考えたぼくは、斎藤からお薦めの探偵小説を一冊借りて研究に励んでいたのである。

しかし、なかなかページが先に進まない。まったく面白くないのだ。殺人事件が起こり、探偵役の人物がなにやら手がかりをつかんでいるらしいのだが、思わせぶりな科白《せりふ》を吐くばかりで、肝心なことはなにも語らない。この勿体《もったい》つけにどんな意味があるのだろう。読んでいてイライラしてしまう。翻訳の文章は回りくどくて読みづらいし、ところどころ意味の取れない表現もある。

もう投げ出そうと思っていた矢先に、聞こえた呼びかけだった。

ぼくは起き上がり、伝声管に口を近づけて言った。

「美作だけど」

〈早坂だけど、出て来れる？〉

窓際に行き外へ目を向けると植え込みのところに薫が立っている。

ぼくは駆け足で階下へ降りた。

「どうしたんだい」

「今日、健太のおばさまが発《た》たれるの。いっしょに駅まで見送りに行こうと思って誘いに来たのよ」

「そうか、ぼくも行くよ」

「斎藤さんは？」

「あいつは用事があって留守。滝さんもいっしょで半日は帰って来ない」

そろそろふたりが戻って来る時間だが、そういうことにしておく。

「そうなんだ。じゃあ、あたしたちだけで行きましょう」

と薫は言って歩き出した。とくに気落ちしたようには見えない。

ぼくたちは林を抜け、仲通へ続く大通りに出た。汽車の時間までは一時間ちょっとなので、ぼくたちは少し足を速めた。

「出発までに健太の事件が解決しないで残念だったね」

ぼくの言葉に薫は、

「本当ね、でも……」

「でも、なんだい」

薫はうつむいて口ごもったあと、思い切ったように顔を上げた。

「あたし、気づいちゃったの。あることに」

「あることって、事件に関係すること？」

「ええ、たぶん」

「なに？　どんなこと」

ぼくは促したが、薫はためらうように首をふり、ため息をついた。

「だめ、やっぱり言えない」

「なんだよ、まるでぼくが今読んでいる小説の中の名探偵気取りだな」

ぼくが舌打ちをすると、薫は興味を惹かれたように、

「なに、それ」

ぼくは退屈きわまりない探偵小説の話をした。

「偉そうにした探偵が、まったく無意味にとしか思えないんだけど、じらしにじらして、いっこうに謎を解き明かさないんだ」

「ふっ、ふっ、面白そうね」薫は笑い、少し気が軽くなったのか、あらためて口を開いた。

「送別会の時のことなんだけど、倉石署長のほかにもうひとり、会場を抜け出したかもしれない人に思い当たったの」

「へえ、誰だい」

「健太のおばさまよ」

「えっ、そんなわけないだろ」

前に薫から聞いた送別会の話はよく覚えている。林屋歌子はその会の主役で、つねに注目の的だったはずだ。途中で抜け出せば当然誰かが気づいたに違いない。

「一次会ではそうだったけど、上映会に移った時、おばさまが会場にいたかどうか。あたし、記憶にないの」

映画上映会場の設置はあわただしい中でおこなわれた。映写機と座席の設置が終わると、すぐに明かりが落とされ、会場は暗くなった。その際、林屋歌子がどこにいたのか、薫は見ていないという。

「念のため、ほかの出席者二、三人に聞いてみたんだけど、誰もおばさまがどこにいたか覚えていないの」

「でも、たしか君の話では、上映が終わった時に、みんなに挨拶をしたんじゃなかったのか」

「会場の入口に立ってね。でも、その時、おばさまがどこから出てきたのか、よく分からない。なんだか廊下の方からスッとあらわれたような気もするのよ」

つまりこういうことだ。林屋歌子は映画上映開始時の混乱に紛れて会場を抜け出た。そして上映の終わりまでに戻ると、会場後方の入口に立ち、あたかもずっと会場に居続けたかのように挨拶をした。

あの時間にひそかに会場を抜け出たとすれば、歌子も二瓶殺しの容疑者に浮上することになる。しかし――、

「健太のお袋さんは犯人じゃないよ。ぼくが目撃した犯人は間違いなく男だったから」

顔は見ていないが、薄暗くとも身体つきや服装は判別できた。少なくとも男女を取り違えたりはしない。

「分かっている。あたしだっておばさまが人を殺したなんて思っていないわ。でも、もしかすると小泉丈吉の逃走を手助けしているかもしれない」

「なんでそんなことを。健太のお袋さんと小泉に接点なんてあるのか」

「ある、と思う。小泉丈吉はきっとおばさまの教え子なのよ」

年齢から逆算して、小学校時代、小泉は林屋歌子の教えを受けたのはほぼ間違いないという。

だとしても、小泉は連続殺人鬼だ。教え子なら逃走を助けるより、自首するように説得するのが筋じゃないだろうか。しかも、小泉は健太殺しの犯人である疑いも濃厚だ。わが子を殺した犯人をかばうなんて、ありえないだろう。

その点を指摘すると、薫は表情を険しくして言った。

「じつはね、前には言わなかったけど……」

健太が殺された時の講演会で、歌子が途中で会場を出る姿を見かけた者がいた。時間はいしょの学長の講演の最中だったという。ぼくたちが抜け出るより前だ。つまり、健太が殺された時に、歌子が現場にいた可能性もあるということになる。

「むちゃくちゃだ。健太はお袋さんに殺されたというのか」

「あたしだって、そんなこと信じていないわ。だからこんな情報は関係ないと思って、あなたたちにも伝えてなかったの。でも、送別会のことも併せて考えると、なにかあたしたちの知らない事情があるような気もするのよ」

「事情って」

「分からない。でも、きっと知れば納得できる裏事情があるはずだわ」

母親がわが子を殺める、もしくは殺めた人間をかばう合理的理由など、まったく想像もつかない。

「そうかなあ」ぼくは懐疑的に首をひねり、「で、これからお袋さんに会って、問い質すつもりかい。あなたが健太を殺したんですか、それとも犯人を匿っているんですかって」

薫はぼくを睨んだ。

「美作さんは意地悪ね。そんなこと言えるわけないじゃない。どうすれば穏便に探れるか、相談にのってもらいたかったのに。——ああ、斎藤さんだったら、きっといい知恵を出してくれたでしょうに」

天を仰いで、薫は嫌味を言った。

たしかに斎藤なら、なにか気の利いたことを言っただろう。滝なら裏事情について、独自の推理を披露したかもしれない。

でも、ぼくにはどちらもできない。ただ沈黙を守るべきだったが、気まずい雰囲気に耐え

かねて、

「直接問い質さず、それとなく探りを入れてみるといいよ」

と声をかけた。薫はぼくを振り返り、わざとらしくため息をついて、

「そうね、貴重なご意見ありがとう。とっても助かったわ」

「どういたしまして」

そこから駅まで、ぼくたちはひと言も口を利かなかった。


駅前には林屋歌子のほか、十数人の見送りの人たちが集まっていた。学校の関係者や教え子、それと近所の人たちといったところか。

汽車の時間が迫っているようで、ぼくたちが駅前広場に近づくと、全員がぞろぞろと駅舎の中へ移動をはじめた。

乗り場まで来た見送りの人たち一人ひとりに、歌子は言葉をかけ感謝をあらわしていた。

ぼくたちがそばに寄ると、

「薫ちゃん、来てくれたのね。ありがとう。美作さんも」

歌子は顔をほころばせた。

「おばさまがいなくなるとさびしくなりますわ」

薫が言った。

「私もよ。薫ちゃん、これからいろいろ大変だと思うけど、頑張って」

「ええ、おばさまも。健太君の事件については、なにか新しいことが分かったら、すぐにお報せします」

薫は歌子の目を見つめて言った。ぼくもじっと歌子の表情の変化をうかがった。

歌子はもう一度小さく「ありがとう」と言い、ぼくたちの顔を交互に見た。尋常な離別の感情以外のなにかがそこにあるようには思えなかった。

汽笛が聞こえた。汽車が近づいてきたようだ。めずらしく時間に正確だ。

「本当に健太君のことは残念でした」

最後に薫が言った。歌子は首を横とも縦ともつかずゆり動かし、

「ううん、健太は今でもわたしの思い出の中に生きているから」

とつぶやくように言った。

歌子を乗せた汽車が遠ざかり、山間に飲み込まれていくまで見送って、ぼくたちは駅をあとにした。

「結局、聞けなかったね」

駅からだいぶ離れたあと、ぼくは言った。薫はうなずいて、

「うん、でも、おばさまの気持ちは分かったわ」

「たしかに、あの人が健太を殺していないのは間違いなさそうだ」

「あたりまえです、そんなこと。あたしは端《はな》から疑っていないわ。……でも、おばさまには
なにか隠していることがある」

「そうなのか。ぼくは気づかなかった」

「なら、あたしの方が一枚上手《うわて》だったわね。最後におばさまはなにか言いたげだった。ほか
の人たちがいなかったら、きっと打ち明けてくれたと思う」

残念そうに薫は唇をかんだ。

「で、なにを隠しているんだ、健太のお袋さんは」

「事件に関することよ、きっと。でも、それがなにかはまだ分からない」

そう言って薫は道端の小石を蹴った。

六

「そんな重要な事実を隠していたのか、君は」

薫から話を聞き終えると、滝はそう言って腹立たしげに指をふった。

「だって、あの時は、おばさまは事件と関係ないと思い込んでいたから」

薫が小さな声で言うと、滝は怒りのおさまらない強い口調で、

「被害者の母親なんだから、無関係じゃないだろ。ほかにもなにか黙っていることはないな」

「ありませんよ。なによ、そんなに怒らなくたっていいじゃないの」

薫は頰を膨《ふく》らませる。

「もっと早く打ち明けていれば、もしかすると事件に関する事情を健太のお袋さんに聞けたかもしれないのに……。もし本当に事件に関与していたら、彼女はもう、ぼくたちの前には二度と姿をあらわすまい」

滝はそう言って嘆息した。

ぼくたちはいつものように夕食時を狙って、薫の家に集まっていた。

あまり薫ひとりを責め立てては、このあとありつく食事に影響すると思ったのか、滝は矛先を変えてぼくの方へ顔を向けた。

「しかしだ、ぼくらもいっしょに見送りに行っていたら、もっと核心を突く質問だってできただろうに、なんで美作はひとりで行ってしまったんだ」

「汽車の時間が迫っていたので、仕方なかったんです」

「下級生たちに伝言を残せばよかっただろ。あとからすぐに追っかけたのに」

「あら、そんなにすぐに戻ってきたの？」

薫が怪訝そうな顔をした。

ぼくはあわてて、

「今さらそれを言っても詮無いことです。健太のお袋さんが、なにも語らずに発ってしまった現実は、もう変えようがありません。ここは新たに加わった情報をもとにこれからの活動を考えましょうよ」

と話題を逸らした。

「そうだね、健太のお袋さんが関わっているとの観点から、事件を再構築することが重要だね」

斎藤が同調した。

滝はやや不満そうだったが、

「ふん、そんなこと、もうぼくは考えているさ」

と言って、指を立てた。

「では、ぜひ教えてください」

危険な話題からすみやかに遠ざけるべく、ぼくは水を向けた。

「ちっ、ちっ、そう急かすなよ。いいか、健太のお袋さんが事件に関わっているとすると、連続殺人鬼の小泉丈吉の支援が、いちばん現実的だ。二瓶さんが殺されてしばらく経つのに、いまだ小泉が逃げ延びている現状とも符合する」

「でも、そうすると、なぜ健太のお袋さんはこの地を去ったんでしょうか。今後の小泉の支援はどうなります？」

　斎藤が疑問を呈する。

「小泉もうこの地から逃れたんじゃないかな」

　ぼくは言った。小泉を逃し、その証拠をつかまれる前に林屋歌子もこの地から去った。つじつまは合う。

「いや、それはないな。小泉が遠くへ移動したのなら、かならず警察がその痕跡をつかむはずだ。だけど、いまだ高梨さんたちが、この集落周辺の捜索をしているのは、そんな事実がないことを示している」

　と斎藤が指摘した。

「たしかに、そうだろうな」滝は言った。「しかし、いつまでも小泉の居所がつかめなければ、警察も周辺の捜索を諦めざるを得ない。小泉はそれを狙って今も身をひそめているんだ」

「でも、どこに」

　との薫の疑問は、ぼくの疑問でもあった。

　警察だって総力をあげて小泉の行方を追っている。山狩りに近いことまでしたと聞く。犯罪には素人の歌子の支援程度で、隠れおおせるとは思えない。

「ひとつ、君たちには盲点がある」滝はぼくたちの顔を見まわした。「いや、君たちだけじゃない。きっと警察も見逃しているんだろうな。小泉がひと気のない山奥や廃屋などに身をひそめていると勘違いしていたんだ」

「じゃあ、どこに隠れているの」

「林屋家だよ。健太のお袋さんが自宅に小泉丈吉を匿っていたんだ」

滝は自信ありげに断言した。

ぼくと薫は顔を見合わせた。歌子の家には話を聞きに行き、健太に線香もあげた。さして広くもないあの家に小泉丈吉がひそんでいたというのか。

同じく薫といっしょに歌子の家に行ったことのある斎藤が疑問を呈した。

「ぼくが見たところでは、あの家には小泉にかぎらず、誰かが隠れているとは思えなかったですけど」

「当然、君たちを家に上げた時は、小泉は隠れていたんだろ。家の中とはかぎらんよ。庭とか物置とか、身をひそめる場所はいくらでもある。君たちだって別にそんな目で探ったわけじゃないだろうから、気づかなかったのも無理はないさ」

滝はあくまでも歌子の家が隠れ処だと主張する。

四人の中でただひとり、歌子の家に行っていない滝と、ぼくたちの実感は折り合わない。

しかし、ぼくらの低調な反応にも、滝の確信は揺るがないようだ。

「小泉は今も林屋家の空き家にひそんで、警察の警戒がゆるむのを待っているはずだ。このあと、ひとつぼくたちで林屋家まで行って、様子を探ってみようじゃないか」

「ぼくたちの手で連続殺人鬼を捕まえるんですか」

ここまでの懐疑的な態度をひるがえし、斎藤が身を乗り出した。

「場合によっちゃ、そうなるかもしれんね。だが、まず、その前に腹ごしらえだ。——ねえ、薫君、今日の晩御飯はなに？」

滝は言った。

七

林屋家の二軒手前の垣根のそばで、滝が立ち止まったので、あとに続くぼくたちも足を止めた。

午後の八時半、やけに蒸し暑い夜で、家々の戸や窓は開け放たれている。ただ明かりはあまりもれていないので、あたりはほぼ真っ暗闇だ。夜涼《よすず》みにそぞろ歩く人もなく、虫の音だけが闇を埋めている。

「どうしました」

斎藤が滝にささやきかけた。

「ここからは表と裏、二手に分かれて近づく。敵に気づかれても逃がさんようにな」

滝は表口を自分と斎藤、裏口からはぼくと薫に行くように言った。おそらく滝はいちばん頼りになる斎藤を自分と組にしたかったのだろうが、ぼくにも異存はない。

　ぼくと薫は一軒手前の家の裏手に回り、裏木戸を開け中に入った。このあたりの民家の事情に詳しい薫が先に立ち、あとをぼくがついて行く。

　隣家の開け放たれた座敷には蚊帳《かや》が吊られ、そこの薄明かりがぼくたちを、ほんのり照らしている。足を忍ばせて前を行く薫の背中に白いシャツが汗でぴったりと張り付いている。シャツ越しにすけた肌のまぶしさに、ぼくは瞬きをした。

「なに？」

　薫が足を止めて振り返ってささやいた。

「なにって」

「今、声出したでしょ」

「えっ、いや」無意識になにかつぶやいてしまったのか。「……そこの箒を持って行こう。もし小泉が向かって来た時、武器になる」

　とっさにそうごまかして、ぼくは壁に立てかけられていた竹箒を手に取った。

「臆病ね」

　薫は小さく鼻を鳴らした。

　ちがう。別に武器なんていらないんだ。手にした竹箒を投げ出したかったが、行きがかり上、そうもいかない。

境の垣根を越えた薫のあとに続き、ぼくも林屋家の敷地に侵入した。隣家と異なり、もれ出る明かりがまったくないので、鼻をつままれても分からないくらい真っ暗だ。

「ちょっと押さないでよ」

「ごめん、見えなかった」

ぼくたちは林屋家の勝手口あたりの板壁に並んで身を寄せた。滝たちに裏手に着いたことを蛙《かえる》の鳴き声で知らせる。われながらいかにもという作り声だったので、かえって不審を招くかとひやひやした。

打ち合わせでは、ぼくたちが位置についたら、すみやかに滝たちが玄関口から中の様子をうかがう。人の気配があったら、中に問いかけて、出て来るよう促すことになっていた。もし小泉丈吉が隠れているなら、おとなしく出るはずがない。問いかけを無視するか、勝手口から逃げ出るだろう。逃げ出てきた時はぼくたちの出番だ。

玄関の方で戸口を叩く音と滝の声がした。

「誰かいますか、出てきてください」

家の中からの反応はないようだ。

滝がさらに声をかける。

「出てきなさい。小泉さん、いるんでしょ」

ぼくは板壁に身体を密着させ、じっと反応をうかがった。滝の二度の問いかけにも、まったく反応の気配がない。

ぼくは手にした竹箒の柄をぎゅっと握りしめた。

相手は凶悪犯だ。もし勝手口から出てきたら、逃亡を阻止するのは男子たるぼくの役目。暗がりで身じろぎもしない薫も、きっとぼくを頼りに思っているはずだ。

息をひそめてひたすら待つうちに、ぼくの胸の鼓動は高鳴り、息苦しさが抑えられなくなってきた。小学校時代の一時期、通っていた剣道場をすぐにやめてしまったことが悔やまれる。

「開けなさい」

三度目となる滝の呼びかけだ。家の中から、かすかな音が響いた。つづいて人が移動する気配がした。だんだんと勝手口に近づいているようだ。

小泉が出てくる。ぼくの緊張は最高潮に達した。

ぎぃーっという軋《きし》み音に続いて勝手口の戸が開いた。黒い影が姿をあらわした。追手がかかっている逃亡者にしては、あたりをはばかるような様子はなく、無造作に出てきた感じだ。顔は分からないが、かなり大柄の男だ。

ためらいもなく一歩前に踏み出した男へ、ぼくは手にした竹箒を振りかざし、躍りかかった。

「やーっ」

黒い影の面を竹箒が直撃すると思った瞬間、相手にするりと身をかわされた。つんのめったところに足払いをくらい、横倒しにされた。そのまま上からのしかかられ、うつ伏せにされ右腕をねじ上げられた。殺人鬼の力は恐ろしく強い。このあと後頭部に一撃をくらうのか。局部を切り落とされるのか。

「助けて、殺さないで」

痛みと恐怖に、ぼくは思わず悲鳴をあげた。

「離しなさい」

薫の叫び声となにかを叩く音が頭上で響き、一瞬、ぼくを押さえる力が弱まった。ぼくは身体をゆすって逃れようとしたが、ふたたび強い力で地面に押しつけられた。

表の方から駆けて来る足音が近づき、近隣の家で明かりがつき、ものの見分けがつく程度の明るみが差した。竹箒を手にした薫が、ぼくの上にのしかかる賊の背中を叩いているのが分かる。が、さして効果はないようだ。

「どうした、大丈夫か」

斎藤の声だ。ぼくは首をねじって叫んだ。

「小泉だ。捕まえてくれ」

しかし、斎藤もその後ろに見える滝も、ぼくのすぐ脇に佇んだまま動かない。賊の姿におどろき、地面に根が生えたように立ち尽くしている。

ぼくを上から押さえている賊が言った。聞き間違えようもない。ゴリラのだみ声だった。

「なんだ、また、おまえたちか」

「お騒がせして、すみません。こいつらにはよく言って聞かせますんで、どうぞ、お引き取りください」

時ならぬ騒動におどろいて集まってきた近所の住人たちに、白学の教員と身分を明かしたゴリラが頭を下げると、みなおとなしく引きあげていった。

「君ももう帰りなさい」

近所の料亭の娘だと知った薫にも、ゴリラは帰宅を促した。薫もしおらしく、ひとつぺこりと頭を下げると、林屋家の敷地から立ち去った。

「さあ、いったい、どういうことだ」

ぼくたち三人を家に上げると、ゴリラは腕を組んでぼくらを睨みつけた。

ゴリラは滝が玄関の戸を叩いた時、不審者が来たと思い、裏口から出て背後へ回り込み、相手の様子を探るつもりだったらしい。そこへぼくが竹箒で打ちかかったまではよかったが、あっさり返り討ちにあったというわけだ。

ぼくは先ほど来の衝撃《らい》があとを曳《ひ》いて、とても口答えできる状態じゃなかったけど、滝と斎藤は割り合い平然としている。

「ぼくたちは林屋歌子の家に連続殺人犯がひそんでいるのではないかと考え、偵察に参りました」

滝が答えると、ゴリラはまさに獣のような唸り声を発した。殴りかかって来るのではと、思わず身構えたが、ゴリラはふうっと息を吐いただけだった。風船から空気が抜けるように、身体が小さくなったように見えた。

「おまえら、まだ、そんなことを言っているのか。ここにそんなもんはおらんぞ。林屋先生が連続殺人犯と関係しているわけがないだろ」

「では、室井先生はここでなにをしているんですか」

斎藤が問う。ゴリラは珍しく、口ごもるようなためらいを見せ、

「おれはこの家が売れるまでの間、住まわせてもらうことにしているのだ」

と言った。

ここはもともと歌子が亡き夫から相続した家で、この地を離れるにあたって売りに出していたが、まだ買い手はついていなかった。そこで売れるまでの間、ゴリラが家屋の管理もかねて住まうことで歌子と話がついているのだという。

ゴリラは以前学舎の近くに一軒家を借りて妻とふたりの子供と暮らしていたが、老父が病に倒れ、看病の必要が生じ、実家に引っ越した。実家は学舎から二十キロほど離れた村にあり、ゴリラは毎日自転車をこいで通っていた。しかし、それがきつくなってきた。ところが、

元の借家にはもう新しい借り手がつき、戻りたくても戻れない。そこで学舎近辺で適当な貸家を探していたところ、歌子の家が売りに出ていることを知り、賃借りの交渉をしようと思い立った。

ただ、お互い忙しい身で、なかなか時間が取れなかった。また、ゴリラは言葉を濁したが、遠方から通うゴリラに学舎からいくばくかの手当が払われていたらしい。今後もそれを受け取るために、家を借りる話は公にしたくない事情もあった。

「すると、先生は健太のお袋さんとひそかに賃借りの交渉をしたんですね」

斎藤が質すと、ゴリラは渋々認めながらも強がって、

「別に後ろ暗いことはない。ただ、世間に吹聴して回る話でもないからな」

「もしかして、先生が交渉したのは、二瓶さんが殺された日の夕方じゃありませんか」

滝の言葉に、ゴリラはうなずいた。

「おれと林屋先生の都合のいい日がなかなか合わなくてな。先生には無理を言って送別会の途中で抜けてもらった」

一次会のあとの映画上映の時に歌子が抜け出していたのは、ゴリラと会って貸家の交渉をするためだった。ゴリラが歌子と会っていた時間は四十分ほどだったようだが、おそらく歌子は途中から会場に入るのを遠慮して、外の廊下で上映の終わりを待っていたのだろう。いずれにせよ、二瓶殺人事件に関与する時間的余裕はなかったはずだ。

「しかし、おまえたち、とくに美作はついこの前、退学寸前のことをやらかしたくせに、まったく反省というものがない」

ゴリラはそう言って眉間《みけん》にしわを寄せた。だが、いつもほどの迫力はない。自分にも後ろめたいことがあるためだろう。だから、ぼくたちは比較的軽い罰で解放された。

往復ビンタ一発ずつくらって林屋家を出たぼくたちは、夜道を寄宿舎へ向かって歩いていた。

「大丈夫だった？」

細い道の分岐路で声がかかった。薫だった。

「なんだ、まだ帰ってなかったのか」

滝が言った。

「あたしだけが逃げ出すなんて薄情なまねはしないわ。ただあそこで帰る帰らないでひと悶着起こしてもなんでしょうから、おとなしく従うふりをしたの」

ぼくたちは薫の家に寄って、ゴリラから聞いた話を薫に伝えた。

「そうだったの。じゃあ、先生はやっぱり事件とは関わりなかったのね。安心したわ」

薫はほっとした表情をみせたが、滝は苦い顔をした。

「これで小泉丈吉を匿っている人物の見当がつかなくなった。ぼくたちはまた振り出しに戻ってしまったわけだ」

第六章　終戦の夏

一

その後は何事もなく、ただ日々が過ぎた。ぼくたちの毎日は、勤労奉仕に出かけ、黙々と働き、くたくたに疲れた身体を引きずって寄宿舎に戻り、寝ることだけに費やされた。

これまでの工場勤務はなくなったが、その代わりに、役場近くの土地に造られる新しい防空壕用の穴掘り作業に駆り出されることになった。新しい防空壕は、食糧や水、武器弾薬などの貯蔵庫も備えた巨大な地下基地になるらしい。ぼくたちはきっと本土決戦への備えだろうと噂し合った。

また、これも噂だが、この防空壕用の土地は田中巌吉が私有地を供出したものだという。それを裏付けるように、作業現場には日ごと軍の関係者のほか、倉石警察署長や田中巌吉たち有力者が顔を出しては、進行具合を確認していた。そんなわけで監視者がふだんの倍以上に増えて、ぼくたち奉仕学生は片時も気を抜けないまま、もっこを担ぎ、鍬《くわ》をふるい続ける羽目になった。

　必然的に探偵小説倶楽部の活動は休止を余儀なくされ、工場での勤労奉仕を続けている薫とも会う機会がないままだった。これは残念なことであったが、ほっとする気持ちもある。ゴリラを小泉と間違えて打ちかかったあげく、ぶざまな姿をさらしてしまった。顔を合わすのもばつが悪い。

　滝と斎藤も同じ場に居合わせたが、一度もあのことには触れないでいてくれる。どん底まで落ち込んでいたぼくの気分も、少しずつ持ち直してきた。

「そろそろ、ぼくたちの活動を再開する時だと思うが、どうだ」

　林屋歌子の家での騒動から十日ばかり経った日の夜だった。滝がぼくたちの部屋に顔を出した。

　依然、警察が小泉丈吉の行方をつかんだ様子はなく、事件解決にはほど遠い状況にあると思われる。ならばわれら探偵小説倶楽部の面々の出番ではないか、というのが滝の考えだ。

「活動再開はいいですが、どこから手をつけるつもりですか。目ぼしい手がかりはすでに調査ずみと思いますけど」

　と斎藤は懐疑的な態度だった。

　小泉の隠れ処に関する新しい情報はなく、送別会で怪しい行動を見せた倉石警察署長と歌子への疑いは晴れた。ぼくたちにどんな活動の余地が残っているのか。

「ぼくはまだ健太のお袋さんへの疑いを完全に解いたわけじゃない」滝は言った。「送別会については合点がいったけど、講演会の時、講堂を抜け出た理由はまだ分かっていない。つまり健太殺しのアリバイがない数少ない人物のひとりであることに変わりはないんだ」

この意見に、ぼくと斎藤は同意しかねた。ただアリバイがないというだけで、歌子を息子殺しの犯人と疑うには無理があり過ぎる。健太と歌子が反目していた事実でもあればともかく、仲睦まじいふたりの姿はぼくの脳裏にまだ焼き付いている。

滝も形勢の不利に気づき、方向を転換する。

「まあ、健太のお袋さんのことは脇に置いても、小泉の行方を探す方法はまだあると思う」

高等小学校の卒業者名簿にたまたま知った名前があったため、二瓶ばかりに焦点を当てていたが、小泉の同級生はほかにも数十人いる。

「その中でこの集落近辺にいる者なら、小泉の支援ができるはずだ」

その何者かと二瓶が共同で小泉を支えていた可能性もある。その謎の共犯者と二瓶の間でなんらかの諍《いさか》いがあり、殺人に発展したかもしれないと、滝は自説を唱えた。

「でも、その線はすでに警察が調べているんじゃありませんかね」

斎藤は言ったが、

「警察もこのところ忙しくて捜査にも行き届かないところもあるはずだ。ぼくたちが介入する意義は充分ある」

と滝も譲らない。

結局、ぼくたちは滝の意見に押し切られ、小泉の同級生の調査をすることに同意させられた。


翌日は休みで、ぼくたちはそろって薫の家を訪れた。あの夜以来の再会だ。ちょっと緊張したが、薫は何事もなかったように、

「お久しぶり」

と笑顔で迎えてくれたので、ぼくの胸に巣くっていたもやもやはいっぺんに吹き飛んだ。

「さっそくだけど、二瓶さん以外の小泉の同級生を調べようと思うんだ」

滝が言うと、薫は意外や乗り気で、

「じつはあたしもそう考えていたのよ」

といったん自分の部屋に戻って、卒業者名簿の写しを持ってきた。

広げてみると、すでに半分以上の名前の前に、漢字で「死」と「出」の文字が書き込まれている。

「分かっているぶんだけ、書き入れたんだけど、『死』はすでに死亡している人、多くは戦死ね。あと『出』は出征中の人たち」

と薫が説明した。印のある者は全部で二十四名だった。

「よし、じゃあ、この名簿の残りの者を、しらみつぶしに調べよう」

滝が言った。印のない者を数えてみると、ちょうど十名だった。

「二手に分かれて五名ずつ調べるか」

滝が言うと、斎藤が、

「薫君は、どうやってこの二十四人を調べたんだい」

と尋ねた。

「うちのお客さんに在郷軍人会の人がいるの。その人に調べてもらったのよ」

「じゃあ、ぼくたちは一軒一軒名簿にある住所を訪ね歩いて、二瓶さん殺害時のアリバイを聞き出そう」

滝の提案で、くじで組を分けることになった。くじの結果、滝が薫と、ぼくは斎藤と組むことになった。

二

ぼくと斎藤は卒業者名簿に記された順番に従い、小泉丈吉の同級生のもとを回った。

さいしょに訪ねたのは、村内泰助《むらうちたいすけ》という村役場に勤める青年だった。役場で呼び出してもらい、あらわれた村内は蒼白い顔をした痩せ細った小男だった。背丈はおそらく滝と同じくらいで、体重はずっと少ないだろう。顔色からすると、なにか大病を患ったあとかもしれない。

ぼくたちは名乗ったあと、小泉丈吉を探していると告げた。小泉が連続殺人の容疑者とは公表されていないが、噂くらいは聞いているかもしれない。村内がこの訪問を事件と関連づけて考えるかどうか、微妙なところだ。

「小泉がどうかしたのかい」

村内は不審げに言った。見知らぬ少年がふたり、とつぜん仕事場に押しかけてきて、小学校時代の同級生の行方を尋ねたのだから、村内が怪訝に思うのは無理もない。

「小泉さんが戦傷を負って復員されたあと、行方不明になっているのはご存じですか」

斎藤が質すと、村内はうなずいた。

「ああ、気の毒なことだ。同級生の間でも心配する声があがっていた。でも、君たちがいったい、なぜ」

「ぼくは小泉の遠縁にあたる者なんです。近ごろ小泉がこの近くにあらわれたという噂があったので、昔の同級生の人たちをこうして訪ねて回っています」

あらかじめ斎藤と打ち合わせた作り話をぼくが伝えた。

「えっ、小泉がこの近くに？　そんな話は聞いていないけどな」

村内は本当におどろいたような顔をした。

「そうですか、噂では先日、目撃情報があったそうです」

とぼくは日付を告げた。

村内はすぐに気づいて、

「それ、二瓶が殺された日だろ。まさか、小泉が二瓶を殺したの」

「いえ、そういうことではないようです。目撃されたのも、二瓶さんが殺された現場からずっと離れた場所のようですし」

と斎藤がとぼけてみせる。

続けてこの日、小泉を見なかったかと尋ねると、村内は首を横にふった。

「この日はぼく、仕事で一日隣村に行っていたんで、小泉も見ていないし、二瓶の事件だって翌日になって聞いたんだ」

「そうですか」ぼくは少し気落ちした様子を装った。「では、小泉が頼りそうな人を誰かご存じありませんか」

「そうだなあ」村内はしばらく考え込んだあと首をふり、「悪いけど、これといって心当たりはないね。小泉は同級生だけど、ぼくたちとはあまり付き合いはなかった」

もともと小泉は成績優秀で中学への進学も希望していたが、家庭の事情であきらめざるをえなかったという。

「まあ、その辺の話は親戚の君の方が詳しいかもしれんが、ともかくあいつはぼくたちより、中学へ進学した連中の方が親しかったんじゃないかな」

「その進学組の中で小泉さんと特に親しかった人をご存じないですか」

斎藤の質問に、村内は首をふった。

「そこまでは知らない。あいつは愛国少年だったから、そういった連中と親しかったと思うけど」

だとすれば、きっと徴兵検査ではねられたに違いない村内などは、もっとも小泉から遠い人物となろう。

村内は先ほどから、ちらちらと役場の自分の席の方に目をやっている。やりかけの仕事か人目が気になっているらしい。そろそろ切り上げた方がよさそうだ。

「では、最後ですが、これは村内さんたちの卒業者名簿ですけど、この中ですでに遠方に引っ越した人などはいますか」

斎藤が名簿を広げると、村内は「死」と「出」以外の人物の中から三名を選んだ。

「この三人はもうこの土地にいない。みんな東京や大阪へ越して行った」

三名のうち、ひとりがぼくたちの調べることになっている人物で、あとのふたりは滝と薫の担当だった。これで多少は時間の節約ができる。

ぼくと斎藤は村内に礼を言って役場を立ち去った。

「小泉が中学校進学組と親しかったというのは新しい手がかりだね」

役場の建物を離れて大通りに出ると、ぼくは言った。

この新情報をもとに、小泉の小学校時代の同級生から、同時期の中学校の卒業生へ調査の対象を変更した方がいいかもしれない。

ぼくがそう提案すると、

「いや、それは時期尚早だろう」

斎藤は退けた。

まずはさいしょの手がかりである高等小学校の卒業者名簿の中の人物をすべて調べつくし、容疑者から除外し終えてから、新しい手がかりに取りかかるべきだという。

「あっちこっち、その時々の情報に振り回されて手を広げては、どの捜査も中途半端で虻蜂《あぶはち》取らずになってしまう」

との斎藤の指摘に、ぼくは反論できなかった。

やっぱり斎藤には一日《いちじつ》の長《ちょう》がある。探偵活動の知識だけでなく思慮深さがあった。

ぼくたちはさいしょの予定どおり、卒業者名簿の次の人物の住所へ向かった。

「あのふたり、どうしているかな」

通り沿いの店で道を聞いたあと、ぼくは言った。

「ふたりって、どのふたり？」

「滝さんと早坂さんだよ」

「そりゃ、調べて回っているだろ。ぼくたちみたいに」

なにをあたりまえのことを言っているのかと、斎藤は不思議そうな顔をする。

「そうだけど、滝さん、きっと早坂さんに気があると思う」

もちろんそんなことは思ってもいない。斎藤の反応を見るための誘い水だ。

「えっ、ほんとかい」

斎藤はおどろきながら笑顔で言った。あわてた様子も心配そうな素振りもなかった。やはり、薫へというか、異性に興味がないのか。薫が自分に関心を寄せていることにも気づいていないのか。その超然とした態度には、心底感心してしまう。

「いったい、なんで、そう思うんだ」

斎藤が尋ねてきた。

「ふだんの素振りからさ。滝さん、いつも早坂さんの話をしているし、なにかと家へも行きたがるじゃないか」

「そうかなあ」斎藤は腑に落ちないといった顔。「そんなに滝さんが薫君の話題を持ち出した記憶はないし、家に行くのは飯が目当てだろう」

「じゃあ、君は心配していないのか」

「心配って、なにを」

斎藤にはまったく屈託がない。つぶらな瞳で見返してくる。ぼくのひとり相撲だったのか。いや、まて。斎藤には鋭い洞察力がある。こっちの心を見透かしながら、素知らぬふりをしているとも考えられる。

「早坂さんも滝さんに興味津々らしいんだ。前にふたりで調査に行った時も、いろいろ滝さんのことを聞かれたし」

あの時の話題に上ったのは斎藤だったが、あえて脚色を加え、ゆさぶってみる。

斎藤は不思議そうな顔をした。

「ぼくがいっしょだった時はそんな話題、ぜんぜん出なかったけど、そうなのか。もし、君の話どおりなら、ここはひとつぼくたちが滝さんのためにひと肌脱がなきゃいけないな」

と作り話に斎藤が乗ってきたのであわてた。

「……そうだね、でも、あまりぼくたちが先走ると、うまくいくものもいかなくなってしまうかもしれないから、ここはそっと見守るだけにした方がいいだろうね」

必死にごまかしながら、ぼくは自己嫌悪に陥っていた。

斎藤の心の広さに対し、自分はなんて卑怯で陋劣《ろうれつ》な男なんだ。口を開くのさえ億劫《おっくう》に感じるほど落ち込んでしまった。

「どうした。気分でも悪いのか」

急に押し黙ってしまったぼくの異変に気づき、斎藤が声をかけてきた。

「いや、なんでもない」

「もし、体調が悪いなら、無理することはないぞ。あとの調査はぼくひとりでもできるから」

と斎藤が気づかってくれるので、ぼくはますます気が滅入った。

「大丈夫だ、本当に」

そう言って、足元の小石を蹴った。

三

ぼくと斎藤は数日かけて、小泉の元同級生のもとを訪ね回った。しかし、話を聞けたのは三人にすぎず、二瓶殺害時のアリバイが判明したのは、結局、さいしょの村内泰助だけだった。

一方、滝と薫は、ぼくたちより成績がよく、ふたりのアリバイを確認していた。だが、未確認者がいることには変わりなく、ともに調査は中途半端としか言いようがない。

「このまま粘り強く同じ線でいくか、方針変更するか、考えどころだな」

結果の報告に集まった薫の家で滝が言った。

まだ話を聞けていない高等小学校の卒業生のもとへ通い続けるか、調査対象を中学進学組に変更するか、という話だ。

「進学組への調査をすべきだと思います」

ぼくは言った。

これまで会えた小泉の元同級生たちは、さいしょの村内と同様に、小泉に対してさほど親しさを感じていないようだった。それに一度行って留守だった先はともかく、話もできず追い返された先を、ふたたび訪ねるのは気が重かった。この非常時にいったいなにをしていると、怒る者もいた。性懲《しょうこ》りもなくまた行けば、学校に怒鳴り込んでくる懸念もなしとは言えない。

「ぼくも賛成です」

斎藤もひととおり名簿先を回って考えをあらためたらしい。ぼくたちふたりが変更を勧めたので、滝も同意した。

「それなら進学組の名簿を手に入れる必要があるな」

そこでぼくは待っていましたとばかりに、懐から冊子を取り出した。

「小泉丈吉と同じ年齢に当たる白学の卒業者名簿はこれです」

前もって調査対象の変更を見越して、学舎の図書室で名簿を入手しておいたのだ。

滝はにやりと笑った。

「手際がいいな、でも、これだけじゃ充分とは言えない」

この近辺の住人が進学する際、まず一番に選ぶのは汽車で一時間ほどの土地にある中学校だった。私学の白霧学舎へ進む者はむしろ例外である。

「中学校の名簿は手に入れられると思うわ」

薫が言った。母方の叔父がかつて中学校で教員をしていたのだという。

「ちょっと待った」斎藤が言った。「進学先の名簿より、もっと確実なものがある」

「どういうことだ、中学校の卒業者名簿じゃだめなのか」

滝の問いに斎藤は答える。

「だめじゃありませんが、中学校には小泉の出身の小学校とは別の学校から多く進学していますから、ほとんどは小泉と面識もないに違いありません。そんな名簿の人間にすべて当たるのは非効率です」

「まあ、たしかにな」滝はうなずき、「で、どう無駄を省くつもりだ」

「小泉の尋常小学校時代の名簿を手に入れるんです。そこから高等小学校に進んだ者を除けば、おおよそ中学校進学者が分かるはずです。こっちの方が人数も絞れて調査が容易となるでしょう」

尋常小学校は義務教育の六年制だ。卒業後の進路は二年制の高等小学校と五年制の中学校に分かれる。すでに高等小学校の名簿はあるから、それと尋常小学校の名簿を突き合わせれば、中学校進学組もおのずと判明するわけである。

「そうだわ、さすがは斎藤さんね」

薫は頼もしげに斎藤を見上げた。斎藤もまんざらでない顔をしている。

先んじて白学の卒業者名簿を手に入れ、得点を稼いだと思っていたのに。ぼくは手にした冊子をそっと懐に仕舞い戻した。


小泉が卒業した年度の尋常小学校の卒業者名簿は、薫と斎藤が学校へ行き、手に入れてきた。その名簿から高等小学校へ進んだ者を除くと、十名が残った。さらに薫が在郷軍人会の知り合いに調べてもらうと、そのうち六名は出征していて、その中の二名はすでに戦死していることが分かった。

「では、この四人を分担して調べよう」

名簿の中で現在もこの土地にとどまっている可能性のある四人を指さしながら、滝は言った。

ぼくは滝と組になった。地図を手にした斎藤が薫に、効率的に回る道順を説明しているのを横目に、ぼくは滝に促され、薫の家を発った。

「なにか不満そうだな」

名簿にある住所へ向かう道すがら、滝が声をかけてきた。

ぼくは杖がわりに持っていた竹の棒で、道端の草をなぎ払いながら、

「別に不満なんかありませんよ」

「それなら結構」滝の声には笑いが含まれている。「だが、ひとこと言っておくと、薫君は斎藤より、君に好意を持っている。そのことには気づいているか」

竹を振るう手を止め、振り返った。

「ほんとうですか」

「むろん」滝は重々しくうなずいて、「……ほんとうのわけがあるまい。斎藤は長身かつ眉目秀麗《びもくしゅうれい》、頭もなかなかに切れる。ひるがえって君は――」

「言わんでいいです。ひどいですね、滝さん。そんなにぼくをからかって面白いですか」

「そうは言うが、君も薫君がぼくに興味を持っているなどというホラ話を斎藤に吹き込んだらしいじゃないか」

思わぬ反撃をくらって、ぼくは動揺した。斎藤の口からもれたか。

「いえ、あれはですね、ほんの話の接《つ》ぎ穂に――」

ぼくの言い訳を、滝はさえぎって、

「まあ、いいさ。だがな、君は適当にでっち上げたつもりだろうが、案外、的を射た発言だったかもしれんぞ、彼女がぼくに興味を持っているというのは」

「滝さん、それ、本気で言っているんですか」

ぼくはおどろくというより、あきれてしまった。

「ちっ、ちっ、当然だろう。ある種の女性がぼくに魅力を感じることには、科学的な根拠があるんだ」

女性が斎藤に惹かれるのは面白くはないが、理解はできる。しかし、滝のどこに女性が惹かれる美点があるというのか。

「納得いかないようだな」

「ええ、まあ、そうですね」

ぼくは竹の棒で地面を叩きながら歩く。

「ならば、解説しよう」滝は指を立てた。「人間を含む生物が異性に惹かれるのは、根源的には種の保存という本能によるものだ。自己の種を残すために、異性を求めるわけだね。しかし、異性で交尾さえできれば、相手は誰でもいいとはならない。なぜならこの自然界にはきびしい生存競争が存在するからだ。なるべくその競争に生き残り、自然淘汰に耐えうる種を残したいと本能が求めている。逆に言えばそういった欲求を強く持つ種だけが、進化の過程で選りすぐられてきたわけだ」

「それと、滝さんの魅力がどう関係するんです」

「まあ、待ちたまえ。われわれの先祖はきびしい自然界で様々な困難に直面してきた。氷河期、飢餓、猛獣、洪水、干ばつ、噴火、地震、戦争、疫病。その災厄《さいやく》の種類はじつに多彩で、まったく相反する内容のものもある。つまり、一方にのみ強くとも、別の災難には無力の場合もあるわけだ。繰り返し形を変えて押し寄せる淘汰の波をしのぐには、なるべく多様な資質を兼ね備えることが必須条件だった。

そこでわれわれの先祖は、なるべく自分に無い資質を有する異性を求めるようになった。自分に不足している能力を異性から注入し、次代種の競争力の向上を図ったわけだね。またそうした選択をする種が、結果として多く生き残って子孫を残し、現在種を形作ってきたとも言えよう。

ここまで説明すれば君も分かっただろうが、薫君のような比較的背の高い女性は、無意識のうちに低身長の異性に惹かれるのだ。また斎藤のように高身長の男は、小柄な女性を好む。どうだ、これで薫君がぼくに興味をいだいているという仮説に納得がいっただろう」

「どうですかね」ぼくは冷ややかに言った。「たしか滝さんのご両親はともに背が低いとおっしゃっていましたよね。これは今の滝さんの説に反する組み合わせになりませんか」

「うちの親は見合い結婚だったからな。そりゃ、個々を見ていけば原理と矛盾する事例などごまんとあるさ。それも多様性の一例だ。だが、全般的傾向に従えば、薫君が選ぶのは斎藤でも君でもなく、ぼくになる。ダーウィンの進化論に照らしてもこの説は正しいと言えよう」

なんだか強引な結論だが、妙な説得力がないこともない。これまでは斎藤が圧倒的優位にあると思っていたが、むしろその美点が不利に働くかもしれないというのだ。

「では、ぼくにもまだ望みがあるかもしれないということですね」

ぼくが言うと、滝は気の毒そうに首をふり、

「いや、君は帯に短し襷《たすき》に長し。いちばん特徴のない中途半端な存在なので、過大な期待はせんことだ」

と無慈悲に言い放った。


ぼくと滝は集落の中心から二キロほど東にある料理屋の入口の前に立った。名簿の人物が、塚原靖彦《つかはらやすひこ》というこの料理屋のひとり息子だ。

外から眺めると、かなり風格のある建物で老舗の趣があったが、入口の戸は閉まっている。事前に聞いた「京兆《けいちょう》」なる店名の暖簾《のれん》も看板も見当たらない。

ただ、店から少し離れた道端に一台、黒塗りの乗用車が停まっていた。ここの客の車かもしれない。

「開いているはずですよね」

格子戸の奥をのぞきながらぼくは言った。

「どうだろうな、おっ、人の声がするぞ」

滝はそう言いながら、板壁の横の木戸を押し開けて、中に向かって声をかけた。

「すみません」
二、三度しつこく呼びかけると、勝手口の戸が開いて、若い男が顔を出した。目あての塚原靖彦らしい。どこかで見かけた顔のような気もしたが思い出せなかった。
「なんだい、店はやってないよ」

若い男は杖をつきながら勝手口から出てきて言った。もともと悪いのか、戦傷を負ったのか、いずれにせよこの若さで召集されていないのはその足のせいだろう。

「ぼくたち、客じゃありません」

滝が来意を説明した。ぼくの遠縁にあたる小泉丈吉の行方捜しという作り話の使いまわしだ。男はやはり塚原靖彦本人だった。滝が二瓶殺害時の時のことを尋ねると、

「あの日は夕方から予約があったから、ずっと店にいたな」

と塚原は答えた。

「今日は休みの日なんですか」

滝が尋ねると、塚原はあいまいに首をふり、

「今は昔からのお客さんだけ。前もって予約をもらった時だけ開けているんだ。それでも酒や材料が間に合わなくて、断ることもあるけど」

今日も一組だけ、お座敷が入っているという。薫もこぼしていたが、昨今、料理店といえ

ども食材の確保に苦労しているようだ。

それはともかく、この塚原は一連の事件とは無関係らしい。滝が礼を言って辞去しようとすると、建物の奥の方からなにやら穏やかならぬ怒声が聞こえてきた。女の声だ。その声にかぶさり、さらに大きな物音が響く。

子供の時、近所の家で夫婦喧嘩があった時、ちょうど同じような物音を聞いた。翌朝、その家の前を通ると、窓ガラスが割れ、庭にも割れた皿の破片が散乱していた。

「なんでしょう」

滝が尋ねたが、塚原は返事もせずにあわてて店の中に戻って行った。

ぼくと滝は店の前の道に出た。しばらくそこで様子をうかがっていると、店の戸が開き、中年の女が荒々しい足取りで出てきた。時節がら地味だが上物そうな和装の女だ。

「平吉《へいきち》、早くなさい」

女は店の中に向かってひと声、つよい口調を浴びせると、あとは振り返りもせずに道に停められた車へ向かった。すぐあとから白いシャツの男が追いかけて、車のドアを開けて女を乗り込ませると、自分は運転席に回った。よほど女に急かされたのか、運転手は乗り込むとすぐにエンジンをかけ、もうもうと排気ガスをまき散らしながら走り去った。

店の中から見送りの者が出てきたのは、車が角の道を曲がって姿を消そうとする時だった。店の人間に加えて、ひとり額に手拭いを当てている男がいた。どうやら出血しているらしい。

男は車が走り去ったことを知ると、なにやらつぶやいてすぐに店の中に引き返した。

「京兆」を離れて寄宿舎へ戻る道すがら、ぼくは言った。

「塚原靖彦の顔、どこかで見た気がするんですけど、思い出せません」

「ほう、美作もか、ぼくもそうなんだ。ずっと頭の隅に引っかかって気持ちが悪い」

と滝は顔をしかめた。

「あと、さっき、店先に出てきた怪我をした男もどこかで見た覚えがあります」

「あっちは、すぐ分かったぞ、ぼくは」

滝は言った。

「誰なんです」

「警察署長の倉石さんだよ。君も講演会の時に、学長たちと演台に並んでいる姿を見ただろう」

そうか、思い出した。どうりで見覚えがあるはずだ。

とするとあの中年の女は倉石の妻だろうか。婿養子の倉石は家付きの娘を女房にもらい、頭が上がらないと聞いていた。あの気の強そうな女なら、さもありなんと思う。

「さっきの騒ぎは、なんだったんでしょうね」

「犬も食わんというやつだろ。このことは高梨先輩の耳に入れてやろう。警察関係者には極上の醜聞《しゅうぶん》だろうからな。引き換えに小泉に関する新情報をいただくぞ」

と滝はほくそ笑んだ。

四

名簿の四人の調査は、二日で終わったが、有力な容疑者も新しい手がかりも出てこなかった。不首尾に終わった調査の報告会を終えて、薫がため息をついた。

「また手詰まりになったわ。どうするの、これから」

「高梨先輩から、情報を引き出そうと思う。警察がなにか新たな手がかりをつかんでいるかもしれない」

滝は楽観的である。「京兆」で目撃した倉石署長の醜聞を餌に、捜査情報を相当引き出せると踏んでいるようだ。

ところがそれから何度も高梨刑事に接触を試みたが、会えなかった。警察の人手不足は深刻で、署内で唯一の若手である高梨はこき使われ、本来の事件捜査以外の警備などの任務にも付いているようだ。また、ぼくたちも毎日、防空壕掘りの勤労奉仕で長時間拘束され、探偵活動に割く余裕も限られていた。

「先輩に会えないと新しい情報も入らん。ぼくたちも動き回れない。とすれば、今ある手がかりで推理を深めるしかない」

滝が言った。

暦は八月に入っていた。薫の家の離れで蚊取り線香を囲み、ぼくたちは久しぶりに事件について語り合っていた。

「でも、もう散々話し尽くして、新しい推理なんて思いつきませんよ」

ぼくが言うと、斎藤と薫も同意するようにうなずいた。

「そうだな」滝は認めて、「ぼくたちの思考は堂々めぐりをしている。そろそろまたご託宣が必要だな」

というわけで、ぼくたちは教授の部屋を訪れることになったのだ。

深夜、ほかの寄宿生たちが寝静まったあと、薫が寄宿舎の玄関で脱いだ靴を持ち、そっと階段を上がってきた。すでに滝と斎藤は教授の部屋で、ぼくが廊下で薫を迎えた。

廊下に並び立つ薫を見ると、背丈はぼくとほとんど変わらない。なるほど女性としてはかなり高身長だ。同じくらいの背の異性というのは、不利なのだろうか。滝の説によれば、そういうことになるのだが。

「あたしの顔になにかついてる？」

薫が怪訝そうな顔をした。

「いや、静かに行こう」

ぼくは視線を逸らして、そうささやいた。

戸を開けると、いつもの異臭がより強く鼻をつく。暑気のせいで臭いが増幅しているように感じられる。

滝と斎藤は教授の前に座ってこれまでの活動状況を説明していた。ぼくと薫はふたりの隣に並んで腰を下ろした。

二瓶殺害事件の詳細と、容疑者の小泉丈吉の行方が八方手を尽くしても不明であること、小泉の小学校の卒業者名簿を手に入れて調査したことを、滝が語り終えた。

以前、教授は小泉に協力者がいることをぼくたちに示唆《しさ》してくれた。その線から二瓶さんへの疑惑が生じ、ぼくが二瓶さん殺しの現場に居合わせることにつながったのだ。きっと今回もぼくたちが見落としている手がかりを指摘してくれるだろう。そんな期待をいだき、ぼくたちは固唾《かたず》をのんで教授の反応を待った。

教授はぼくがはじめて会った時より、いっそう痩せ、凄然《せいぜん》とした佇まいに磨きがかかっている。そして、いつものように長い前髪を垂らして瞑目し、教授はいつまでも沈黙を続ける。

しびれをきらした滝が、

「どうです、今回の見立ては」

と水を向けた。

教授はなおもたっぷりと間をおき、「うーっ」と低吟《ていぎん》するような唸り声をあげたあと、おもむろに口を開いた。

「警察や君たちがこれほど小泉丈吉の行方を懸命に追っているにもかかわらず、発見できないのはなぜだと思う」

「協力者の助けで巧みに身を隠しているからでしょう」

滝の答えに教授は首をふった。

「たしかにぼくも前はそう思っていたが、今回君の話を聞くと、それだけでは説明がつかない。で、ひとつの可能性に思い至ったよ」

「どういうものです」

「小泉丈吉はすでに死亡しているかもしれない」

「なるほど」滝は感心したように、うなずきながら、「しかし、そうすると二瓶さんの殺害現場に残されていた小泉の指紋はどう説明しますか」

「ふたつの可能性が考えられる。ひとつは犯人が偽装のため、小泉の指紋の付いた遺留物を残した。もうひとつは小泉が二瓶を殺害したあと、別の何者かが小泉を殺した場合だ」

一見、理屈は合うように思われる。しかし、いったい誰が小泉を殺したのか。その犯人が連続殺人犯なのか。それともそちらは小泉の犯行で、小泉殺しとは別個の事件なのか。そもそもその犯人は小泉の協力者ではなかったのか。二瓶と健太の殺害はどう関連するのか。

小泉が死んでいるとすると、これまでの推理を根本から見直さなければならないだろう。

滝も同じことを考えたのか、

「教授はこの事件の構図をどう考えているんですか」

と問いかけた。が、教授は反応せず、しばらくして言った。

「君たちが調べたという卒業者名簿はあるかな」

滝は戸惑った顔をしたが、薫がモンペのポケットから高等小学校と尋常小学校の卒業者名簿の写しを取り出して教授に渡した。

教授は受け取った名簿を口に咥《くわ》え、足を組んだまま、腕の力だけで膝行《しっこう》し、天井のランプの下へ移動した。そこで二枚の名簿を広げ、じっくりと吟味をはじめた。教授が名簿の中からなにを見出そうとしているのか、まったく想像もつかない。

「いかがです」

滝も教授の狙いが分からないまま、尋ねているように見えた。

教授は名簿を薫に返して言った。

「ここにある者たちは、ぼくの三つ上の学年の生徒だ。何人かは今でも顔を覚えている」

ぼくはこの時はじめて教授がこの地元の出身者だったと知った。滝と斎藤はもとより知っていたようだ。それにしても、この教授にも小学校時代があったということが、今の姿しか知らないぼくには想像しがたい。

「その中に怪しい人物でも見つかりましたか」

斎藤が問うと、教授は冷笑を浮かべ、

「小学生の時を知っているだけで、今、どんな大人になっているかは、まったく分からん。まあ、おそらくみんな平々凡々でつまらん人間になっているだろう」

つまりこの名簿を探ってもなにも分からないということか。教授はわざわざそれを確認するために名簿に目を通したのか。

教授の真意を量りかね、ぼくたちが無言で見守っていると、教授はじろりとぼくたちを見返して言った。

「どうやら君たちは林屋健太、二瓶高志という身近な人間の死が相次いだため、事件の全体像を俯瞰することを忘れているんじゃないのか。この一連の謎の本質が、過去の連続殺人にあるにもかかわらず」

一連の殺人事件が過去と結びついているのは確かだろう。だが、その過去の事件捜査が行き詰まってしまったところに、健太の事件と二瓶の事件が立て続けに起きた。そして小泉丈吉が有力容疑者として浮かび上がってきた。そこを突破口に調べを進めることが間違いだったとは思えない。滝がそう指摘すると、教授はゆっくり首をふって、

「しかし、その新事件の調べが行き詰まったのだから、もう一度初心に戻って連続猟奇殺人の手がかりを追うべきだ」

と断言する。

「でも、手がかりと言っても、いったい、どこから手をつければいいんでしょう」

滝が尋ねると、

「君たちは最近の警察の捜査状況を把握しているのか。事件について君たちの知らない新しい情報が、すでに見つかっているかもしれないぞ」

「まあ、たしかにそれはありえますね」滝は認めた。「捜査班にいる高梨先輩から情報を取ろうとしているんですが、なかなか会う機会がなくて」

「すぐに会うべきだな。そしてもし、新たな情報が分かったら知らせてくれ」

教授が言うと、滝は探るような目で見返して質した。

「ひょっとして、教授、すでに事件の真相、ある程度、察しがついているんじゃありませんか」

教授は謎めいた表情でうなずき、

「まあ、考えがなくはない……」

「教えてくださいよ。ぼくたちの活動の助けになるかもしれませんし」

滝はねだるように言ったが、教授は横を向き、

「まだ言えない。不完全な推理を披露すると、かえって君たちを混乱させてしまうだろう。今ははっきりとした証拠をつかむことが重要だ。君たちの働きに期待しているよ」

と煙にまくと、壁に背をもたせて瞑目した。話は終わったということだ。ぼくたちは無言で顔を見合わせた。

教授の部屋を辞すと、ぼくと斎藤の部屋に集まった。

「教授もひどいですね。あんなにもったいぶらずに、手がかりだけでも教えてくれればいいのに。本当に真相に迫っているのなら」

床に腰を下ろすとぼくは言った。

滝はちびた煙草をシャツのポケットから取り出して火をつけて、

「名探偵というものは、仮に答えが分かっていても、簡単には明かさないのだ。最後の最後まで引っ張って、関係者が一堂に会する場で謎解きをしてみせる。美作もまだ修業が足りないな」

と言うと、煙を天井に向けて吹き上げた。

「じゃあ、最終的に謎を解き明かす名探偵は教授で決まりなの？　だったら、あたしたちが活動する意味ないじゃない」

薫も納得のいかない顔をする。

「もちろん、事件の謎を解明するためだよ。ぼくたちは名探偵の鼻を明かす少年探偵団を目指すんだ」

斎藤が言うと、

「少年少女探偵団ね」

と薫はにっこりと笑った。

「まあ、なにはともあれ、教授が言うように、警察から新しい情報を聞き出すのが最優先だ。明日、どうにか高梨先輩をつかまえて、話を聞こう」

と滝は言った。


ぼくたちが高梨刑事から話を聞けたのは、それから二日後のことだった。

夕方、実家を訪れてみると、高梨は裏の庭で行水《ぎょうずい》をしていた。たらいに腰を落とし、手ですくった水を顔にかけている。

ぼくたちが近づくのに気づいた高梨は垣根越しに、

「やあ、また来たか。捜査のことはいっさい話せないからね」

といきなり予防線を張ってきた。

ぼくたちは裏木戸をくぐって庭へ回った。ぼくたちにかまわず行水を続ける高梨に、

「こっちは女連れですからね、大事なところは隠した方がいいんじゃありませんか、先輩」

と滝が言うと、

「おっ、これは失敬」

高梨は手拭いを腰に巻いて、いそいそと縁側から屋内に入った。

ぼくたちも縁側の敷石に靴を脱ぐと座敷に上がった。浴衣に着替えた高梨も座敷にあらわれ、

「二週間ぶりの休みだったのに、よく嗅ぎつけてきたなあ」

うらめしそうな声をあげて腰を下ろした。

「でも、先輩、今日は耳寄りの話を持ってきたんですよ」

滝はそう言って、先日の「京兆」での目撃談を語った。さいしょは興味なさそうな顔をしていた高梨だが、額に傷を負った男が倉石署長だったというくだりになると、はたと膝を叩いて、

「あの傷、そういうことだったのか。いや、署内でもきっと奥方にやられたって噂で持ちきりだったけど、なるほどな。しかし、夫婦喧嘩の原因はなんだったのかな」

「さあ、そこまでは分かりませんでしたけど」滝は言った。「高梨さんが捜査を装って『京兆』で聞き込みでもすれば、すぐに判明するんじゃありませんか。それより、これほど警察関係者の耳目を集めること間違いなしの秘事をお知らせしたんですから、先輩もぼくたちに例の連続殺人に関する新しい情報を聞かせてくださいよ」

それまで笑い顔を見せていた高梨は、滝の要求を聞くと、にわかに生真面目な顔に戻って浴衣の襟を正した。

「それはそれ、これはこれ。捜査情報はもらせないよ」

「そんなのずるいじゃない、卑怯よ」

薫が責めると、ぼくたち三人も、

「そうですよ、美味しいところだけとって」

「ぼくたちにも見返りをください」

「署長の弱みを握ったんですから、多少、羽目をはずしたってお目こぼしになりますよ」

と口々に言いつのった。前もって渋ることが予想された高梨を、全員で責めたてようと練った作戦どおりの行動である。

高梨は閉口したようにため息をついて、

「本当に大した新情報なんてないんだよ。捜査は完全に行き詰まってしまっているから」

「それでも少しはなにかあるでしょう」

滝がしつこく迫ると、

「そうだなあ」高梨は首を掻きながら、「連続殺人の四人目の被害者の中沢周吉が、殺される二週間ほど前に暴行を受けていたということが分かったくらいかな」

「それ、すごく重大な情報じゃないですか。その暴行犯、正体は分かったんですか」

滝が思わずといった様子で膝を進めると、高梨はあいまいに首をふって、

「すぐに分かったよ。でも、そいつは中沢殺しについては完全にアリバイもあるし、ほかの

連続殺人事件とも無関係だった」

「そうですか」滝は気落ちした顔で、「それで中沢周吉は、誰になんで暴行を受けたんですか」

滝が尋ねる。

「暴行犯は中沢の古くからの知り合いだった。その男の証言によれば、中沢は有力者に手を回し、徴兵を回避しようとしていたらしい。そのことを非難して口論となり、暴行におよんだということだ」

戦況が悪化し、それにつれ戦死者も急増する現状を見れば、徴兵の有無は生死に直結する。手段があれば回避したいと考える人間がいてもなんら不思議ではない。

「じっさい中沢は徴兵を回避していたんでしょうか」

斎藤が尋ねたが、

「さあな、そうかもしれんし、そうじゃないかもしれん。いずれにしたって、殺人とは関係ないだろう」

高梨は興味なさげに言った。

ぼくたちは高梨の家を出ると寄宿舎へ戻った。本当は薫の家に寄って夕食がてら、めいめいの推理を戦わせるつもりだったが、今夜は親戚の集まりがあるとのことで薫ひとり家に帰り、ぼくたちは遠慮したのだった。

「とりあえず、教授にも知らせておこうや」

と寄宿舎の階段を上りながら滝が言った。

ノックをして中に入ると、教授は部屋の中央あたりで屈伸運動をしていた。

「どうしたんですか」

滝がおどろいた口調で尋ねると、

「たまには、身体も、動かさんと、脳への、血流が、滞る。で、どう、だっ、た。警察の、情報、は」

ふらつき、息を切らしながら膝の曲げ伸ばしをする教授は言った。

「運動もいいですが、栄養も摂ってくださいよ、教授。で、警察の捜査状況ですが、あまり大した話は聞けませんでした」

と滝は、高梨から引き出した、中沢周吉が殺害される二週間ほど前に暴行を受けていたという情報を伝えた。

「ふむ、中沢は、徴兵逃れをしていたのか」

教授は屈伸運動を止めて、その場に腰を下ろした。

「はっきり警察がその証拠をつかんでいるわけじゃありませんが、中沢とはそれで言い合いになり、暴行に至ったようです」

滝が答えると、教授は無言のまま微動だにしなくなった。

「教授……」

ぼくたちは口々に声をかけたが、教授は反応しなかった。しばらく見守ったあと、滝が促したので、ぼくと斎藤も立ち上がり、部屋を出た。


消灯の時間が近づいていたが、滝はぼくたちの部屋に寄った。

「なにか様子が変でしたね、教授」

ぼくが言うと、滝はうなずき、

「ああ、あれは間違いなく確信を得た顔だな」

と断言した。

「でも、新しい情報は中沢周吉の件だけですよ」

斎藤が首をひねると、滝は指を立てた。

「ぼくにもさっぱり分からんが、教授がその一点から真相に迫ったとすれば、ぼくたちもここを足がかりに考えてみよう。つまりだ、中沢が暴行を受けたことと、事件の謎を関連づける必要がある。ほかの連続殺人の被害者たちとの共通点を探すんだ」

「中沢が暴行を受けた動機の問題かもしれません。中沢は徴兵逃れをしていた疑いがありましたから」

斎藤が言うと、滝は腕を組んで考え込み、

「犯人の小泉丈吉は出征してたいへんな戦傷を負った。一方で不正で徴兵を逃れ、のうのうと暮らす人間がいるとすれば、そこに強い殺意が生じても不思議はないな。ただ、ほかの被害者たちに徴兵逃れの疑いがあるかどうかが問題だ」

もしあれば、今までまったく共通点が見えなかった被害者たちを結ぶ線が引けるかもしれない。

「昔聞いた覚えがあるんですけど」斎藤が記憶をたどるように宙を見上げる。「外地に住居を移すと徴兵検査から逃れられることがあると。たしか二番目の被害者の青木有三は台湾へ渡っていますよね。この転居が徴兵逃れのためだったのかもしれません」

青木は昭和のはじめ、徴兵検査を受ける二十歳のころ台湾へ渡り妻帯し、十年ほどその地で過ごし、殺される二年前に戻り、床屋をはじめた。青木が台湾でどう過ごしていたか不明だが、もし国籍を偽って台湾籍としていれば兵役の義務は課せられなかったはずだ。戦局が逼迫《ひっぱく》している今ではとても無理だろうが、昭和のはじめ頃ならそれで徴兵検査の網を逃れられたのかもしれない。

しかし、そのほかの被害者たちに思いをめぐらせたぼくはすぐに問題に気づいた。

「三番目の被害者の水貝仙一郎は出征していますよ。ぶじ復員した祝賀会のあとに行方不明になって、その後、死体で発見されたはずです」

「そうだったな……」

滝が残念そうに唇をかんだ。

そのほかの被害者をみれば、さいしょに殺された河合久男については不明、健太は徴兵検査の年齢に達せず、二瓶には兵役に就いた過去がある。ただ、健太と二瓶のふたりには、小泉の正体に迫っていたという別の動機があるので、徴兵逃れに関係せずとも矛盾はないのだが、水貝仙一郎について説明がつかないのは致命的だ。

「だけど、惜しいな。やっと被害者に共通項が見つかったと思ったのに」

滝があきらめ悪く愚痴をもらした。

「でも、犯人の立場で見ると、徴兵逃れを探して殺すというのは難しいと思いますよ」

斎藤が言う。

当然のことながら徴兵逃れは重罪だ。仮にやっていても、それを吹聴する人間などいまい。そんな隠れた罪人を見つけるだけで大仕事だろう。小泉丈吉の立場でそれができたとは思えない。

「もしかすると」ぼくは言った。「共犯者が徴集に関与できる有力者だったかもしれません。それなら徴兵逃れの人間を割り出すのも難しくないはずです」

水貝仙一郎の出征についても、なにかカラクリがあったとも考えられる。有力者なら比較的危険のない部隊に入営するよう、手配できるかもしれない。

「なるほど」滝が感心したように言った。「有力者が共犯ならば、今まで小泉が逃亡し続けられたことにも納得がいく」

「いえ、それはおかしいですよ」斎藤が異議を唱えた。「もし小泉が徴兵逃れを憎んで殺していたのなら、有力者はなぜそんな小泉を支援するんですか」

有力者は徴兵逃れの事実を知る立場にあったのだ。しかし、それを止めたり、告発したりはしていない。みずからそれに手を染めていなくても、少なくともその事実を知りながら見過ごしていたことになる。それなのに小泉にその情報を与え、殺人を幇助《ほうじょ》したり、逃亡を助けたりしたとすれば、行動が矛盾している。

「そうだなあ、しかし、そこはなにかまだぼくたちの知らない事情があるのかもしれない。いずれにしても事件の裏に徴兵逃れがあったという線は、まだ捨てるには惜しい。水貝仙一郎と河合久男について、徴兵逃れがあったかどうか、もう少し探ってみようじゃないか」

と滝は言った。

五

翌日は夕方から徴兵逃れの調査をする手はずを整えていたのだが、朝からの騒動でそれどころではなくなってしまった。

広島に米軍の新型爆弾が投下され、町が壊滅状態になっているとの情報がもたらされたのだ。

ぼくたちは防空壕掘りに駆り出されていたが、あっという間に広まった噂で、作業が手につかなかった。いつもはぼくたちの働きぶりにきびしく目を光らせている監視者も今日はなにかうつろで、ぼくたちの噂話を止めようともしない。

「きっと原子爆弾だ。それほどの破壊力がある新兵器は」

物知りの斎藤が断言した。

「なんだい、それは」

滝が尋ねた。ぼくやほかの同級生たちも作業の手を止めて、斎藤の返答を待った。

「ぼくも詳しくは知りませんが、なんでも原子の核分裂のエネルギーを利用したとてつもない威力を持った爆弾らしいです。前に科学雑誌で読んだことがあります」

「今掘っている防空壕で防げるかな」

ぼくは鍬の先で地面を叩いて言った。

「どのくらい近くに落ちるかで変わってくるだろうけど、すさまじい熱光線が出るらしいから、中にいたら蒸し焼きになってしまうかもしれないね」

恐ろしいことをやけに冷静な口調で斎藤は言った。

これはきっと敵の最終兵器だろう。わが日本軍に対抗する手段があるのか。本土決戦が間近に迫る中、とんでもない怪物が飛び出したものだ。

興奮冷めやらず、今後の見通しを予測して騒いでいると、

「おまえたち、いい加減、身体を動かさんか」

と言いながら竹刀《しない》を手にしたゴリラが近づいてきたので、ぼくたちはあわてて作業に戻った。

その三日後、今度は長崎に原子爆弾が投下された。

新型爆弾は一発だけでなく、大量にあるらしい。次はこの集落近辺に投下されるかもしれない。爆弾の光線から逃れるには白い布を被るといいようだ。

飛び交う噂にぼくたちは翻弄され、保健室からシーツやさらしを持ち出したりした。

「いかんな」滝が言った。「みな冷静さを失っている。いったん頭を冷やして考える必要があるぞ」

そう言う滝自身、古い障子紙を剥がして窓ガラスに張り付けたりしているのだ。

「教授は原子爆弾の騒ぎを知っているんですかね。確認しておいた方がいいんじゃないですか」

斎藤が言った。

何事にも超然としている教授に接して安心し、知恵を借りたいという思いもある。ぼくたちは教授の部屋を訪れた。

「教授、原子爆弾のことご存じですか」

　滝が尋ねると、教授はふっと馬鹿にしたような笑い声をもらし、

「ああ、さっきも白い布を下級生が持ってきてくれた。カブトムシ定食の脱脂綿を切らしていたから、助かったよ」

「原子爆弾が恐ろしくないんですか。教授は」

　斎藤が尋ねた。教授は不思議そうな顔で見返した。

「なぜ恐れるのだ、君たちは。こっちが聞きたいね」

「だって、すごい兵器ですよ。たった一発ずつの爆弾で、広島と長崎での死者は何万、いえ、何十万になるかもしれないって話です」

「それはその場にいたらの話だろう。焼《しょう》夷《い》弾《だん》の一本さえ落ちてこないこんな田舎に貴重な新型爆弾を落とすほど馬鹿じゃないよ、敵だって」

「でも、広島も長崎もそれまでは空襲がなかったんですよ」

「それは新型爆弾の威力を測るためにあえて攻撃を控えていたんだろう。近隣の村落を合わせても人口が三万にも満たないこのあたりといっしょに考えてはいけない」

　教授と斎藤のやりとりを聞いているうちに、少し心が落ち着いた。どうやらここにいるかぎり、原子爆弾にやられる心配はなさそうだと分かってきた。どうせ本土決戦で死ぬのなら、どう死んだっていいはずだが、やはり熱光線で焼き殺されるのは嫌だ。

「安心したかね」教授はぼくたち三人の顔を順々に見回し、「では、落ち着いたところで、例の事件について続きを聞こうか」

ぼくたちはあっけにとられた。滝は戸惑った顔をして、

「例の事件って、あの連続殺人のことですよね」

「当然だろう。ほかにわれわれの興味を引く事件でも起こったのかね」

「いえ……、ただ、この原子爆弾騒ぎで、ぼくたちの活動もすっかり中断していましたので」

「そうか、では爆弾投下はないと分かったのだから、明日からでもまた活動を再開して話を聞かせてくれたまえ」

教授はそう言って瞑目した。

事件に対し、やけに積極的になった教授に、ぼくたちは当惑した。

教授の部屋を出ると滝が嘆息した。

「やっぱり、教授は事件の真相をつかんでいる。だからぼくたちをせっついて、証拠固めをするつもりなんだろう」

「だとすると、同じ手がかりを目にしているぼくたちが五里霧中《ごりむちゅう》にあるのは、なんともふがいないですね」

と斎藤が悔しさをにじませた。

「そうしょげるな」滝が慰めるように言い、「教授はなにかぼくたちの知らない情報を握っているのかもしれん。どうもぼくにはそんなふうに思える。それに今のこの状況だ。探偵活動をやろうにもやれるもんじゃない」

つねに倶楽部活動第一だった滝にしてはずいぶん消極的な態度だ。しかし、現在の状況を踏まえれば無理もない。

原子爆弾が日本の中核都市を壊滅させ、本土決戦がすぐ目前に迫っている中、それでもまだ探偵活動をしようとする方が異常なのだ。

あとから考えると、異常な状況が日常になり、かえって現実感が希薄だった。何事にも無感動であった反動で、ただひとつ、連続殺人の犯人探しに没頭した。それが八方ふさがりの現状に対するぼくたちの反抗だったのかもしれない。

だから、八月十五日、校庭に整列し、玉音放送を聞いた直後は、虚脱してその場にへたり込んでしまった。

二発の原子爆弾の投下とソ連軍の侵攻で、戦局が決定的に不利なことは分かっていた。だけどそれでも戦争は続き、たとえぼくが死んでもいつか日本軍が巻き返す局面が来るものだと信じていた。その確信がとつぜん崩れ落ち、未来が雲散霧消した。涙がにじみ、目の前の校舎がぼやけた。

炎天下の校庭にどれくらいうずくまっていただろう。肩を叩かれ顔を上げた。斎藤だ。斎藤の目も赤かった。その横には滝がいる。滝は感情を抑えるように口を真一文字に結んでいた。

「行こう」

斎藤が言った。見るとほかの生徒たちも、魂の抜け殻のように身体をゆらしながら歩きはじめている。

ぼくは立ち上がり、滝と斎藤とともに寄宿舎へ戻った。

第七章　決着の秋

一

終戦により、学舎はいったん閉鎖されたが、行き場のない生徒たちの残った寄宿舎は継続して自主運営された。戦時中も食糧は乏しかったが、終戦でよりいっそう悪化した。

「勝つにしても負けるにしても、戦争が終わったら飯だけは腹いっぱい食えると思っていたんだがなあ」

滝がうらめしそうにぼやいた。

戦争中は前線へ物資を送るため、内地で物不足が起きているのかと思っていた。しかし、敗戦で政府の機能がマヒしてしまったようで、食糧をはじめとする物資不足に拍車がかかった。寄宿生は一時帰省する者もいて半分ほどになっていたが、それでも配給の米穀だけでは生活がおぼつかなかった。

ぼくたちは自給自足をめざし、校庭や寄宿舎の庭に畑を作った。この活動を積極的に推進したのは、滝と教授であった。食いしん坊の滝が食糧確保に必死になるのは不思議ではないが、教授がこんな世俗的で実務的なことに関わるのは意外だった。

教授は豊富な農学知識を活かし、種蒔きの時期や堆肥《たいひ》の作り方などの助言を与えるばかりでなく、杖をついて、みずからも開墾《かいこん》の地である校庭へ足を運び、作業状況の確認までおこなった。

「教授、いったい、どういう風の吹き回しですか」

人が変わったような教授に、滝が面と向かって尋ねた。

「時代が変わったからね。見たまえ、こうして人民が等しく額に汗して、自分たちの食い扶《ぶ》持《ち》をかせぐ。美しいとは思わないかね」

教授はそう言うも、みずから鍬を持って地面を掘り返すわけではない。下級生たちの作業を監視し、細かく注文を出している。

その様子を少し離れたところから見ていたぼくは、

「教授、アカに染まったのかな」

と隣でしゃがんで地中の小石を取り除いていた斎藤にささやいた。斎藤は首をかしげて教授の方を見上げながら言った。

「アカというより農本主義だな。いずれにしても、えらい変わりようだね」

教授はまだ手つかずの草だらけの土地にも足を向けて、開墾の指示とこの時期にふさわしい野菜について講釈をたれた。

「ときに滝君」下級生に未開墾の土地の測量を命じたあと、教授は振り返って質した。「例の事件の調査、どうなっている」

滝はとっさになにを言われたのか分からなかったらしく、しばらく教授の顔を見つめたあと、

「ああ、あのう……、倶楽部活動は終戦の日から自粛していますんで」

「なぜ、そんなことをする。国敗れて山河あり。人々が意気消沈している今こそ、われわれ探偵小説倶楽部が立ち上がる時じゃないのかね」

教授にそう責められ、滝はたじたじといった様子で、

「ええ……、そうですね。もうすぐ学校もはじまるようなので、いずれ倶楽部活動も再開したいと思います」

「警察から情報を引き出すには、上層部が混乱している今が絶好の機会だから、一日でも早く動き出した方がいい」

教授はきびしい口調で念を押した。

終戦からひと月余りのち、白霧学舎は再開された。ただ、すぐにすべての授業がはじまっ

たわけではない。担当教師がまだひとりも復員していない教科もある。また、生徒の方でも実家や親の疎開先へ行ったまま戻らない者も多く、始業の日の教室で埋まった席は六割ほどだった。

授業がはじまってもぼくは上の空だった。ぼくだけでなくほかの多くの生徒も、教師もそうだったと思う。

ほんのひと月ほど前まで、死は必然であり、逃れようもなくぼくたちに覆いかぶさって前途をふさいでいた。それが突然、はじけ飛んだ。だしぬけに差し込んだ光に、ぼくたちは喜びより戸惑いを感じ、途方に暮れていた。腹も減っていた。

学業が再開され、半月ほどたったある夜、滝がぼくたちの部屋に顔を出した。

「そろそろ探偵小説倶楽部の活動を再開しようと思うんだが、どうかな」

滝の問いかけに、斎藤はにやりと笑った。

「教授に相当せっつかれましたね」

「ああ、でもそれだけじゃない」滝は珍しくまじめな顔をする。「ぼくたちは、このままずるずる日々を過ごしていては、だめになってしまうと思う。なにかひとつ、真剣に取り組める対象が必要だ」

「学業に取り組むのではいけませんか」

このところ受験に向けて準備をはじめている斎藤が言った。

滝はちょっと困ったような顔をしたあと、咳払いをして、

「学業もいいが、こう腹が減っては力も出ないだろ。倶楽部活動を再開して、薫君のところで飯にありつこうじゃないか」

と言った。どうやら滝の真の目的は、探偵活動にかこつけて薫の家へ上がり込み、腹を満たすことにあるらしい。

それほどぼくたちは飢えていた。自給自足をめざしてはじめた畑も、思うように植物が育たず、実りは乏しかった。近所の畑からネギや芋をかすめ取るのも、最近はむずかしくなっている。農家も見張りを強化して、ぼくたちの行動を監視していたからだ。

「美作はどうだ。連続殺人事件の解決をぼくたちの手でしたいとは思わんか」

滝が言った。正直なところ、事件については興味が薄れていた。小泉丈吉はもし生きていたとしても、もうこの近辺からは立ち去っているだろうし、共犯者を捕まえたいという意欲も湧かなかった。

ただ、終戦の日から薫とほとんど会う機会がなくなったのが気になっていた。こっちから行く用事もなかったし、向こうも寄宿舎にまったく寄りつかなかった。ぼくたち以上に真相解明に熱心だった薫が、探索をあきらめてしまったとは思えない。

だとすると、薫が顔を見せないのはなぜなのか。その理由を知るためには、ぼくたちの倶楽部活動の再開はよい口実になる。滝とは動機が異なるが、目指す方向はいっしょだ。

「ぼくもぜひ事件をこの手で解決したいと思います」

ぼくは答えた。

「斎藤、君はどうする」

滝が質すと、斎藤は手にしていた参考書を伏せて、

「そういうことなら、ぼくも協力しますよ」

と立ち上がって言った。

二

倶楽部活動再開を告げに、まず、ぼくたちは薫のもとを訪ねた。料亭奥の自宅の裏門から入り、勝手口から声をかけると、すぐに薫が出てきて、

「遅かったわね。いつ活動を再開するか、ずっと待っていたのよ」

開口一番、ぼくたちをなじった。

「終戦以来、いろいろ忙しかった。今だって生きているのがやっとの生活だ。だいたい、君の方だって、こっちに寄りつかなかっただろ」

滝はそう言いながら勝手口の奥をのぞき込む。さっそく食事にありつこうとする下心が見え見えだ。

「たいへんなのはどこもいっしょね。嫌なことばかりあるから、ちょうどよかったわ。あなたたちが来てくれて。それで、どこから活動をはじめるの」

滝の望みを断つようにぴしゃりと勝手口の戸を閉め、薫はぼくたちの先頭に立った。

「嫌なことって、なにかあったのかい」

とぼくは声をかけたが、薫は首をふり、

「別に大したことじゃないわ。戦争に負けて、いい思いをしている人なんていないでしょ」

怒ったような声で言って、早足で歩きはじめた。

活動再開、さいしょに訪れたのは、高梨刑事の家だった。裏庭から回り縁側から部屋をのぞくと、高梨は寝転がってラジオを聞いていた。

「先輩、暇そうですな」

滝が声をかけると、高梨は疫病神でも見るような目をこちらに向け、

「暇じゃない。今日は三夜連続の宿直明け。これからひと眠りするから、君たちの相手はごめんこうむる」

「では、すぐに引きあげますから、最近の捜査状況だけでも教えてください」

ぬけぬけとした滝の要求に、高梨は激しく首をふり、

「とんでもない。冗談はよしてくれ。警察だって今後、どうなるか分からないのに、今、おかしなまねして、上に目を付けられるわけにはいかんのだ」

「上と言えば、前に倉石署長の夫婦喧嘩、お伝えしましたよね」

恩着せがましく滝が言うと、

「おう、その倉石署長だけど、もしかしたらまずいことになるかもしれん」

高梨が身を乗り出した。

署長には長年関係を隠していた女がいたという。十年ほど前にあった事件の被害者の妻で、夫を失い、生活に窮した女に倉石は月々の手当てを渡していたのだ。少し前、その女が故郷へ帰ることになった。すでに集落を出ていた女を署長は呼び寄せて、新生活の餞《はなむけ》として、いくばくかの金を渡して送り出した。ところが、このことがのちに署長の妻の耳に入った。

「その結果があの『京兆』での騒動だったってわけですか」

合点がいったという顔の滝。

「そういうこと」

高梨はうなずいた。

十年間、騙され続けてきた署長の妻のすさまじい怒りの一端は、ぼくも「京兆」で垣間見たが、あれだけではすまなかったらしい。離縁状を叩きつけて実家に帰った署長の妻は、実家の影響力をいかんなく行使し、方々へ圧力をかけた。いまや倉石は署長の座も危うくなっているという。

「じゃあ、署内も混乱しているでしょう、相当」

斎藤が尋ねると、高梨はあいまいに首をかしげ、

「うーん、していると言えば、しているけど、混乱はほかにもいっぱいあるから、署長の一件はそのひとつにすぎないな。それより、署内ではみんな、おどろいているんだ」

「なにをです」

滝が質す。

「署長が女を囲っていたことさ。いや、囲うのが不思議なわけじゃない。でも、署長は奥方にまったく頭が上がらず、財布の紐もがっちり握られているって評判だったからな。署の慰労会や慶弔の見舞いも、規定以上の金はびた一文出さないしぶちんだったし。どうやってお手当ての工面をしていたんだろうってね」

「なるほど」滝は指を立てて、「どこかに裏金を融通する人物がいたのかもしれませんね。痩せても枯れても警察署長なら、利用価値を見出す人間は大勢いたでしょうから」

「まあ、その地位も風前の灯《ともしび》だけどね。——ということで、もういいだろ。そろそろ休むから、君たちは帰ってくれ」

犬猫でも追い払うように、高梨は手をふった。

高梨の家を出ると、薫は用事があると言い、ぼくたちと別れた。薫が路地の向こうへ消えるのを見送り、ぼくたちは寄宿舎への道をたどった。

「ちょっと様子が変だったな」

ぼそりと滝が言った。

「ええ、早坂さんでしょう」

ぼくが応じると、斎藤は怪訝な顔をした。

「うん？　どこが変だった？　高梨さんのところでも、なにもおかしなことは言ってなかったけど」

ほかのことでは鋭い洞察力を見せる斎藤も、なぜか異性の内面を見る眼力だけは欠落しているらしい。

「おとなしく黙ったまま、なにも言わなかったことが変なんだよ。彼女、悩んでいるんじゃないかな」

ぼくがそう指摘しても、斎藤は首をかしげて、

「そうなのかなあ」

と腑に落ちない様子。

「美作もそこまで分かっているのなら、しっかり原因を究明して解決しろよ。薫君がずっとあの調子だと、ぼくらは飯の食い上げだぞ」

やはり、滝は食い意地が張っている。

帰りの道でも、滝は道端に目を落とし、

「この草、ヨモギに似ているな。食えるかもしれん」

などと言いながらしゃがみ込んで、雑草の葉をむしり取っている。

「おかしなものを口にして、腹でも壊したら、大ごとですよ」

との斎藤の忠告にも、

「腹いっぱい食えて死ねたら本望だよ。飢えて死ぬのだけは嫌だ」

滝は取りつかれたようにむしった雑草を大事そうに腕に抱えた。


寄宿舎の玄関を上がると、下級生が廊下に顔を出し、教授が呼んでいると告げた。

三人で部屋に行くと、教授はいつものように壁際にもたれて座り、白い布を口に含んでチューチューと音を立てていた。カブトムシ定食の賞味中だ。

滝はかかえた雑草を放り出して、教授に詰め寄った。

「砂糖、砂糖があるんですか」

米穀以上に甘味料は入手が困難で、いまや砂糖は宝石並みの貴重品と言っても過言ではない。滝が目の色を変えるのも無理からぬものがあった。

しかし、教授はゆっくり首をふった。

「いや、ただの水だ。こうして飢えと渇きをしのいでいる」

「赤ん坊のおしゃぶりですか」

滝はがっくりと肩を落とした。

「まあ、そんな感じかね。いろいろ試したが、これがいちばんしっくりくる。その草は食用かい」

「ええ、食べられるかどうかは分かりませんが、茹《ゆ》でてもダメなら、粉にするつもりです」

「なんでも試してみるのはいいことだ。ただし、歯磨き粉はやめておけ。飲み込んでみたが、栄養もないし、少しも腹の足しにならん」

腐敗物をも食すと豪語していた教授でさえ、終戦後の未曽有《みぞう》の食糧不足には難儀しているようだ。

「それで、教授、ご用の向きは」

滝は部屋の中を見回しながら尋ねた。

「食べ物ならどこにも落ちていない。部屋に棲《す》みついていたゴキブリも便所コオロギも、すべてぼくの腹の中におさまったから」

これにはさすがのぼくたちも度肝を抜かれた。言葉を失ったぼくたちを、教授は品定めするように見返して、

「まだまだ君たちは甘いな。先ごろまでは、飽食《ほうしょく》にはほど遠くとも最低限の栄養は足りていただろ。ぼくのように常時、飢餓状態だった人間には、この食糧難はこたえるよ。体力に余裕がないからね。

まっ、それはともかく、用とは言うまでもなく例の事件のことだ。警察から話は聞けたのかい」

「いえ、それが、高梨先輩もなかなか口が堅くて……、事件に関わりのない醜聞のご披露でお茶を濁されました」

滝は先ほど耳にしたばかりの倉石署長の災難を語った。

「……と言うことで、残念ながら、事件に関わる話はありません」

滝が話を締めくくると、教授は鋭い眼光を向けた。

「正気かい」

「はい？」

ぽかんとする滝の顔の前に、教授は人差し指を立てて左右にふってみせた。滝の仕草をまねているらしい。

「得意の推理はどうしたかね。頭を働かせて、物事の裏の裏まで洞察したまえ。真理は目の前にある。君は今その手の中に大いなる手がかりを、それと気づかずに握っているのだ」

確信をもって言い切る教授に、ぼくたちは戸惑った。

「高梨さんの話の中のどこに事件の謎を解く鍵があるんですか」

斎藤が尋ねると、教授は痛ましげな眼差しを向けて言った。

「答えはずっと前からあきらかだったのだよ。今回の話ははからずもそれを裏付けることになったに過ぎない」

「では、もうすべての謎が解けたんですね」

滝が急き込むように質すと、教授は珍しくちょっとためらいの表情を浮かべて、

「そう単純なものではない。一連の事件には、多面的な事情が絡んでいるようだから、表にある証拠だけですべてを見通すことはできないのだ。しかし、もっとも大きな謎に関しては、ほぼ解明したと言ってもいいだろう」

「犯人も分かったんですか」

滝が問うと教授は無言でうなずいた。

とうとう事件が解決したのか。ぼくは謎の周辺をただ嗅ぎまわったに過ぎないが、同じ探偵小説倶楽部の一員が解き明かしたことに誇りと興奮を覚えた。

「それで犯人はどこに隠れているんですか。小泉丈吉ですか、それとも別人ですか」

滝の質問に、教授はとぼけるように目を逸らして、

「それはまだ言えない。最後の決定的な証拠がまだ見つかっていないからね」

教授の部屋を出ると、ぼくは滝に不満をもらした。

「教授のもったいぶりも、いいかげん鼻についてきましたね。せめて犯人の名前だけでも教えてくれればいいのに」

「いや、いや、あの天上天下唯我独尊ぶりこそが名探偵の徽章《きしょう》だ。謎は引っ張れるだけ引っ張って、最後の最後に関係者全員を集めて真相を解き明かすのが探偵小説の醍醐味さ。君ももっと内外の探偵小説を読み込んで学びたまえ」

現実と小説の区別がついていないのか、感に堪えないという顔で滝が言う。

「でも、まだ見つかっていない証拠、どう探すつもりなんでしょうか、教授は」

斎藤が疑問を呈した。

先ほどぼくたちは教授の言う「決定的な証拠」探しに協力を申し出たのだが、教授はそっけなく、「その必要はない」と断ったのだ。

「さあな、なにか考えがあるんだろう」滝は言った。「見れば即、犯人が誰か分かるような証拠なのかもしれんな」

そのため他人の手を借りず、教授みずから証拠を暴くつもりなのか。

いったいどんな証拠だろうか。考えてはみたが、ぼくにはまったく想像がつかなかった。

三

三日後、ぼくと斎藤が授業を終え、寄宿舎に戻ると、玄関先に滝と下級生数名が集まっていた。

「教授がいないんだ」

ぼくたちの顔を見て滝が言った。菜園の肥料やりの時期を相談しに部屋に入った下級生が不在に気づき、滝に伝えたのだという。

「寄宿舎の中と防空壕の中は探した」

滝の言葉で、ぼくたちは寄宿舎周辺の畑や林の中を見て回ったが、教授は見つからなかった。学舎へ確認に行った下級生たちも、やはり教授の姿を見ることなく帰ってきた。

みんなの断片的な目撃談を総合すると、教授は昨晩遅くから今朝方五時くらいまでに寄宿舎を出たようだ。今が三時過ぎだからもう最短でも十時間ほど外出が続いていることになる。

「きっと証拠を探しに行ったんだ」

斎藤が言った。

「だろうな」滝がうなずきながら、心配そうに顔をしかめた。「だが、身体も相当弱っているし、無理をしなければいいんだが」

その後も仲通の商店街や鐘撞塔など、心当たりの場所を手分けして探しまわったが、教授の行方はようとして知れなかった。

教授が死体となって発見されたのは、翌早朝のことだった。

寄宿舎の裏庭で体操をしようとした下級生たちが、茂みの中から突きだした足に気づいたのだ。教授と確認すると、すぐにぼくたちを呼んだ。

茂みの下に眠るように横たわっていた教授に、滝が屈み込んで頸動脈《けいどうみゃく》に触れ、死亡を確認して、警察へ電話するよう斎藤に命じた。

「みんな、斎藤のあとを一列になってゆっくり寄宿舎へ戻れ。なにも手に触れるな。なるべく現場に足跡も残さないようにしろ」

滝の指示でぼくたちは寄宿舎へ戻り、警察の到着を待った。学校へは下級生が報せに走った。

学校から戻った下級生といっしょに教頭とゴリラがあらわれ、滝が事情を説明している最中に警官が自転車で駆け付け、すぐそのあと刑事たちもぞくぞくと到着した。そのなかには高梨の姿もあった。

ぼくたちは自室に戻るよう命ぜられ、その後、急きょ取調室となった食堂にひとりずつ呼ばれて事情を聴取された。

滝と斎藤に相談する間はなかったが、ぼくは教授が連続殺人事件の犯人を突き止めていたことを警察に告げた。ぼくたちの活動を公にするのは抵抗があったが、ことは殺人事件だ。しかも被害者は教授である。犯人逮捕の手がかりになりそうなことはすべて伝えねばなるまい。

そう考えて思い切って打ち明けたのだが、話を聞いた刑事は、さして興味を示さなかった。

「連続殺人の犯人？　どこの誰だって言ったんだ」

「それは教えてくれませんでした。決定的な証拠がまだ足りないと。ですから教──梁川先輩はその証拠を押さえに行って、犯人に殺されたのだと思います」

　ぼくの説明にあきらかに不審の顔を見せながら刑事は、

「なるほどねえ、万年落第生の梁川光之助がわれわれ警察もまだ突き止めていない連続殺人の犯人の居所を探し当て、証拠もつかみ、しかし、その犯人に返り討ちにあって殺されたということか」

　と小馬鹿にしたように言った。

「じっさいどうだったか、ぼくには分かりません。ただ、梁川先輩がそう言っていたとお伝えしたかっただけです。先輩の単なる思い込みだったかもしれません」

　ぼくがそう言うと、刑事は投げやりに、まあこっちでも調べてみると言って、別の質問に移った。ぼくとしては市民の義務として事実を伝えただけで、証言を警察に軽視されたことは気にならなかった。というより、ぼくたちの活動にとってかえって好都合かもしれないと思った。

　あとで滝と斎藤に確かめると、ふたりも連続殺人との関連を伝えたが、やはり担当の刑事は興味を示さなかったという。

　その後、高梨に会っても口が堅く、警察の捜査状況はなかなか分からなかったが、教授の殺害時の状況は少しずつぼくたちの耳にもれ聞こえてきた。

教授は着衣の乱れはなく、と言っても、いつもの垢《あか》じみたシャツとズボンに下駄ばき姿で死亡していた。後頭部に打撲傷を負い、それが致命傷となったようだ。凶器は遺体現場からは発見されていない。鈍器で殴打されたと思われるが、仰向けに転倒した際になにか硬いものに激突した事故死の可能性もある。ただ、死亡した場所から運ばれ、寄宿舎裏の茂みに遺棄されているので、事件であることはたしかである。

教授は発見時、死後約三十時間が経過していた。寄宿舎を出たと思われる晩に死亡していたわけだ。

警察は当初、教授は寄宿舎で殺され、裏庭に捨てられたものと推測し、寄宿舎内と周辺を徹底的に捜索した。また、寄宿生の中に犯人がいると考えたらしく、ぼくたちは何度も尋問を受けた。

しかし、寄宿舎からは犯行をうかがわせる物証はいっさい出てこず、寄宿生たちの証言からも矛盾点は見出せなかった。そう宣言したわけではないが、警察はぼくたち寄宿生を第一容疑者から外し、外部の人間の犯行と睨んで、殺害前の教授の行動を重点的に調べはじめたようだ。

教授は失踪の二日前、寄宿舎を出て仲通方面へ向かう姿を数名の下級生に目撃されている。教授が寄宿舎と学舎の敷地外へ出るのはまれなことだ。あとで下級生が尋ねると、教授は手紙を出しに行ったと答えたという。

仲通の郵便局で調べると教授は局にはあらわれていない。ポストに投函したものと思われる。宛先の人間と落ち合い、殺されたのかもしれない。手紙を出して二日後に会っているのなら、さして遠方の人間ではなかろう。

ここでようやく警察は、教授が失踪前、連続殺人事件の犯人を特定していた可能性に注目した。ぼくと滝と斎藤は、また警察の取り調べを受け、前の説明を繰り返した。警察はぼくたちが教授から犯人の名前を聞いたのではないかと疑い、しつこく何度も聞いてきたが、ぼくたちの返事は変わりようがなかった。

都合、三回ずつぼくたちは別々に警察署に呼ばれたが、結局、それがどれほど捜査に役立ったのか役立たなかったのかは分からずじまいだった。

四

斎藤が部屋に入ってきた時、めったにないことだが、ぼくは机に向かい物理の教科書を開いていた。警察での取り調べも一段落ついたようだったし、長らく学業から遠ざかっていた反動からか、めずらしくぼくの向学心に火が点《とも》っていたのだ。

「こりゃ、雪でも降りそうだな。いったい、どういう風の吹き回しだい」

ぼくの姿を見て、斎藤は目を丸くした。

「失敬な。ぼくだってたまには真面目に勉学に励むことだってあるさ」

「ふーん」斎藤はあやしむような顔を向けて、「やっぱり、世の中、いろいろ変わってきている。美作が書見《しょけん》とはねえ」

「分かったら、邪魔はしないでくれよ」

「了解、了解。薫君について、耳よりの情報があるんだけど、あとにするよ」

斎藤は意味ありげに口を閉ざした。

しばらく我慢したが、少ししてぼくは尋ねた。

「耳よりの情報って、なんだい」

「お勉強、もう終わりかい」

「読みながらでも話は聞ける。言ってくれ」

「じゃあ、おどろくなよ」と斎藤はひとつ前置きをして言った。「じつはな、薫君に縁談話が持ち上がっているらしいんだ」

いきなり目の前で手榴弾が爆発したように思えた。

「なんで、どうして、誰と」

向きなおって胸ぐらをつかまんばかりの勢いで斎藤に迫り、ぼくは問うた。

「おい、おい、どうしたんだよ。そんなに血相を変えて。相手はぼくじゃないぞ。塚原靖彦だよ」

「塚原……」

どこかで聞いた覚えがある。眉間にしわを寄せていると、思い出す前に斎藤が言った。

「君は一度会っている。『京兆』の若旦那だ。どんな奴だった」

そうか、あの男か。しかし、いったいどうして薫と結婚などということに。

「別にどこにでも転がってそうなつまらん男だった。なんであんな男に」

ぼやくぼくに、

「事情があるらしい」

と斎藤が説明した。

早坂家の料亭は以前から経営が苦しかった。戦争の長期化がそれにさらに追い打ちをかけた。そしてとうとう最近、資金繰りがどうしてもつかなくなったらしい。そこへ救済話を持ち出す者があらわれた。

「それがあの『京兆』か」

「ご明察」

斎藤が言う。

塚原家は料亭に資金を提供する見返りに長男の靖彦と薫の縁談を申し込んできたのだという。「京兆」の従業員の子に斎藤の友人がいて、そこから仕入れた情報らしい。

「塚原と早坂さんなら、年は十くらい離れているじゃないか」

「ああ、九つ違いらしい」

「弱みに付け込まれて、早坂さんは人身御供《ひとみごくう》か」

なんともやりきれない話だ。

「許せんな」ぼくは慷慨《こうがい》して、「このまま指を咥えて見過ごすなんて口惜しいなあ」

「と言っても、赤の他人のぼくたちが立ち入る話でもあるまい」

斎藤は覚めた顔で言った。

「赤の他人とは冷たいな。彼女もぼくたちも同じ探偵小説倶楽部の一員じゃないか」

ぼくは言った。

もちろん早坂、塚原両家の事情にぼくたちが口を出す権利などない。だけど、塚原靖彦にひと泡吹かせるくらいのことはしてもバチは当たるまい。

「じゃあ、どうするつもりだ」

斎藤が尋ねてきた。

「そうだなあ」

靖彦をどこかに呼び出して、殴りつければ胸はスカッとするだろう。だけど、ぼくは喧嘩がひどく弱い。返り討ちにあったら、かえってみじめだ。ぼくがうじうじ考えあぐねていると、

「だったら、『坊っちゃん』はどうだろう」

斎藤が言った。

さすがに漱石《そうせき》の『坊っちゃん』くらいは読んだことがある。中学校の教師を辞めることにした主人公の坊っちゃんと山嵐《やまあらし》が、悪所《あくしょ》へ出入りする赤シャツと野だいこを待ち伏せてぶん殴る場面があったはずだ。

「塚原をぶん殴るのか」

身長六尺超えの斎藤が助太刀してくれるのなら、それも悪くないかもしれない。斎藤が叩きのめし、弱った相手の頭をはたくことくらいならぼくにもできそうだ。

「違うよ。卵を投げつけるのさ」

「なるほど」

卵投げなら相手は離れている。殴るより手も痛くならない。喧嘩は駄目だが、逃げ足には自信がある。

しかし、卵を投げるのはもったいないなくないか。そもそもこのご時世、どこで卵を手に入れるのか。

「そうだね、投げるのは、卵ってわけにはいかないね」斎藤はちょっと考えて、「石じゃシャレにもならないから、泥飛礫《どろつぶて》を作って投げつけるのはどうだろう」

布か紙で泥を包み、口を紐で縛って玉にしてぶつければ、泥まみれにして塚原の面目をつぶせる。ぼくのうっぷんも晴れる。

どこで塚原を待ち伏せするか斎藤とさらに策を練っていると、滝が部屋に入ってきた。

「どうした、やけに真剣な顔をして」

滝の問いかけに、

「塚原靖彦をとっちめる相談をしていたんですよ」

と斎藤が事情を手身近に説明した。

「へえ、そんな話があるのか」

滝もさすがにおどろいた様子だ。

「それで塚原をどこかで待ち伏せして泥飛礫爆弾を見舞ってやるんです」

ぼくが言うと、滝はなにか思い当たったような顔をした。

「そういや、今さっき塚原に会ったぞ。なるほど、薫君の家に向かっていたのか」

為替《かわせ》を受け取りに郵便局へ行った帰り道、塚原靖彦とすれ違ったという。もうひとり会社勤めらしい中年の男といっしょだった。

「あれは仲人《なこうど》かもしれん。とすれば、話は着々と進んでいるな」

滝は納得したような顔でうなずいている。

「敵の居所が分かったのなら、善は急げ、今すぐ決行しよう。奇襲作戦だ」

ぼくが立ち上がると、

「待て、少し頭を冷やせ」滝が言った。「薫君の話は残念だけど、ぼくたちが嘴《くちばし》を挟む問題ではあるまい。それより、教授が殺された事件について考えようじゃないか。この一件が連続殺人ともつながっているのは間違いない」

「早坂さんの件にぼくたちが無関係とは言い切れませんよ」

立ったままぼくが異論を唱えると、滝は不審げに首をかしげ、

「どういうことだ」

「ぼくたち、とくに滝さんはさんざん早坂家で飲み食いしたじゃありませんか。食糧難の時に、あれはかなり経営の痛手になったんじゃありませんか」

一瞬、滝は決まりが悪そうな顔をしたが、すぐに首をふって、

「まさか、ぼくら三人がいくら大喰らいしたって、それで経営が傾くはずがないだろ。そんなことより、今は事件の捜査だ。これは他人事《ひとごと》じゃない、健太や教授の仇討《あだうち》の意味もあるんだ。それをさしおいて、ふられた腹いせに泥玉ぶつけにいくつもりか。おい、斎藤、君はどう思っているんだ」

朴念仁《ぼくねんじん》の斎藤なら自分に与《くみ》すると踏んだのか、滝は問い質した。

「美作が本気なら、ぼくも行動をともにします。同じ倶楽部の仲間ですから。見捨てられませんよ」

斎藤が答えると、滝は苦虫をかみつぶしたような顔をして、問い質してきた。

「美作、どうしても行くのか」

「行きます。事件についてはずっと考えてきましたし、これからも熟考し、いつか真相を突き止めるつもりです。でも、今この瞬間、自分の気持ちをぶつけるのは今しかできませんから」

ぼくが言って部屋から出かかると、斎藤もあとに続く。

「そこまで言うのなら仕方がないな。ぼくも付き合うよ」

と滝は言って立ち上がった。


日が暮れて「たまさき」の門脇の行燈《あんどん》に火が入った。

ぼくと滝と斎藤は、門から二十メートルほど離れた筋向いの木立の陰に身を隠していた。

「長いな」

ぼくはつぶやく。

もう一時間以上ここで塚原の出て来るのを待っていた。長引いているのは、それだけ話が盛り上がっているためか。破談になるような揉め事が起きているためか。後者ならいいな、などと思いながら、ぼくは両手にひとつずつ持った泥飛礫を握り直した。布でくるんだ飛礫は水分が抜けて、だいぶ乾きはじめている。

「ほんとう、たまらん」

滝は腕にとまった蚊《か》を叩きながらつぶやいた。ぼくもすでに数カ所刺されていた。

「しーっ、出て来るようです」

斎藤が言った。

門の奥がほんのり明るくなると、話し声と砂利を踏みしめる音が聞こえてきた。

やがていくつもの人影が門をくぐり、提燈の明かりに塚原靖彦の姿が浮かんだ。門前に並んだ見送りの人の中に薫の姿もある。

「よし、行くぞ」

滝のかけ声に、ぼくたちは「たまさき」の門前へ駆け寄り、

「これでも喰らえ」

と叫びながら塚原めがけて泥飛礫を投げつけた。

ぼくの一投目はすっぽ抜け、大きく上に外れた。どこへ行ったのか見えなかったが、おそらく塀を越えて「たまさき」の敷地内のどこかに落ちたはずだ。

滝と斎藤も的を外したようで、塚原はなにが起きたか分からない様子で佇んでいる。とつぜん暗がりから飛び出した不審者がぼくたちだと気づいた薫が、

「あっ」

と声をあげた。

焦ったぼくの二投目は力が入り過ぎて、塚原の手前の地面に叩きつけてしまった。しかし、

滝と斎藤のどちらかが投じた飛礫のひとつが胸に当たったらしく、

「わっ、なんだ、これは」

と塚原は着物の前を押さえた。

「逃げろ」

滝が叫び、真っ先に踵《きびす》を返した。ぼくと斎藤もあとを追って逃げ走りながら、

「思い知ったか」

「ざまを見ろ。馬鹿ヤロー」

と口々に叫び立てた。

憎き塚原にひと泡吹かせた。ぼくの投じた飛礫は当たらなかったけど、それでも飛礫が目の前の地面で炸裂《さくれつ》したので、おどろいたに違いないはずだ。

夕暮れの道を滝と斎藤とともに叫びながら全力で駆け抜けていると、ぼくの中にずっともやもやとわだかまっていた様々なうっぷんが確実に薄れていくのが感じられた。

五

「あなたたち、そんな話を信じたの」

薫はあきれ顔で言った。

「えっ、違うのかい」

ぼくと斎藤はおどろいて同時に声をあげた。

「もちろんよ。なんであたしと塚原さんが結婚なんて話になるのよ」

「じゃあ、『たまさき』の経営が苦しいって話も嘘か。ぼくはさいしょから怪しいと思っていたがね」

滝がちょっと得意げな顔をすると、薫は力なく首をふって、

「それはほんとう。でも、だからって結婚して救済してもらうなんて話にはならないわ。戦国時代じゃあるまいし」

「だとすると、塚原さんには悪いことをしたなあ。てっきり政略結婚を強《し》いる悪党だと思っていたんで」

ぼくは頭を掻いた。

ぼくたち四人は、久しぶりに勢ぞろいして、鐘撞塔下の木柵に腰をかけていた。

門前での騒ぎの翌日、下級生を「たまさき」に遣わして薫を呼び出したのだ。ぼくたちの犯行だとばれていたし、あのあとの状況が気になっていたからだ。

飛礫を塚原に投げつけ逃げた直後は達成感と昂揚感《こうようかん》に酔った気分でいたけれど、しばらくして冷静に返るといろいろ心配になったのだ。

「怒っていただろ、塚原さん。警察とか呼ばなかった?」

自分の投げた泥飛礫が命中したらしい斎藤が尋ねる。

「それは怒っていたけど、三人のことは言っていないし、警察なんてもちろん呼んでいないわ」

「なにはともあれ、大事にならなくてよかった。でも、なんで君と塚原氏が結婚するなんて話が出てきたんだろうな」

滝が腑に落ちないといった顔で尋ねると、薫は少しさびしそうな笑いを浮かべて、

「ほんとうに、みんなおっちょこちょいね。でも、心配してくれてありがとう。……じつはうちのお店、塚原さんに買ってもらうことになったの」

「料亭、やめてしまうのか」

滝が啞然とした表情を見せる。食いしん坊の滝がなにを心配しているのか手に取るように分かった。

「うん……」

「で、次はなんの店をはじめるんだ。食べ物屋か」

滝の問いに、薫は笑いをもらしながらも、次の言葉を探すようにためらったあと、

「……引っ越すのよ」

と言ったので、ぼくたちはその場で固まってしまった。

長い沈黙が続いたあと、

「どこへ引っ越すの」

やっとぼくは言った。

「大阪よ」

薫の母方の実家が大阪で旅館をやっているので、しばらくそこを手伝いながら、新しい店を出す準備をするのだという。

「じゃあ、ここはすぐに発ってしまうのか」

斎藤が聞く。

「ううん、今のお店を閉めるのと向こうの準備もあるから、あとひと月くらいはこっちにいるわ」

あとひと月で薫はこの地から去ってしまうのか。その事実にぼくは打ちのめされて言葉もなかった。

「それでも、あとひと月ある」滝が言った。「四人がそろっている間に事件を解決させようじゃないか」

すっかり落ち込んでしまったみんなの気持ちを引き立てようとする滝の意図は分かるけど、どうにも意気が上がらなかった。滝もすぐにそれを悟って、三日後、またここに集まろうと言い、その日は解散した。

その後、教授の両親が寄宿舎を訪れ、教授の遺品を持ち帰ったり、教授の部屋のあと片づけをしたりして、ぼくたちはその手伝いに当たった。

教授の両親が帰り、すっかりきれいになった教授の部屋の中に佇み、記憶をよみがえらせた。

教授の生前はずっと閉め切られていた窓が、今は開け放たれている。そこから差し込む西陽が当たるあたりにいつも教授は座っていた。あの異様な臭気と格好も今は懐かしい。

「面白い人だったよな」

ぼくがつぶやくと横にいた斎藤も、

「ああ、面白い人だった。そして将来かならず大きなことを成しとげる人物だと思っていた」

と沈んだ声で言った。

六

集合時間に少し遅れて薫はやってきた。

「ごめんなさい。急にお客さんが入ったのでお手伝いをしてたのよ」

これまでの主なお客に店仕舞いの挨拶状を出したところ、客が殺到した。と言っても大した数ではないらしいが、使用人の多くもすでにやめてもらったので、てんてこ舞いの状態なのだという。

「それなら、こんなところへ来てちゃいけないんじゃないのかい」

滝が言うと、薫は首をふり、

「ちょうどひと息ついたところだから大丈夫。かえっていい気分転換になるわ」

とぼくたちと並んで木柵に腰を下ろした。

「では、みんなそろったところで、探偵小説倶楽部活動を再開しよう。まずは特別名誉会員だった教授に黙とう」

滝の言葉でぼくたちは立ち上がり、黙とうをささげた。

黙とうを終え、ふたたび四人は木柵に腰を下ろした。

「あたし、みんなと高梨さんのところへ話を聞きに行ったあと、いろいろあってしばらく事件の話を聞いていなかったけど、あれから、なにか分かったことあるのかしら」

薫の問いに、滝が答える。

「いや、あのあとすぐ教授が殺されてしまい、ぼくたちも警察の尋問やらなにやらで、まったく事件について語り合う時間がなかった」

「結局、事件の真相をつかんだと思われる教授はなにも言い残さず殺されてしまい、ぼくたちはまた振り出しに戻ったわけですね」

斎藤が途方に暮れたように言うと、滝は指を立てて反論した。

「ちっ、ちっ、まったくの振り出しに戻ったわけじゃないぞ。少なくともぼくたちは教授が事件の真相を見抜いたことを知っている。教授はぼくたちと同じものを目にしながら、ぼくたちには見えないなにかに気づいていた。教授がなにを見て、どう推理したか、その筋道をたどっていけば、ぼくたちも同じ結論に達することができるはずだ」

「なるほど」ぼくは記憶をたどりながら、「たしかさいしょに教授が事件の真相に近づいたのは、小泉が載った卒業者名簿を見た時だったはずです。ぼくたちもあそこを出発点に、もう一度事件の謎を解く鍵を探ってみてはどうでしょう」

「ほほう、美作にしてはいいところに目をつけたな」滝が、感心したのか馬鹿にしたのか分からない声をあげて、「言われてみれば、教授が事件について自分から積極的に関わりを持とうとしたのもあの時からだな。警察情報も取るようせっつかれたし」

「卒業者名簿でまだ調べがついていない人物の中に、手がかりがひそんでいるんですかね」

斎藤が言うと、滝は懐疑的に眉をひそめ、

「しかし、教授もただ名簿を一瞥《いちべつ》しただけだ。なぜそれで怪しい人物が特定できる」

「まって」薫が言った。「教授って小泉丈吉と同じ小学校出身だったのよね。だから特別怪しい人物を知っていたとしても不思議はないんじゃない」

「だけど教授は小泉たちより三年下だ。それだけ学年が違う者に異常性を知られていたとすれば、よほど悪名が校内にとどろいていたはずだ。でもそんな人物がほんとうにいたら、とっくに警察が存在をつかんでいるだろう」

滝が言った。

たしかにそうかもしれない。そもそも名簿の人物は連続殺人犯ではなく、協力者にすぎないはずだ。それほどの異常人物だったとも思えない。しかし、ならば教授は卒業者名簿になにを見つけたのか。

「教授は三年下だと言っていましたけど、もしかするともとは同学年だったのが、落第して卒業が三年おくれたということはありませんかね」

と斎藤が新たな視点を持ち込んだ。しかし、滝は問題外と言うように手をふって、

「君は引きこもったあとの教授の印象でそんなことを言うのだろうが、もともと教授は神童と呼ばれた秀才だ。小学校は五年で修了している。高等学校にも四年生の時に合格している。つまり落第どころか、二年短縮していたんだ、病気をする前まで」

尋常小学校は通常六年で卒業だが、優秀者は五年で修了して中学へ進級できる。中学校も通常の五年でなく四年で修了できる。教授は五修、四修の秀才だったのだ。

「そうでしたね、すみません」

斎藤は頭を掻いた。

「どうやら卒業者名簿をこれ以上つついてもなにも出てきそうもないな。次に移ろう」

滝は言った。

最後に教授と事件について語り合ったのは、高梨から聞いた話を伝えたあとだ。あの時、教授は真相解明をほのめかした。あそこに解決の糸口があるのか。

「どうだろうなあ」斎藤は首をかしげる。「高梨先輩、妙に口が堅くて事件についてはほとんどなにもしゃべらなかった」

たしかに高梨の話は、倉石署長の妾の存在が妻にばれて大騒ぎになっているというもので、連続殺人事件とはなんら関わりなかった。

「だからこそ的が絞りやすいともいえるぞ」と滝は議論をけしかけるように言う。「もう少し細かく振り返ってみよう。まず、署長は奥さんに隠れてひそかに女にお手当てを出していた。そしてその女が故郷へ帰ることになり、署長は餞別を渡した。これは最近の話で、それが妻に知られ、ぼくと美作が目撃した『京兆』での騒動に発展した。さらにそれだけではすまず、署長はその地位も危うくなっているというのが高梨先輩の見解だった」

あらためて滝のまとめを聞いても、署長の逸話が連続殺人事件にどうつながるのか、かいもく見当がつかない。

しばらく沈黙の中で考え込んでいると、薫が口を開いた。

「たしか高梨さん、署長には自由になるお金がそんなになかったと言っていた。だから滝さんも裏金を出した人がいたかもしれないって言ったわよね」

「ああ、たしかにそう言ったけど、それが」

「だからそのお妾《めかけ》さんに渡す月々のお手当ても餞別も、きっと署長でない誰かが出していた。その人物が小泉の協力者で、捜査情報を署長から引き出したんじゃない。いつまでたっても捕まらないのはそのせいよ」

「うーん、そう決めつけるには根拠が乏しいような気がするが」

滝は小首をかしげた。残念ながらぼくも同感だ。

警察署長を陰で操るほどの地位にある人物を、連続殺人犯の協力者とするには無理がありすぎる。もしそうだというなら、それ相応の根拠が必要だ。理論派の教授が、ただの勘や思いつきで真相をつかんだと匂わせたはずがない。しかし、教授が知り得た情報の中に両者を結び付ける手がかりなどあっただろうか。

「教授はあたしたちのまだ知らないなにかを知っていたのかもしれない」

薫はそう主張したが、関連をうかがわせる物証も証言もないとなれば、やはり無理筋というほかなかろう。ぼくは内心そう思い、滝ははっきり口にした。

意見を否定され、少しむくれた薫に、

「事件との結びつきは不明だけど、署長の身辺に不審の点があるのはたしかだな」

と斎藤が言い、薫が表情を明るくしたので、

「それは間違いない」

ぼくもあわてて同調した。

「ふん」滝は鼻を鳴らし、「いずれにしても、ぼくたちが教授に伝えた情報からは真相が見えてこない。次は、教授が殺されるまでの行動から教授がなにを狙っていたかを推理するんだ」

「たしか、手紙を出しているんですよね」

斎藤が言った。

教授が殺される二日前だ。その手紙が犯人宛だとすれば、それを読んだ犯人と教授がどこかで落ち合い、犯行を告発したものの、返り討ちにあって殺されたという筋書きが描ける。

「おそらくそうだろうな」滝は同意しながらも、指を立てて、「ただ、おかしな点もある。どうして教授はたったひとりで犯人と会おうとしたのかな。教授は頭脳こそずば抜けていたけど、腕っぷしはさっぱりで、杖なしでは立っているのもやっとだった。それなのに連続殺人の協力者と対峙して無事にすむとなぜ思ったんだろう」

じっさい無事にすまなかったわけだが、それを予想できない教授ではなかったはずだ。

「すると」ぼくは言った。「教授は自分が会っている人物を、犯人や協力者とは思っていなかったんですかね」

犯人や協力者でない、単なる証人から話を聞くつもりで呼び出したものの、その人物がじつは犯人で、口封じに殺されてしまったとは考えられないか。

「それはないな」滝は言下に否定した。「教授に限ってそんな見込み違いをするとは思えん。教授は自分が会う人物が、事件の犯人か協力者であることをはっきり認識していたはずだ」

ではなぜひとりで会ったのかというさいしょの疑問に戻る。

「もしかして」薫が言った。「協力者は教授ととっても親しい人だったんじゃない？　だから教授は自分が襲われるとは思わずに、自首するよう説得できると考えたんじゃないかしら」

「それはありうるな」と滝が判定を下す。「親しい場合のみならず、協力者の人間性を洞察して自分は襲われないと判断したのかもしれないが」

「でも、それならやっぱり教授は見込み違いをしたってことでしょう」

ぼくは言った。

教授は自分の安全を見誤った。証人と犯人を取り違えることもあるのではないか。

「それは違う」滝は言う。「教授は完全に真相をつかみ、犯人を特定していたんだ。いまさら証人を呼び出す必要はなかった。では、なぜ、教授は殺されたのか。この疑問にはまだ確定的な答えは出せないけど、ひとつ考えられるのは、突発的なはずみで起きたってことだ」

これまでの殺人とは手口がまったく違う点も、計画的な犯行ではないことをうかがわせる。

「とするとだね」滝は指を立てた。「犯人が教授の遺体を寄宿舎の裏に捨てたのも、あらかじめ決めてそうしたわけじゃなくて、とっさの判断だったということになる。さあ、ここからなにが言える」

　ぼくたち三人はしばらく考え込んだ。やがて斎藤が言った。

「犯行現場が寄宿舎の近くだったってことですか」

　偶発的な犯行であれば、死体移動の準備はしていなかったと思われる。教授がいくら軽量級であっても、担いで運ぶのはそうとう骨だ。夜間であっても、人目は気になるだろう。犯行現場はそう遠くではない、との斎藤の推理である。

「いいだろう」滝は認めた。「ほかにはないかね」

　滝にうながされ、ぼくたちはさらに考え込んだが、なにも新しい発想は生まれてこなかった。

「だらしがないぞ」滝はまるで教師然としてぼくたちを見回して、「いいかい、まず、前提条件を考えてみるんだ。犯行は計画的でなく、とっさのものだった。死体は移動させているが、犯行現場はそう遠くない。では、なぜ犯人は死体を移動させたのか。これまでの連続殺人とは異なり、この犯行には、必要以上に死体を毀損《きそん》したり、見せびらかしたりする意図は感じられない。とすると、死体の移動は、なんらかの必要に迫られて取った行動と考えられる」

　死体を動かさなければならない理由。犯行現場を知られたくないためか。

「犯行現場に証拠が残っているんでしょうか」

先に斎藤に言われてしまった。

「うん、なかなかいいところを突いた」

滝が言った。

「ちょっとまって」薫が異議を唱える。「現場に証拠が残っているなら、なんで犯人は持ち去らないの。死体を動かすより、そっちの方がよっぽど簡単じゃないかしら」

「うん、それもいい点を突いている。容易に動かせる証拠はもちろん持ち去っているだろう。でも、そう簡単には動かせない、または動かさない方がいい証拠もあるってことだよ」

自信満々の滝の物言いに、

「もしかして、滝さん、真相、気づいているんですか、もう」

ぼくは尋ねた。

すると滝は、ふふっと含み笑いをもらして、

「いかにも。まだ一部、不明の点はあるけど、教授がたどり着いた地点に迫っていることは間違いない」

と気取った口調で言った。

「いつ、分かったの」

薫の問いに、滝は得意げな顔で答える。

「今、討論しているうちに見えてきた。だから君たちにもぼくと同等の推理力さえあれば、

同じように真相にたどり着けるはずだよ」

「降参です、兜を脱ぎます。ぼくたちにはなにも見えません。真相を教えてください」

辞を低くして教えを請う斎藤に、滝がしれっとした顔で、

「今はまだ言えない」

と言いだしたので、ぼくたちは思わずのけぞってしまった。

「滝さん、それじゃあ教授の二の舞になりますよ」

斎藤が抗議する。

教授が探偵小説の主役たる名探偵を気取ったのかどうかは不明だが、みずから解明した真相を口にしなかったばかりに、いたずらに重要情報を出し渋り口封じに殺される脇役へ転落する羽目になった。滝もその覆轍《ふくてつ》を踏もうというのか。

「いや、いや、別にもったいぶっているわけじゃない。確信が持てたらすぐに君たちに話をするさ」

「どうしたら確信が持てるの。あたしたちも手伝うわよ」

「そうだなあ……」滝は少し考えて、首をふった。「いや、手伝いはいらない。ちょっとぼくは出かけてくる。そこで確認したいことがあるんだ」

木柵から下りて歩きはじめた滝を、ぼくたちは押しとどめた。

「待ってください。これまでずっと四人いっしょに事件について考えてきたんじゃありませ

んか。最後の最後で単独行動はずるいですよ」

斎藤が言うと、薫も同調した。

「そうよ、だいたい教授の事件もあったばかりじゃない。ひとりで動き回るのは危ないわ。あたし、もうすぐ引っ越すのに、最後の思い出が大きい兄さんのお葬式だったらさびしい」

これには滝も苦笑するしかない。

「分かったよ。じゃ、みんないっしょに行こう。ただし、まだ説明はしないからね。質問にも答えない。各自、ぼくの行動から推理したまえ」

滝を先頭にして、ぼくたちは町へ向かって進みだした。


仲通に入り、滝が向かったのは警察署だった。二瓶殺害事件以来、さんざん来ているが、いい思い出はなにひとつない。

「ここに手がかりがあるんですか」

ぼくが門の前で足を止めると、

「中に入るのが嫌なら、外で待っていてもいいぞ」

と滝が言った。斎藤と薫はこだわりなく滝のあとに続く様子だ。仕方なくぼくも門をくぐる。

署内で高梨刑事を探した。ちょうど帰るところだったという高梨は、ぼくたちの姿を目にすると、露骨に嫌そうな顔をした。

「また、ぞろぞろと、こんなところにまで押しかけて、なんのつもりだ」

「ほんとうはぼくひとり、こっそり寄らせてもらうつもりだったんですけど、よんどころない事情で。でも、お手間は取らせません。質問はたったひとつです」

「いちおう聞こう、なんだい」

「倉石署長がお妾さんに餞別を渡した場所って、『蔵間』だったんじゃありませんか」

滝の質問に、高梨は血相を変えた。滝の腕を引っ張って隅の方へ行くと、周囲をきょろきょろ見回し、

「こんなところで、めったなこと口に出すんじゃないよ。署長の話はここでは厳禁だ」

と押し殺した声で言った。

「じゃあ、やっぱり、『蔵間』で間違いないんですね」

「さあな、ぼくも場所までは知らん。でも、仲通の近所でこっそり人と会うんなら、『たまさき』か『蔵間』くらいだから、そのどっちかだろう」

そう言うと、高梨はあとも振り返らず、逃げるように署から出て行った。

ぼくたちも署を出た。門の前で滝は、

「君のところ、署長、使っていないよな」

と薫に問いかけるというより、ひとりごとのように言った。

「署長とお妾さんが会ったのが『蔵間』だったってこと、そんなに重要なの」

薫が尋ねるが、滝は、

「質問には答えないと言っただろう。君たちも自分の頭で推理したまえ」

と取り合わない。

「蔵間」は林屋歌子の送別会の時、倉石署長がこっそり抜け出して田中巌吉と密会に使った座敷だ。なぜ、今、滝は唐突にその「蔵間」の話を持ち出したのか。

滝はぼくたちの疑問には答えず、小さな身体をゆすりながらずんずんと進んでいく。警察署からすぐのところにある郵便局の前で足を止めた。

「君たちはここで待っていてくれ。一通、手紙を出してくるから」

滝はそう言い残し、郵便局の中に入った。しばらくして出て来ると、

「これですべて終わった。ぼくの推理が正しければ、二日後に真相が明らかになる」

そう宣言し、あとはなにを聞いても、滝はひと言も答えなかった。

七

二日後の午後六時四〇分、ぼくと斎藤は寄宿舎を出た。植え込みの前にはすでに滝と薫の姿があった。

「よし、来たな」

手に提げたランタンの明かりでぼくと斎藤を照らして滝が言った。寄宿舎前に一八四〇集合は、滝の指令だった。

「これからどこへ行くんです。事件の真相解明、期待していいんですよね」

ぼくが質すと、

「ああ、心配するな」滝は請け合った。「まだ、時間があるから、ここで少し話をしておこう」

ぼくたちは寄宿舎前の防空壕の封鎖された入口に腰を下ろした。秋も深まり、夜風が少しひんやりする。

「犯人がここへ来るの」

薫が質すと、滝は首をふった。

「いや、別の場所に呼び出している」

「じゃあ、やっぱりあの手紙は」

一昨日、滝が郵便局で出したという手紙は犯人に宛てたものなのか。ぼくの疑問に滝はそうだと答えて、

「手紙を送って犯人を呼び出した。ぼくの推理が間違っていなければ、出てくるだろう。じつは一昨日、真相に気づいたって言ったけど、まだ不明な点が多かったんだ。とくに昔の連

続殺人についてはね。だから、呼び出しに二日間の余裕を持たせて、いろいろ調べてみた」

「まあ、ずるい。また黙ってひとりで」

「ちっ、ちっ、そう言うけど、ぼくは君たちとの話し合いだけで真相にたどり着いたんだ。君たち三人はそれぞれ、とてもいい点を突いていた。つまり、君たちにも謎を解く機会は充分あったわけだよ」

「一昨日もそんなことおっしゃいましたが、いったい、ぼくたちの話のどこに謎を解く鍵があったんですか」

斎藤が問う。

「そうだな……」滝は一拍おいて、「じゃあ、君たちの話から、ぼくがどう推理して真相を見抜いたのかを説明しよう。そうすれば、君たちにもぼくの考えの筋道がたどれるだろうからね。

まず、美作、君は教授が事件の真相に近づいたのは、小泉たちの卒業者名簿を見た時だと言った。だから名簿の中に謎を解く鍵があると推理したわけだ。しかし、ぼくらの活動の結果からも分かるように、名簿の中から怪しい人物は見つからなかった。ということは、あの時話題になった別の点に教授は、真相解明の鍵を見出したことが分かる。

次に斎藤、君は教授が小泉たちと同級だったという、誰も考えなかった観点を持ち込んだ。もとは同級だったが落第して卒業名簿に教授の名はないという、突拍子もない考えをあの時ぼくは一蹴《いっしゅう》したけど、じつは同時にひとつ発想も得ていたんだ。

落第して卒業者名簿からもれることもあるのなら、一年早く修了して中学校へ進学した者もやはり名簿には載らないはずだと思い当たったのさ。もし該当する人物がいたら、ぼくたちはその存在を知らずにいることになる。

そして薫君は、倉石署長のパトロンが小泉の協力者で、署長から捜査情報を得ていたのではないかとの推理を披露した。この発想も事件について別の構造があると、ぼくに知らせてくれた」

「たしか、さんざんこき下ろされた覚えがございますけど、そんなお役に立てたなんて、とっても光栄ですわ」

薫が皮肉を込めて言った。

「まっ、署長が捜査情報をもらしていたという、君の推理自体は的外れだがね。でも、その発想の飛躍がぼくに新しい光を点してくれたのさ」

「ここまで聞いても、ぼくにはまだ滝さんが、なにをどう考えて真相に達したのか、かいもく見当がつかないのですが」

斎藤が言うと、滝は腰を上げて、

「そうか、じゃあ、そろそろ時間が近づいてきたんで、ここからは歩きながら話そう」

とランタンの明かりを掲げた。

寄宿舎前の道に出ると、学舎とは反対側、裏山の方へ進みはじめる。

「さっき、小学校を一年早く修了した者は卒業者名簿からもれているって話したけど、それに該当する人間に思い当たらないかい」

滝の質問に、誰も答えない。

「ぼくたちみんなが知っている人なんですか」

斎藤が尋ねると、

「ああ、親しくはないが、周知の人物だ」

と滝は言うが、思い当たらない。誰も発言しないので、じれたように滝が、

「分からんかな。小学校を五年で修了し、白霧学舎も四年で修了し、第一高等学校から東京帝国大学へ進んだ、われらの先輩だよ」

「田中隆一郎さん、ですか」

戸惑ったように斎藤が言う。

「そう、隆一郎の享年と小泉たちの卒年で計算すると、同年だと分かる。——美作、ぼくたちがさいしょに塚原靖彦に会った時、どこかで見た顔だと思っただろ。あれはきっと田中隆一郎の葬儀で見かけていたからだよ。塚原も小学校で同級だったから、当然、葬儀には参列していた」

滝の説明に、なるほどと思ったが、納得できない点もある。田中隆一郎が小泉丈吉と尋常

小学校時代に同級だったとしても、その後、隆一郎は進学でこの地を離れたばかりでなく、戦死している。小泉への協力など、やりたくても、やりようがないではないか。

当然、斎藤も同じことを思ったのだろう。

「まさか、まだ、田中隆一郎が生きていると考えているわけじゃないですよね」

と質した。

「ちっ、ちっ、もちろん隆一郎は戦死しているさ」

「じゃあ、なんで――」

薫の言葉を、滝はさえぎって、

「ここで君が唱えた署長のパトロンの話を振り返ってみよう」

と言った。

すでにぼくたちは裏山のふもとに分け入っていた。爆撃機墜落時には雑草のはびこる険しい山道だったが、その後、軍や警察が出入りして道が整備されたので、以前にくらべずいぶんと歩きやすい。

闇は深いが月とランタンの明かりで、おぼろげに周囲の様子が分かる。もう少し行けば米軍爆撃機の墜落現場だ。

滝は息を整えて、話を続ける。

「がま口を妻に握られていたにもかかわらず、倉石署長に蓄妾《ちくしょう》の甲斐性があったことから、君の言うようにパトロンの存在が疑われる。では、そのパトロンとは何者か。警察に影響力を持ち、かつ他人の妾のお手当てをポンと出せる条件にあてはまる人物は、この集落にそう多くはいない。

ここでぼくが思い出したのは、健太のお袋さんの送別会の途中、倉石署長が抜け出し、『蔵間』で田中巌吉と密会を持ったという話だ。この密会は、本土決戦に向けての相談だったと思われているけど、ほんとうは違った。田中巌吉との密会は口実で、じっさいにはお妾さんとの別れの場で、餞別を渡したのではないだろうか。この事実はのちに署長の妻の耳に入り、大騒動となった現場を、ぼくと美作が目撃している」

この確認のために、警察署へ高梨を訪ねたわけか。しかし、仮に滝の推測どおり、あの日、『蔵間』で倉石署長と妾が会っていたとして、連続殺人事件とどう関係するのだろう。

まるでぼくの疑問が伝わったように、滝は続けた。

「つまりだ、署長と田中巌吉の密会がなかったのなら、二瓶さん殺害時のアリバイも消滅するわけだよ」

「それはおかしいんじゃないかしら」薫が言った。「田中さんとの密会が偽りでも、お妾さんと会っていたなら、倉石署長のアリバイは成立するわよ」

「そのとおり。署長のアリバイは揺るがない。でも、密会の相手だった田中巌吉のアリバイはどうだい」

田中巌吉は倉石署長との密会を事実と認めて、自身と署長のアリバイを成立させていた。しかし、その証言が嘘となれば、自身のアリバイが消失する。

しかし、それはどういうことだ。田中巌吉が小泉丈吉の協力者だったのか。それともみずから小泉を始末したうえに、さらに健太、二瓶、教授と殺人を積み重ねていたのか。

「田中氏が嘘のアリバイを証言していたとすれば、その動機はなんですか。まさか田中氏が猟奇的な殺人狂やその協力者だとは思えないですけど」

斎藤が問うが、滝は足を止めて、

「その答えをぼくは分かっているつもりだけど、じかに本人の口から聞いた方がいいだろう」

と言った。

ぼくたちは田中家の旧倉庫前に来ていた。米軍爆撃機が墜落したとき一部破損し、その後もあまり修繕の手が行き届いていないのだろう、建物は夜目《よめ》にも少し傾いて見える。

滝は少し高めにランタンを掲げて、倉庫の扉を開けて中に足を踏み入れた。ぼくたちはそのあとに続いた。

入ったあたりは真っ暗だったが、滝が明かりで照らしながら中を進んでいくと、奥にほんのり明かりが浮かんでいた。

「田中巌吉さんですね」

滝が奥の明かりに向かって声をかけた。

八

「なるほど、おまえたちは、あのおかしな学生の仲間というわけか」

低くしわがれた声が響いた。地面に置かれたランプの明かりが下から照らし、田中巌吉の身体と顔を影絵のように映している。暗い闇の中にあっても、巌吉がまとう威厳や迫力はひしひしと迫ってくる。闇に包まれているからこそ、余計そう感じるのだろうか。

「ええ、あなたが殺した梁川光之助さんの後輩にあたる者です」

滝が告げると、黒影の田中巌吉は揺れるように身じろぎをし、

「……あれは不幸な事故だった。ちょうどおまえたちが立っているそのあたりだ。もう片づけたがあの時は、そこに崩れた屋根の廃材が散乱していた。あの学生は仰向けに転んで、角材に後頭部を強打して死んだのだ」

「どうですかね、その場にいたのはあなただけですから、なんとでも言えます。しかも、あなたは助けを呼ぶどころか、証拠を湮滅《いんめつ》し、梁川先輩の遺体を寄宿舎の裏庭に運び、遺棄した」

怖《お》じることのない滝の追及に、巌吉は小さくうなずき、

「そうだ、いずれにせよ、わしの罪は免れない。あの学生はすべて見抜いていた。もはや口封じをするつもりはなかったが……、痛ましいことだ。ところで、あの学生はまだ誰にも打ち明けていないと言っていたが、おまえたちは聞いていたのか」

「いいえ、梁川先輩——ぼくたちは教授と呼んでいましたが——教授は誰にももらしていませんでした。おそらくあなたに自首を勧めるつもりだったのでしょう。

ぼくたちは教授の推理のあとをたどって真相に気づいたのです。でも、ぼくたちの口もふさごうなんて考えても無駄です。ぼくは教授より臆病ですから、すべての真相を書き残した文書をある人物に託《たく》してきました。もし、ぼくたちの身になにかが起こったら、その文書が公開されることになります」

「用意周到だな。取り越し苦労とはいえ」

「そうでしょうか。あなたは真相を表沙汰にしたくないがゆえに、ここまで罪に罪をかさねてきたんじゃありませんか」

「ふむ、やはり分かっているようで、分かっておらん。おまえたちの考える真相とは、どんなものだ」

巌吉が問うと、滝は闇の中でランタンを掲げながらゆっくりと歩きはじめた。姿はよく見えないがおそらく指を立てているのだろう。

「さいしょにあなたを疑ったのは、倉石署長とあなたの結びつきに気づいた時です。金銭的な援助の見返りに警察権力を味方に付ける。地域の安定に寄与するあなたたちの結託は、両者にとってとても好都合だった。

　もちろん金銭が絡んだところで、その関係が健全なものであればたいした問題ではありません。ところが、あなたはそれを犯罪に利用しました。

　おそらくさいしょのきっかけは倉石署長だった。長らく関係のあったお妾さんが故郷へ帰るので餞別を渡したいと相談したのでしょう。あなたはその時、ちょうど巻き込まれていた厄介ごとの解決にそれを利用することを思いつきました。

　あなたは倉石署長の依頼を快諾し、金銭的援助のみならず、密会場所として『蔵間』を用意した。そして署長とお妾さんが水入らずの別れをしている間、当のあなたは神社へ車を走らせて、二瓶高志さんを殺害したのです。そしてただ殺害するだけでなく、過去の連続殺人と同じ犯人の犯行と思わせるために、遺体に残忍な処置を施し、小泉丈吉の指紋付きの遺留品を残した。

　妻への発覚を恐れる倉石署長に、あなたは偽のアリバイを提供して恩を売った形にしましたが、そのじつ、それはあなた自身のアリバイ工作だったわけです」

「なるほど」巌吉は間《あい》の手を入れるように言った。「それでわしはなぜ、二瓶高志を殺害せねばならなかった？」

「ここからはぼくの純粋な推理です。裏付ける物的証拠はありません。でも、さまざまな状況証拠から、ほぼ間違いないと思っています。

ある偶然から二瓶さんは、あなたに対する脅迫の材料を手に入れた。その偶然とは終戦間近、この場所で起きたことです。そう、B24爆撃機の墜落です。あの時、この倉庫の屋根が破壊され、そのあと片づけに二瓶さんと健太が駆り出されました。

二瓶さんはその作業中、あなたを脅迫する材料をこの倉庫の中で発見した。同じ作業をしていた健太には悟られぬよう、二瓶さんは米兵がまだこの近辺にいると健太をそそのかし、その捜索に没頭させ、この場から排除しました。

健太を追い払うことに成功した二瓶さんは、この場で様々な証拠を収集したのだと思います。その一部はまだここに残っているとぼくは睨んでいます。

それはさておき、二瓶さんはあなたに連絡を取り、証拠の買い取りを要求したのでしょう。落ち合った場所は、殺人の現場ともなったあの神社です。あなたは買い取りにすぐには応じなかった。その証拠が示す事実がにわかに信じられなかったかもしれない。法外な要求金額を値切ったのかもしれない。ともかく、いろいろ条件をつけて、なかなか折り合わないようにした。そうして時間稼ぎをしながら、二瓶さんの口封じをするために準備の手を打った。すなわち、それが倉石署長を利用したアリバイ工作です。その準備が整ったあと、所定の時間に二瓶さんを呼び出した。

二瓶さんは秘蔵していた証拠品を持って約束の時間に神社の小屋にあらわれた。倉石署長が『蔵間』でお妾さんと会っているちょうどその時間に、あなたは神社の小屋の中で金を渡すと見せかけて、隙をついて二瓶さんを殺害した。そして先ほども言ったようにさまざまな処置を施したあと、二瓶さんが持参した証拠品や二瓶さんの切り取った局所を持って現場を立ち去ったというわけです」

「このわしが脅迫に応じるか、口封じに殺しに手を染めるか、という立場に追い込まれた証拠とはなにか、もちろん分かっているんだろうな」

「ええ、おおよそは」

と滝が答えると、間髪を入れずに巌吉が問いをかさねた。

「言ってみろ、なんだ、それは」

滝は足を止め、少しだけためらうように間をおいて言った。

「……それは、あなたの息子の隆一郎さんが連続殺人事件の犯人だという証拠です」

九

闇が一段と深まり、温度が下がったような気がした。揺らぐ明かりに浮かぶ巌吉の顔は、まっすぐ滝に向いたまま微動だにしない。

沈黙を続ける巌吉に、暗がりの隅に座り込んだ滝が語りかける。

「ここにいる美作の目撃情報によれば、二瓶さんは神社へ風呂敷包みを持って行ったそうですが、それはおそらく隆一郎さんの書き残した記録、おそらく日記のようなものではないでしょうか。そこには過去の犯罪の詳細が克明に記されていたはずです。隆一郎さんは、その日記をふだん人が足を踏み入れることのない倉庫に隠していた。あの爆撃機墜落がなければ、ずっとその秘密は保たれたままであったでしょう。しかし、偶然にも二瓶さんの手に渡ってしまった。

あなたはその犯罪記録を永遠に葬るため、二瓶さんと取引に応じるふりをして殺害した。一族の誇り、郷土の英雄であるあなたの息子の名誉を守るために」

低く唸るような声を響かせたあと、巌吉は吐きだすように言った。

「英雄か。今この国の民に、隆一郎を英雄と称える心があるか。本土決戦、一億玉砕を叫んでおきながら、敗戦と決まった翌日から掌を返して、戦争への反省を唱えだす連中に」

「そういうやからの存在も否定はしませんが、全員がそうではないでしょう。この国の英霊に感謝の気持ちを持っている人もたくさんいるはずです。でも、隆一郎さんの過去の行状は、ぼくには弁護できません」

「おまえに隆一郎のなにが分かる」

「もちろん隆一郎さんがなにをどう考え、どんな煩悶《はんもん》の中で犯行をかさねていったのか、その深層心理の機微まではうかがい知れませんが、大まかな動機には想像がついています。

隆一郎さんはこの国の窮状を憂い、徴兵猶予の医大生の特権を放棄し、みずから進んで出征し散華《さんげ》を遂げた愛国者でした。それだけに徴兵義務を不法に回避した人間に対する憎悪の感情に深く激しいものがあったことは想像に難くありません。

連続殺人の被害者たちは徴兵逃れをしていたと思われます。おそらく隆一郎さんはなんらかのきっかけでその事実を知った。そしてそれを見過ごすことができず、みずからの手で鉄《てっ》槌《つい》を下した。河合久男から、青木有三、水貝仙一郎、中沢周吉まで、四人の連続殺人の裏には、すべてこの徴兵回避が動機としてひそんでいたはずです」

宣言するように言い放った滝の言葉に、巌吉は反論しなかった。それだけ滝の推理は正鵠《せいこく》を射ていたのだろう。

ぼくたちは倉庫の闇の中で、咳払いひとつせず、じっとその時を待った。どこかで夜鳥の声が響いた。

長い沈黙のあと、ややしわがれた声で巌吉は語りだした。

「わしが隆一郎の犯行とその行動原理を知ったのは、隆一郎の死後のことだった。米軍爆撃機の墜落騒動から十日ほどたったある日、二瓶高志が隆一郎の日記の一部なるものを送ってよこした。そこにはまごうかたなき隆一郎の直筆で、みずから犯した殺人の一部始終が記されていた。生々しく、かつ詳細に、殺人に至る心理や、河合久男なる男をじっさいに殺めたその時の情景が、あますところなく学術報告書のような正確さで描写されていたのだ。

さらに、その郵送物に添えられていた二瓶の手紙によれば、殺人はその一件ではなく、あと三件あり、そのすべてに隆一郎の手による日記が残っているという。

二瓶がその日記を買い取るように持ちかけ、何度か交渉を持ったあと、いよいよ神社の小屋の中で金と日記の交換を行う運びになった。

わしにはさいしょから二瓶を生かしておくつもりはなかった。金など惜しくはなかったが、人の秘密をネタに金品をせびるような卑《いや》しい人間に、永遠に秘密を守ることが全うできるとは思えん。万にひとつにも隆一郎の秘密が表に出る可能性を排除したかったのだ。

神社であの時間に会うことを要求したのはわしだ。ちょうど同じ時刻に『蔵間』で倉石のために座敷を取り、密会をよそおい、アリバイを工作したというおまえの見立ては正しい。

表向き倉石と密会をしていたその時、じっさいは、わしは神社へ行き、二瓶を待った。約束の時間にあらわれた二瓶は、自分には尾行がついている、そのため、この小屋も見張られているという。どうも二瓶はわざと何者かにあとをつけさせ、見張られることで自分の身の安全を図ろうとしたらしい。

小屋の中から外を見ると、たしかに木立の陰に人の姿があるようだ。

しかし、わしはためらわんかった。小屋の外へ顔を向けた二瓶の背後に回り、隠し持った手斧で後頭部を殴打した。二瓶は声もあげず、床に崩れ落ちた。絶命したことを確認すると、すぐにわしは返り血を浴びた自分の服を脱ぎ、二瓶の死体からはぎ取った衣服に着替えた。

そして裸の二瓶から局所を切り取り、この殺しが連続殺人の続きのように装った。また、隆一郎が保管していた小泉丈吉の遺品をその場に残し、警察の捜査の攪乱もはかった。倉石は捜査状況をわしにもらしたりはしなかったが、小泉丈吉が容疑者であることは、立場上、わしの耳にも入っていた。

すべての始末を終えるのに、かかった時間は二十分か三十分くらいのものだろう。小屋の外を見ると、まだ見張りの影が見えたので、わしは荷物を抱えて反対方向に走り去った。神社を抜け出ると、近くに停めていた自動車を自分で運転して邸へ帰った」

ぼくの尾行は、さいしょから二瓶に気づかれていたのだ。うまく揺動し、二瓶を踊らせているつもりだったが、逆手に取られ利用されていたのだ。田中巌吉の告白に、ぼくは顔が赤くなる思いがした。

しかし、滝が問題としたのは別のことだった。

「小泉丈吉の遺品を殺人現場に置いたとおっしゃいましたが、どのような経緯で、あなたはそれを手に入れたのですか」

「小泉は隆一郎と尋常小学校の時からの友人だった。隆一郎は五年で小学校を修了し、白学へ進んだから同じ教室で学んだ期間は短いが、その後もひそかに交友が続いていたようだ。小泉の遺品は今もわが邸に当時のままある隆一郎の部屋の中に大事に保管されていた。もっともその存在をわしが知ったのは、二瓶から隆一郎の日記の一部が送られてきた時だった。

二瓶高志を殺害し、隆一郎の書き残した全日記を手に入れ、そのすべてに目を通したわしは、隆一郎の行状とそこに至る隆一郎の苦悩を知ることになった」

巌吉はここでいったん口を閉ざした。これ以上語るのをためらっているのか、隆一郎の苦悩なるものに思いをはせ言葉を失っているのか。

「隆一郎さんの秘密は墓場まで持って行かれるつもりですか」

滝が問うと、しばらく間をおいて巌吉が答えた。

「そのつもりだ……った。日記のすべてに目を通すまではな。だが、そのあと、考えが変わった」

なぜ、どう考えが変わったのか、巌吉はなかなか口を開かない。ぼくたちはじっと待ち続けた。

やがて巌吉は大きく息を吐いて語りはじめた。

「日記は隆一郎が河合久男の秘密を耳にしたところからはじまっている。久男の父親が有力筋に働きかけ、徴兵逃れをしたという秘密だ。当時、隆一郎は一高生だったが、正月休みの帰郷で、昔の仲間たちと会って話しているうちに、そんな噂が出たようだ。河合と隆一郎は年こそ近いが、学校が違うため面識はまったくなかった。

隆一郎は久男の住所を聞き出して、調べてみた。するとたしかに久男は、徴兵検査は受け甲種《こうしゅ》合格したものの、その後、入営した形跡がない。まだ連合軍との戦争ははじまっていなかったころで、召集されていないからと言って、即不正があったとは決めつけられなかった。しかし、方々に顔が利く大きな酒屋の跡取りなら、なんらかの力を働かせた疑いも捨てきれない。

隆一郎は久男へ呼び出しの手紙を送った。差出名を「秘密を知る者」とした。もし身にやましいところがあれば、この呼び出しに必ず応じるはず。久男になんの心当たりもなく、手紙に反応しないのであればそれはそれで構わない。

呼び出しの場に、隆一郎は手斧を隠し持って行った。迷いはあったが、相手の出方によっては天誅《てんちゅう》を下そうと、さいしょから覚悟をかためて久男と会った。

約束の時間にあらわれた久男は、隆一郎を知っていたようだ。まあ、あいつの名はかなり遠方にも広まっていたから、それは不思議でもない。久男は隆一郎の問いに、悪びれる様子もなく答えたようだ。

『ああ、そうだよ。今ぼくは家業を継ぐ修業中の身でね、兵隊なんかに取られるわけにはいかないんだ。君はまだ学生だから大丈夫だろうけど、もし将来、徴兵されそうになったら言ってくれ、相談に乗るよ』

この言葉を聞いて、迷いが払拭《ふっしょく》したと隆一郎は書き残している。

いったん和やかに別れを告げた直後、背を向けた河合久男の後頭部に手斧をふり下ろした。声もなく絶命した久男を見下ろした隆一郎には、まったく後悔の念が湧かなかった。それどころか、不心得者を葬ったことを誇りたい気持ちが抑えられなかった。死体を引きずって、目につきやすい境内まで移動させたのもそのためだった。

殺人の翌日、隆一郎はこの地を発ち、東京の高等学校の寮へ戻った。まったく疑いの目を向けられることはなかった。

その年の暮れ、ふたたび故郷に戻った隆一郎は、意外な人物の訪問を受けた。戦傷を負い、治療中の病院を抜け出した小泉丈吉だ。ふたりは家柄こそ違うが、少年のころより憂国の情をともにしてきた同志だった。隆一郎は、心身ともに病んだ小泉を、この倉庫で匿った。

『おれはもうだめだ。このような身体になりはてて、生きている甲斐もない。ただ、静かに死にたい。誰にも知られずに』

『馬鹿を言うな。おまえはお国のために戦い、名誉の負傷を負った英雄じゃないか』

隆一郎はそう慰め励ましたが、大みそかの晩、倉庫を訪れた時、そこで首を吊っている小泉を発見した。

生前の小泉の望みどおり、隆一郎は誰にも知らせず、ひとりで小泉を葬った。

年が明けても心は沈んだままだったが、隆一郎はともかく気分を一新しようと仲通の散髪屋へ向かった。まだ松の内も明けておらず、散髪屋は開いていたが客も主人の姿もなかった。どこかへ出かけているのかもしれないと思い、店の椅子に腰をかけると、奥から人の声が聞こえる。主人の青木有三が仕事の合間に、友人と将棋を打っているようだ。声をかけようと思ったが、急ぐわけでもないので、しばらく待つことにした。

　ぱちり、ぱちりと駒を打つ音にかぶさり、青木たちの声が聞こえてくる。

『今じゃあ、無理だろうが、十年前は外地で結婚して、逃れることもできたのさ。いや、そのためにわざわざ台湾の女房をもらったわけじゃないけど、ちょうどうまい具合だったね』

『しかし、戦争が長引けば、いつかは赤紙、来るんじゃないの』

『どうなんだろう。徴兵検査を受けていないのもばれちまうのかね』

　のんきに話す声を聞き、隆一郎は静かに腰を上げ、散髪屋を立ち去った。

　正月休みを終え、いったんこの地を離れ学業に戻った隆一郎は、ひと月後、誰にも知られぬよう夜汽車に乗って引き返した。そして古寺の境内の隅で寒さに震えながら一夜を明かし、ひそかに呼び出した青木有三を殺害し、また人知れず東京へ戻った。

　局所を切り落としたのは、小泉への弔いに加え、不当な徴兵逃れの見せしめとする意味があったと隆一郎は記している。卑怯者を『玉無し』と嘲《あざけ》り貶《おとし》めたわけだ。

　隆一郎が次に帰郷したのは夏休みだった。同じころ水貝仙一郎も帰郷している。仙一郎は三年にわたる軍役を務め、大々的にその祝賀会が開かれた。その会にはわしも隆一郎も出席した。のみならず、わしは来賓のひとりとして宴席の挨拶で仙一郎の軍功を称えた。

　宴もたけなわとなったころ、厠《かわや》に立った隆一郎が渡り廊下を歩いていると、中庭の手水《ちょうず》鉢《ばち》あたりに腰を下ろす人影が見えた。夜涼みか酔い覚ましだろうか。語り合う声も聞こえてきた。

『自分の祝賀会なんて、肩がこっちまって仕方がない』

『無事お務めを果たしたんだから、堂々とふんぞり返っていればいいのさ』

『でも、軍功抜群なんて持ちあげられちゃ、照れちまうよ。ほんとは軍人でさえないんだから』

『そんなこと黙ってりゃ、分かりゃせんよ。誰にも』

　水貝仙一郎は父親が裏から手を回し、陸軍で経理の手伝いをする軍属となり、三年間、内地で算盤をはじいていた。兵隊にされるより、ずっと安全だ。かくして銃を構えたことも、戦地のそばに行ったこともないにもかかわらず、偽りの軍功をでっちあげ、仙一郎は故郷に錦を飾ったのだ。わしも騙されて、その偽計にひと役買ったことになる。

　この祝賀会の翌日、隆一郎は祝いの品を渡したいと仙一郎を呼び出し、絹布で隠し包んだ手斧で後頭部を殴打して殺害した。青木有三と同じく局所の切断も行った。

　その年の暮れ十二月八日が日米開戦だ。この戦いの推移については、おまえたちもよく知っているだろうから、詳しくは言わん。開戦からしばらくは、隆一郎の殺人衝動もおさまっていたようだ。二年近く、日記の日付も空いている。

　あとから知ればすでに日本軍の快進撃が止まり、新聞報道だけでは分からんが、確実に風向きが変わってきたと感じられる昭和十八年の夏だった。わしはある知り合いから、友人の息子についての相談を受けた。その友人は中沢といい、二十四になる息子の周吉が国民学校で教師をしている。周吉は視力がやや弱いため徴兵検査は丙種《へいしゅ》合格で、召集される心配はないと思っていた。しかし、昨今の情勢を見ると安心もできない。まわりでは乙種《おつしゅ》の者たちがどんどん召集され、戦地へ送られている。いずれ丙種の周吉にも赤紙が来るかもしれない。そこでわしの力で、なんとか周吉が召集されないよう働きかけてくれという依頼だった。

正直、迷惑な頼みだったが、知人には恩があり、むげには断りにくい。じっさい、わしが要路へ働きかけたところで通じる話かおぼつかないが、やれることはやってみよう。そう考え、ともかく承諾の返事を送ることにした。ただ、不首尾に終わることも考慮し、あまり過大な期待をされぬよう、文面に留意した。その困難な手紙を、反故紙《ほごがみ》の山を築きながらようやく仕上げると、わしみずからの手で投函した。

隆一郎の日記によると、数日前に帰郷した隆一郎は、兵隊にとられて奉公人がめっきり減った邸内で、大いに役立とうと腕を撫《ぶ》していた。邸中を回って反故紙を集めたのは、竈《かまど》の火おこしをする女中の手伝いのためだった。このような偶然から、わしの手紙の下書きが隆一郎の手に渡り、中沢周吉の運命が定まったとは、日記を読むまでわしもまったく知らなかった。

反故紙の文面からすべてを悟った隆一郎は、中沢周吉に天誅を下した。しかし、今回はただ周吉ひとりを殺しても問題は終わらない。周吉の不正に手を貸そうとしていたのが、ほかならぬ隆一郎の父たるわしだったからだ。

日記には隆一郎の苦悩が綿々とつづられていた。自身の信念と忠孝のはざまで揺れ動き葛藤する隆一郎の心情の痛ましさは、読んでいるわしの心をも締め付け、息苦しくさせるものだった。

隆一郎がひと月以上にわたる苦悶の末に出した結論は、徴兵猶予を返上し、海軍に志願することだった。もとより隆一郎には自身が学生という身分に守られていることに忸怩《じくじ》たる思いがあった。本来、第一志望も海軍兵学校だったが、わしが許さず、一高に進ませたのだ。隆一郎は内心不満だったらしい。それでも田中家の跡継ぎという立場をわきまえ、自重するしかなかった。

しかし、その頸木《くびき》から逃れる時がきた。これは不正に加担したわしへの懲罰であり、自身の信念の完遂でもあった。

隆一郎が海軍に志願したとはじめて聞いた時、当然、わしは猛反対した。裏から手を回して、取り消させようとさえ思った。しかし、隆一郎はわしの行動を予想し、すでに入隊手続きを進めていた。同時に入隊の報せを親戚中にも送っていた。こうなると、わしにも手の施しようがない。

その時は、隆一郎が急に学業をなげうち、なぜ海軍に行くのか謎だった。何度その点を質しても、隆一郎は答えなかったからだ。だが、日記を読んで疑問は氷解した。わしの行いが結果的に隆一郎を死地へと追いやったのだ。

このことを知った時、わしはすべての秘密を明らかにしようと決意した。隆一郎は死に、まもなくわしも死ぬ。田中家がこののち続くかどうかは分からんが、人を殺してまで隠すべき秘密、守るべき家名、そんなものはもうどこにもありはしない」

巌吉はここで口を閉ざした。語るべきことをすべて語り終えたというように。

しかし、ぼくたちにはまだ明らかにされていない謎が残っている。

滝が簡潔にそれを問うた。

「分からない点がふたつあります。ひとつはいかにして教授は亡くなったのか。あとひとつは健太——林屋健太が鐘撞塔の近くで殺された事件、あの殺人にはどう関係しているんですか」

巌吉は小さくうなずき、

「まず、おまえたちの先輩のことだが……、あの梁川という学生はここへ来た時から足元がおぼつかなかった。さいしょは酔っぱらっているのかと思ったが、足腰が弱っていたのだろうな。

今と同じようにわしがすべてを語り終えたあと、あの学生は立ち上がり、歩きだそうとしたのだと思う。さっきも言ったようにその時は、そのあたりにたくさんの廃材が散乱していた。それにつまずいて重心を失い、仰向けに倒れてしまった。打ちどころが悪く、命を失ってしまったのはかえすがえすも残念だ。死体を移動させ、死の真相を偽ったのは、まだわしが捕まるわけにはいかなかったためだ。旧家にはいろいろと始末せねばならないものがあるのでな。

もうひとりの林屋健太の死については、梁川からも聞かれたが、わしはなにも知らん。その事件のことは、もちろん知っているが、たしかその時、わしは講演会の最中だったはずだ。何十人もの目撃者もあり、関わりようがない。

ただ、あの事件で林屋健太が連続殺人と同様に後頭部を殴打されたことは、のちにわしの二瓶殺害の手口について、多分に示唆を与えてくれた。隆一郎が犯した連続殺人と、林屋健太の死、二瓶高志殺害、まったく異なる事件を一連のものと装えば、隆一郎もわしも容疑から逃れられる、と考えたのだ。今となってはつまらぬ小細工だったと思うが」

これは田中巌吉の一方的な言い分だ。教授の死には、証拠も証人もない。しかし、隆一郎と自身の犯罪について赤裸々な告白をした巌吉が、今さら教授の死因についてのみ、嘘偽りで糊塗するとも考えにくい。

健太の死については、巌吉の言うように、確かなアリバイがあり、犯行は不可能であった。とすると、教授は事故死で、健太殺害については真相不明とするしかないのだろうか。

ぼくは感情のうえで納得いかなかったが、滝はあくまでも冷静に、

「説明にはおおむね納得がいきました。教授が亡くなってからだいぶ時間も経ちます。身辺

整理もすんだことでしょう。そろそろ警察に出頭し、すべてを明らかにすべきではありませんか」

と促した。

しかし、巌吉は首を横にふり、

「今わしがここで語ったことを、おまえたちが誰にどう伝えようがそれは構わん。しかし、田中家の当主たるこのわしが生きてのめのめと縄目《なわめ》にかかるわけにはいかんのだ」

と言って、足元の暗がりから長さ五十センチほどの筒状のものを取り上げた。

その筒状のものがランタンの光に浮かびあがった瞬間、

（あっ）

ぼくは息をのんだ。

東京大空襲の時、空から無数に降り注ぎ、帝都を火の海に変えた焼夷弾だ。焼け跡でいくつも残骸や不発弾を見たので間違いない。これもその不発弾のひとつだろうか。

そう察したとたん、ぼくはその場に凍りついてしまった。頭が真っ白になった。それから空襲の凄惨な光景が脳裏によみがえり、足がすくんで身動きができなくなったのだ。

すぐ横にいた薫がぼくの手を握った。薫のやわらかな指がぼくの掌に食い込むと、電流が身体をつらぬいたように感じた。

「焼夷弾だ、逃げろ」

呪縛を解かれ、ぼくは叫んだ。そして同時に薫と手をつないだまま走り出した。後ろから斎藤と滝も続いた。

建物を出ても足をゆるめず、さらに五十メートルほど走った。ようやくそこで足を止め、振り返った。

倉庫は闇に傾いた黒影をそびやかせながら微動だにしない。じっとぼくたちは息をひそめ、無言で見守っていたが、いつまでたってもなにも起こらない。

しびれを切らした滝が、

「おい、ほんとうに、あれ――」

と言った瞬間、闇にボンと明かりが弾け、倉庫を内から照らしたと思うと、あっと声をあげる間もなく炎が建物の壁を這って屋根を包んだ。たちまち火柱に変わり、けむりと火の粉をまき上げる建物の前で、ぼくたちは茫然としたまま全身を熱にあぶられながら、ずっと立ちつくしていた。

十

ぼくと滝と斎藤は、警察でまたもや厳しい取り調べを受ける羽目になった。薫もぼくたちとは別に取り調べを受けたようだ。

ぼくたちは田中巖吉から聞いた話をそのまま正直に担当の取調官に伝えた。

あとで聞いた話によると、倉庫の焼け跡からは焼夷弾の火炎により全身を焼き尽くされた田中巖吉と思われる焼死体が発見された。さらに警察が現場を徹底的に調べると、地中から男性の白骨死体が見つかった。死体は死後、数年が経過していて、軍服姿のまま丁重に埋められており、軍服に縫い付けられた名札がかすかに読み取れ小泉丈吉と推定された。旧倉庫で首を吊った小泉を、田中隆一郎が葬ったと考えれば、状況と矛盾はない。

取り調べのはじめのころは、取調官もぼくたちの話に半信半疑の様子だった。しかし、現場の状況に加え、田中邸から隆一郎の日記が発見され、さらに巖吉の日記も押収されたことで、ぼくたちの証言の正しさが立証された。巖吉は二瓶を殺害して手に入れた隆一郎の日記を処分せず、ずっと保管していたのだ。また、巖吉自身の日記には、二瓶殺害時の状況と、すべての処置を終えたあと、みずからの身も処する旨も記されていた。

ぼくたちは担当の取調官からこってり油を搾られたあと、釈放された。学舎ではぼくたちの処分も検討されたようだが、結局お咎めはなかった。

滝は学舎も民主主義に変わったんだよ、と解釈したが、きっとぼくたちが犯罪と無関係であることが警察の捜査であきらかにされたので、処分の名分を失ったのだろう。

警察の取り調べから解放されて半月ほどたった日の朝、ぼくと滝と斎藤は、薫の見送りに駅へ行った。駅にはぼくたちのほかにも大勢の見送りの人たちが集まっていた。

巌吉の死のあと、薫とはあまり会う機会がなかった。久しぶりに目にする薫は、見送りの人たちと言葉を交わしながら、明るい笑顔をふりまいていた。

その様子を遠巻きに見守っていたぼくたちに気づき、薫が近づいてきた。

「ありがとう、来てくれたのね」

「うん、お別れは残念だけど、君も元気で大阪でがんばれよ」

と斎藤はさらりと別れの言葉を告げる。感傷的ではないけど、気持ちはこもっている。唐変木《とうへんぼく》のくせに斎藤は、こういう挨拶だけはじつに如才なくする。

薫は次にぼくに顔を向けた。ぼくはここへ来るまでの道すがら、どんな言葉をかけるかいろいろ考えていたが、少しもまとまらなかった。

口ごもっていると薫はちょっと不満そうに唇を尖らせて、

「あら、なにも言うことないの」

「いや、いっぱいあるんだけど、出てこない」

「ふふ、美作さんらしいわ」

薫は笑った。

ともかく顔が見られて話ができたので、ぼくはうれしかった。

薫は隣の滝を見下ろして、

「大きい兄さんも来てくれたのね」

「ちっ、ちっ、当然だろう。いちおう、君もわが探偵小説倶楽部の見習い部員だったんだから。事件解決にはほとんど寄与しなかったけどな」

「まあ、ご挨拶ね。じつは今日まで伝える暇がなかったんだけど、あたし、最後の謎を解いたのよ」

「うん？」滝は怪訝な顔をした。「どういうことだ。最後の謎って」

「健太の事件だけ、まだ解決してなかったでしょ。あたし、巌吉さんの告白を聞いたあと、ひとつの解答に思い当たったの。それでその考えが正しいかどうか、確認するために手紙を出したのよ。これはその返答」

薫は旅行鞄の中から封筒を取り出した。封筒の宛先は薫に、差出人は林屋歌子になっている。

「ここに真相が書かれているのか」

薫から封筒を手渡された滝は戸惑ったように声をあげた。

「そうよ、読んでみて。おばさんにも断ったから、大丈夫よ」

滝が封筒から取り出した手紙を広げると、ぼくと斎藤も滝を囲んでいっしょに文面に目を通した。

　薫ちゃん、お手紙ありがとう。せっかくいただいたのに、すぐに返事が出せなくてごめんなさい。終戦以来、薫ちゃんの身辺にもいろいろあって大変なようだけど、ともかくお元気そうでなによりです。

　こちらも年寄りをかかえて、毎日の生活に追われているけれど、昔なじみの人たちと支え合って、どうにか暮らしは立っています。薫ちゃんも今度大阪へ引っ越すそうで、慣れない土地で苦しいこともあるでしょうけど、お互い頑張りましょうね。

　連続殺人事件のお話にはおどろきました。解決に薫ちゃんも活躍したそうですが、ご両親は心配なさったんじゃないかしら。焼夷弾が爆発したなんて書いてあったので、肝を冷やしました。

　健太についてのお尋ねの件、これに関しては、いくえにもお詫びしなければなりません。じつはこれを書くかどうかで思い悩み、返事が遅れてしまったのです。でも、薫ちゃんのお便りに促され、ようやく決心がつきました。

　事件が起こる少し前から、健太が近くに米兵が隠れているという考えに取りつかれ、あちらこちら嗅ぎまわっていることは、気づいていました。そのことで何度か注意もしました。でも、健太は聞き入れず、捜索をやめようとしませんでした。

　健太は自分が兵隊になれず、お国に貢献できないことに引け目を感じていました。捜索にかける情熱はその裏返しだったのでしょう。うすうすそれが分かるだけに、わたしもつよく止めることができませんでした。そういうご時世だったと言えば、そうだけど、あとから思えば、なんとしてでも止めるべきでした。このことだけは、後悔してもしきれません。

　講演会があったあの日、朝から健太は興奮していました。ついに米兵の隠れ処を突き止めたと。

　講演会には行くよう説得して、なんとか講堂へ連れてきましたが、講演会がはじまるかはじまらないかという時に、ふらふらと出て行ってしまいました。

　健太ははっきりとは言いませんでしたが、米兵の隠れ処は鐘撞塔で、そこに米兵がひそんでいると思い込んでいたようでした。あとから考えると、二瓶さんにそう思い込まされていたんですね。

　健太が出て行く姿を見ると、なにか妙な胸騒ぎがしました。科学や理屈では説明のつかない、母親の直感だったのでしょうか。不安に衝《つ》かれて、わたしも講演会を途中で抜け出して健太のあとを追いました。

　そして健太が仄《ほの》めかしていた米兵の隠れ処という鐘撞塔の下で、倒れている健太を発見したのです。健太は塔の真下で仰向けに倒れていました。頭から血を流し、すでにこと切れていました。米兵の隠れ処がある塔のてっぺんまで行こうとして、外壁をよじ登っているうちに、転落してしまったのです。

この時のわたしの気持ちのありようは、今もうまく説明ができません。

なぜ米兵の捜索をやめさせなかったのか、せめてもっと早く講演会を抜け出して、健太のあとを追えばよかった。つよい後悔の念におそわれました。また、転落の危険をかえりみず米兵の隠れ処に迫ろうとしていた健太に、言いようのない憐れみも感じました。

それと同時に、なにか世間に対して申し訳ない、恥ずかしいような気持ちも湧いていたのも間違いない事実でした。健太がありもしない米兵の隠れ処探しに夢中になって命を落としたのが、とっても不体裁で不名誉なことに思えたのです。国を挙げて困難な戦争をしているさなか、兵隊にもいけず、無意味なことに血道を上げたあげく、命を落としてしまった。この息子の名誉は守らなければいけない。それには転落の事実を隠蔽しなければ。

わたしは健太の遺体を塔の下から動かしました。しかし、それだけでは不充分です。地面の血の跡と遺体を移動させた跡も消さなければいけません。塔の横の小屋に入り、箒を探しました。すると箒のほかに、壁にかかった手斧が目に飛び込んできました。

斧で殴打した痕跡があれば、完全に事故死の可能性が否定される。たしか数年前にも斧を凶器に使った連続殺人があったはず。ひょっとすると健太の死もそのひとつと誤認されるかもしれない。

なんと愚かなことを考えたと思われるでしょう。それが母親のすることかと、非難をされることでしょう。今ではわたしもまったくそう思います。でも、わが子の死という衝撃を目の前に叩きつけられたばかりのあの時は、正常な判断力を失っていました。

手斧を手にして小屋を出て、わたしがなにをしたか、お便りを見るかぎり、薫ちゃんにはすでにお分かりのようですから、あえて文にはいたしません。わが子の遺体を傷つけるなど、鬼のような母だとの責めは甘受《かんじゅ》いたします。

健太の死を偽装した直後、健太や薫ちゃんのお友達の白学の生徒たちが近づいてくるのが分かりましたので、わたしは小屋の陰に隠れました。

お友達が人を呼ぶために現場を去るまでのわずかな間に、わたしは自分の恐るべき所業をすでに後悔していました。

健太の遺体を傷つけ、人を欺《あざむ》こうとしている。こんなことは決して許されることではありませんし、健太だって喜ばないでしょう。

でも、わたしにはその場に残ってすべてを告白する勇気がありませんでした。ですから、健太の遺体をもとの位置に戻しただけで、手斧を持って立ち去りました。現場から逃げ出したのです。手斧は講堂へ戻る道の途中で溜池《ためいけ》の中に投げ入れました。

そのあとも自責の念にとらわれましたが、結局、わたしは事実を誰にも打ち明けませんでした。そのために、警察の捜査の手を煩わし、連続殺人事件の解決も遅れることになったとすれば、お詫びのしようもありません。

なぜ、わたしが今まで黙っていたのか、それはただひとつ、勇気がなかったからです。自分の仕出かしたことが、世間さまからどんな非難を浴びるか、それを想像すると恐ろしく、口を開くことができなかったのです。

健太が米兵の捜索に夢中になって命を落としたことは、とっても残念ですし、思い出すたび胸がつまります。でも、今ではその死を不体裁だとか不名誉だとは少しも思いません。そうやって亡くなってしまったことを含め、健太が一生懸命に生きた短かった生涯のすべてのことがらを、今は母として肯定してあげたいと思うのです。よく頑張ったね健太、とほめてあげたいのです。

薫ちゃんからお便りをもらい、わたしも重かった腰をようやく上げる決意ができました。健太の事件について、警察へ行ってすべて告白するつもりです。どんな罪に当たるのか、わたしには分かりませんが、それがどれほど重い罰であろうと受ける覚悟はできています。

せっかくのお手紙のお返事が、こんな暗い話で終わってしまってごめんなさい。でも、薫ちゃんのお便りにはとっても励まされました。これからはなにがあっても、顔を上に向けて健太に恥じぬように生きていくつもりです。薫ちゃんほんとうにありがとう、そしてさようなら。

林屋歌子

　ぼくたちは手紙を読み終えたあとも、しばらく言葉を口に出せずにいた。

　事件の真相はこれですべて明らかになった。霧はすっかり晴れたけど、なにか物悲しい、割り切れない思いが残った。

　滝は手紙をていねいに折りたたんで、薫に返しながら、

「何度も言うが、君は連続殺人事件の解決のために、たいした活躍はしていない。手紙に嘘を書いちゃいかんな」

「なによ、感想はそれなの」

　薫はあきれたような顔をしたあと、くすりと笑った。

　ぼくたちも少し笑った。健太の死は、ぼくたちにも重いしこりになっていた。それが意外な結末を迎え、かえって感情の行き場を失っていた。それで滝は笑いに紛らすことにしたのだろう。

「でも、あたしが最後の謎を解いたと、認めてくれる？」

「ああ、君のお手柄だ。だけど、どうして、健太の死が事故だと分かった」

「おばさまが健太の死について、なにか隠していることには前から気づいていたの。でも、おばさまが健太を傷つけるわけがない。とすると、きっと健太の死は事故で、それをなんらかの理由でおばさまが殺人に偽装したに違いない。そう思い至って、手紙で尋ねてみたの

よ」

「なるほど、推理の筋は通っている。やはり君も立派な探偵小説倶楽部の部員だ」

滝が言うと、薫は満足そうにうなずき、

「ありがとう、じゃあ……、そろそろ行くわ。汽車が着くみたいだから」

ぼくたちも駅に入り、列車に乗り込む薫を見守った。

座席に着いた薫は窓から顔を出して、

「みんな、ありがとう、さようなら」

と声をかけた。

「元気で、さようなら」

滝と斎藤が手をふりながら言った。

ぼくは無言で薫を見上げた。薫も問うような目をぼくに向けた。手を握った時の感触がよみがえってきた。

「いっしょに活動できて楽しかったよ」

「あたしも。また、いつか、どこかで会えるといいわね」

「ああ、その日まで、さようなら」

「さようなら」

汽車が動きはじめ、窓から身を乗り出して手をふる薫に、ぼくは手をふり返した。

汽車は灰色のけむりを引きずりながら遠ざかると、かすかな汽笛を響かせ、やがて山間の深緑に吸い込まれていくように姿を消した。

解説

千街晶之《せんがいあきゆき》
（ミステリ評論家）

あまりミステリに関心がないひとでも、少年探偵団、明智小五郎《あけちこごろう》、小林《こばやし》少年、怪人二十面相……といった単語に見覚えはあるに違いない。探偵小説界の巨匠・江戸川乱歩《えどがわらんぽ》が戦前から戦後にかけて児童向けに執筆した「少年探偵団」シリーズは、今も読まれ続けている国民的なロングセラーだ。

少年探偵ものの元祖は、アーサー・コナン・ドイルの「シャーロック・ホームズ」シリーズに登場するベーカー・ストリート・イレギュラーズであろうと考えられる。ただし、コナン・ドイル作品では彼らが主役となるエピソードがなく、あくまで主人公はホームズなのに対し、乱歩の少年探偵団は、児童が対象ということもあって、名探偵・明智小五郎のヒーロー性も強調しつつ、小林芳雄《よしお》を団長とする少年たちの活躍がメインとなっている。また、敵役《かたきやく》である怪人二十面相が血を見ることを嫌う怪盗と設定されているため、作中では基本的に殺人のような血腥《ちなまぐさ》い犯罪が起きないのも特色である。

その後、乱歩からの直接的ないしは間接的な影響のもとに、少年少女が探偵団を組んで活躍するミステリは夥《おびただ》しく発表されている。宗田理《そうだおさむ》の「2年A組探偵局」シリーズ（一九九一年〜）、太田忠司《おおたただし》の「新宿少年探偵団」シリーズ（一九九五〜二〇〇四年）、東野圭吾《ひがしのけいご》の「浪花《なにわ》少年探偵団」シリーズ（一九八八〜一九九三年）、楠木誠一郎《くすのきせいいちろう》の「帝都〈少年少女〉探偵団」シリーズ（二〇〇五〜二〇一一年）、秋梨惟喬《あきなしこれたか》の「桃霞《とうか》少年探偵団」シリーズ（二〇一一〜二〇一二年）、最近では金子《かねこ》ユミの「千手《せんじゅ》學園少年探偵團」シリーズ（二〇一九年〜）などが思い浮かぶ。コミックでは、青山剛昌《あおやまごうしょう》の『名探偵コナン』（一九九四年〜）に登場する少年探偵団や、天樹征丸《あまぎせいまる》・原作、さとうふみや・作画の『探偵学園Q』（二〇〇一〜二〇〇五年）などが有名だ。これらの中には、太田や東野の作例のように現代を舞台にしたものもあれば、楠木や金子の作例のように明治や大正などの過去を舞台にしたものもある。

岡田秀文の長篇ミステリ『白霧《しろぎり》学舎 探偵小説倶楽部』（二〇一七年十月、光文社から書き下ろしで刊行）は、昭和を舞台にしている点で後者の系譜に連《つら》なる作品と言える。乱歩の「少年探偵団」シリーズが太平洋戦争の期間は中断し、戦後の一九四九年に執筆が再開されているため、戦時中に少年探偵団の面々や二十面相がどうしていたのかが曖昧《あいまい》なのに対し、本書では太平洋戦争末期、すなわち探偵小説が禁止されていた時期の少年少女たちの探偵活動を描いている。

著者は一九九九年に「見知らぬ侍」で第二十一回小説推理新人賞を受賞、二〇〇一年に『本能寺六夜物語』で単行本デビューし、二〇〇二年には『太閤暗殺』で第五回日本ミステリー文学大賞新人賞を受賞した。『伊藤博文邸の怪事件』（二〇一三年）に始まる「名探偵・月輪《がちりん》龍《りゅう》太《た》郎《ろう》」シリーズは、明治時代を舞台にした歴史本格ミステリとして注目を集めており、中でも第二長篇『黒龍荘《こくりゅうそう》の惨劇』（二〇一四年）は第十五回本格ミステリ大賞と第六十八回日本推理作家協会賞にダブルノミネートされたほどの傑作である。周到な時代考証と丁寧な謎解きを特色とする著者の作風は、ノン・シリーズの本書においても遺憾《いかん》なく発揮されている。

　舞台は昭和二十年。主人公の美作宗八郎《みまさかそうはちろう》は旧制中学に通っているが、病気のせいで二年落第し、十八歳ながらまだ中学四年生である。戦況が大日本帝国に著《いちじる》しく不利になっていたこの時期、内務官僚である父の計《はか》らいで、美作は空襲で焼け野原になった東京から山間の集落に疎開《そかい》し、全寮制の名門校・白霧学舎に編入することになった。初対面の林屋健太《はやしやけんた》の道案内によって学舎に到着した彼を出迎えたのは、美作同様に留年しており、寄宿舎では年長者として大きな顔をしている滝幸治《たきこうじ》と斎藤順平《さいとうじゅんぺい》である。

　美作は早速、この二人から「探偵小説倶楽部」なる組織への入部を誘われる。といっても主な活動は探偵小説を読み耽《ふけ》ることではなく、この地域で起こっている連続殺人事件の真相解明だった。五年前から既に四人の若者が殺され、そのうち三人は局部を切り取られていた……という大事件にもかかわらず、犯人は未だに捕まっていないのだという。美作がその話を聞いている最中、近所に米軍の爆撃機が墜落する。その際、米兵のうち一人が行方不明になったらしく、林屋健太はお国のために役に立ちたいという思いから、独自に米兵の捜索を始めた様子だった。

やがて、学舎の講堂で村の要人を招いて講演会が行われることになった。講演になど興味のない美作・滝・斎藤の三人は途中で講堂を抜け出すが、学舎の近くにある鐘撞塔《かねつきとう》に行ったところ、その傍に倒れている健太の変死体と血まみれの斧《おの》を発見する。だが、人を呼んで再び現場に戻ったところ、発見時とは遺体の位置が異なっており、しかも斧は消え失《う》せていた……。

乱歩の「少年探偵団」シリーズが殺人を扱わなかったのに対し、本書で描かれるのは阿部《あべ》定《さだ》事件（一九三六年、料理店主人が愛人の仲居《なかい》・阿部定によって絞殺《こうさつ》され、局部を切断された事件）ばりの局部切断連続殺人という、十代の少年が扱うには極めて刺激が強い犯罪だ。そして健太の事件の後も更《さら》に殺人は続き、容疑者は次々と浮かんでは消えてゆく。

乱歩の小説に登場した少年探偵団にも花崎《はなざき》マユミという少女がいたように、探偵小説倶楽部もメンバーは美作・滝・斎藤といった少年たちの他に、途中から少女も加わることになる。同じ集落の一条《いちじょう》女学校に通う勝気な女生徒、早坂薫《はやさかかおる》だ。そして更にもう一人、名誉部員と言うべき立場のメンバーがいるが、彼こそは倶楽部内で――いや、本書の登場人物の中でも飛び切りの変人である。本名は梁川光之助、通称は「教授」。寄宿舎では用務員を除けば最年長で、授業にも試験にも出ることなく自室に引きこもって思索《しさく》に耽り、主食は「カブトムシ定食」である（といってもカブトムシそのものを食べるのではなく、人間の脳は糖のみを栄養としているので、脳の働きを活性化させるため、カブトムシの飼育に用いられる砂糖水を浸《ひた》した脱脂綿を口に含んで吸っているというのだが、それはそれでかなりの奇行である）。しかし彼の頭脳の働きは侮《あなど》れないものがあり、ある種の安楽椅子《あんらくいす》探偵としての役目を務めることになる。もっとも探偵小説倶楽部の面々だけでは、いかに知恵を絞《しぼ》ったところで情報収集能力には限界があるので、滝たちの先輩にあたる高梨《たかなし》という若手刑事からある程度は情報を得られるようになっている。

ところで、物語の舞台となる昭和二十年といえば、もちろん歴史を知る後世《こうせい》の人間にとってはどういう年かは説明されずともわかりきったことではあるのだが、その時代を生きている作中人物にとっては先のことなど見通せるわけがない。美作・滝・斎藤・薫、それに教授も加えた五人による探偵ごっこは、一見、緊迫した時局とは無関係そうな能天気なものに思える。しかし実際は、彼らはそのうちやってくるであろう死を意識している。少なくとも美作は、本土決戦となったら自分が生き残る見込みが少ないことを悟《さと》っており、「もうすぐ人生の終末を迎えるかもしれないという時に、探偵の真似事をしている自分の行動が、滑稽《こっけい》に思えてくる」「日本全体が戦禍《せんか》に蔽《おお》われ、多くの兵士が玉砕《ぎょくさい》する中、殺人犯を捕まえることに、なんの意味があるのだ」といった虚無的な心境に陥《おちい》ったりもしている。一方で、そんな状況にあっても彼らは恋心に翻弄《ほんろう》されたりもするのだ。

こうした戦時中の青春を描いたミステリとしては、梶龍雄《かじたつお》の『透明な季節』(一九七七年。第二十三回江戸川乱歩賞受賞作)や『灰色の季節』(一九八三年)などの一連の作品が存在する。著者が本書を執筆するに当たって、それらを意識したかどうかは不明ではあるものの、『透明な季節』の被害者である配属将校の綽名《あだな》が「ポケゴリ」だったのに対し本書に出てくる生活指導の教師がゴリラと呼ばれていたり、主人公が恋心を抱く相手の名前が薫であるという共通点など、オマージュと思《おぼ》しき要素も散見される。作中の主人公と同世代だった梶龍雄に対し、著者は一九六三年生まれで当然戦争体験はないけれども、後世の作家だからこそ提示できる視座《しざ》もあるという思いも存在していたかも知れない。

美作たちは物語の後半で運命の八月十五日を迎え、探偵小説倶楽部の活動を再開し、ついに一連の事件の真相を知ることになる。そこで明らかになる犯行動機は、戦争という時代背景と切っても切り離せない、この時代でなければ絶対に成立しないものだ。それまでの価値観が完全に反転してしまった戦後になってこの真相が暴《あば》かれたことにはある種のやるせなさを感じずにはいられないし、またある登場人物のあまりに呆気《あっけ》ない最期は、せっかく戦争を生き延びた人間が無駄に命を落としてしまうことの残酷さと空《むな》しさによって読者の胸を抉《えぐ》るに違いない。

《小説宝石》二〇一七年十一月号掲載のエッセイ「濃密な季節」において、著者は本書について「本作をジャンルで括れば、謎解きミステリーとなるだろうが、作者としては、謎解きと同じ比重《ひじゅう》で、ある特殊な状況下での友情も描いたつもり。そんな点を感じ取ってもらえればうれしいです」と述べている。そんな本書のラストで、探偵小説倶楽部の面々はある別れを体験する。その描写はあっさりしているけれども、そこには彼らがともに生き延び、同時に幾人もの人間の死を目の当たりにしてきた日々の思い出が、言葉にならない思いとして凝縮《ぎょうしゅく》されているのだ。戦中から終戦直後にかけての短い、しかし濃密な月日を共有した彼らは、長く続いた昭和という時代をどのように生きていったのだろうか。彼らのその後が気になる幕切れである。

二〇一七年十月　光文社刊

光文社文庫

白霧《しろぎり》学舎《がくしや》 探偵《たんてい》小説《しようせつ》倶楽部《くらぶ》
著者 岡《おか》田《だ》秀《ひで》文《ふみ》

2022年1月20日 初版1刷発行

発行者 鈴木広和
印刷 新藤慶昌堂
製本 ナショナル製本

発行所 株式会社 光文社
〒112-8011 東京都文京区音羽1-16-6
電話 (03)5395-8149 編集部
8116 書籍販売部
8125 業務部

落丁本・乱丁本は業務部にご連絡くだされば、お取替えいたします。
ISBN978-4-334-79295-4 Printed in Japan

組版 萩原印刷